Isabella Farkasch

Zur Nacht

Isabella Farkasch

Zur Nacht

Traumhaft schöne Märchen für Erwachsene

Bildrechte Autorenfoto: Isabella Farkasch
Bildrechte Umschlag: polinina – fotolia.com

Alle Rechte, insbesondere das Recht der Vervielfältigung und Verbreitung sowie der Übersetzung, vorbehalten. Kein Teil des Werks darf in irgendeiner Form (durch Fotokopie, Mikrofilm oder ein anderes Verfahren) ohne schriftliche Genehmigung des Verlags reproduziert werden oder unter Verwendung elektronischer Systeme gespeichert, verarbeitet, vervielfältigt oder verbreitet werden.

Die Autorin und der Verlag haben dieses Werk mit höchster Sorgfalt erstellt. Dennoch ist eine Haftung des Verlags oder der Autorin ausgeschlossen. Die im Buch wiedergegebenen Aussagen spiegeln die Meinung der Autorin wider und müssen nicht zwingend mit den Ansichten des Verlags übereinstimmen.

Der Verlag und seine Autorin sind für Reaktionen, Hinweise oder Meinungen dankbar. Bitte wenden Sie sich diesbezüglich an verlag@goldegg-verlag.com.

Der Goldegg Verlag achtet bei seinen Büchern und Magazinen auf nachhaltiges Produzieren. Goldegg Bücher sind umweltfreundlich produziert und orientieren sich in Materialien, Herstellungsorten, Arbeitsbedingungen und Produktionsformen an den Bedürfnissen von Gesellschaft und Umwelt.

ISBN Print: 978-3-99060-041-2
ISBN E-Book: 978-3-99060-042-9

© 2017 Goldegg Verlag GmbH
Friedrichstraße 191 • D-10117 Berlin
Telefon: +49 800 505 43 76-0

Goldegg Verlag GmbH, Österreich
Mommsengasse 4/2 • A-1040 Wien
Telefon: +43 1 505 43 76-0

E-Mail: office@goldegg-verlag.com
www.goldegg-verlag.com

Layout, Satz und Herstellung: Goldegg Verlag GmbH, Wien
Druck und Bindung: EuroPb, CZ

*Für Tallulah Linda Josephine,
das bedeutet
„die schöne, von Gott gesandte
sprudelnde Quelle".
35 Stunden vor Fertigstellung des Manuskriptes
erblickte sie das Licht der Welt.*

Inhaltsverzeichnis

Vorwort 11

VON TIEREN UND ANDEREN ZAUBERWESEN 13
Zwergenklein und Rosenmunde 13
Metamorphmoosis 31
Der Fisch 36
Der kleine Junge, die Schwalbe und der Wald 44
Hortus und die Elfenkönigin. Ein Nachtmärchen ... 53
Die kleine Fee und der große Wald 81

VON HEXEN UND ZAUBERERN 92
Die Feenkinder 92
Das Häuschen am Wald oder: Schwarzer Reiter, kaltes Herz 104
Der Klang des Herzens 111

VON SCHWEREN FRAGEN UND KLUGEN ANTWORTEN 127
Die Tiefe, das Licht und das Wunder 128

VON DEN ELEMENTEN UND HIMMELSKÖRPERN 134
Master the Art oder: das Spiel der Elemente 134
Die Farben des Fühlens 144

VON WEISEN FRAUEN UND HEILERINNEN ... 161
Der Prinz und die Dreizehnte 161
Das dunkle Land hinter den Hügeln 178
Golddaumen oder die Weisheit des Tages 186
Von Hella, die schließlich auszog, die neue Welt zu erkunden 210

EPILOG ODER EIN PLÄDOYER FÜR
MÄRCHEN 221

ANHANG 226
Danksagung 226
Quellen 228

Zur Nacht

Erste Hilfe für nächtliche Unruhe 23
Wildpflanzen für guten Schlaf 27
Paradoxe Interventionen 34
Sich die Nacht um die Ohren schlagen 41
Vom Träumen 48
Lärm und Stille 65
Großstadtsinfonie 70
Selektive Wahrnehmung und professionell träumen 77
Feen im 21. Jahrhundert und die Frage nach Wirklichkeiten 85
Von unsichtbaren Störfeldern und störenden Materialien   98
Sich selbst vertrauen 110
Morgendliches Konzert und Hypnopompie 124
Trinken oder nicht trinken – keine Frage 132
Tief schlafen und gelassen sein 140
Achtergehen und Mondgedanken 155
Die Zahl 13 und die Tödin 174
Drachenweisheit 182
Schlafplatzharmonisierung, Buchstabenmystik und ein Gebet 203
Traum und Wirklichkeit? 205

Vorwort

Es war einmal eine Frau, die hatte bereits einen guten Teil ihres Lebens hinter sich gelassen, doch war sie noch voller Kraft und Ideen, daran wollte sie auch andere teilhaben lassen. Sie begegnete einer jüngeren, die sich an ihrer Kunst erfreute. Die beiden beschlossen, Zauberwolken in die Welt zu tragen, jede auf ihre Weise. Die eine sammelte Gedanken und Worte und stellte sie nebeneinander, bis sie ihr melodisch genug klangen, die andere setzte noch hier und dort eine Note ein oder strich ein paar Takte weg, danach packte sie die Klangbilder auf Papier, das sie fein säuberlich miteinander verbinden ließ. Zum Schutz der buchstäblichen Kostbarkeiten kam noch oben und unten ein Deckel darauf, fein bemalt, um in den Köpfen der Menschen, die sich der neuen Erzählungen erfreuen sollten, Traumbilder entstehen zu lassen, die ihre Lust auf mehr wecken würden. Danach galt es, Händler zu finden, die die Welt kannten und wussten, wo die Menschen zu finden waren, die sich der Märchenträume erfreuen wollten. Die Wortpackerin kannte davon einige, die galt es zu begeistern, um es all denen zu bringen, die wiederum Handel mit Wörtern und Wörterketten betrieben. Die entlegensten Marktstände sollten erreicht werden, um die Geschichtenpakete in die entferntesten Ecken der Welt zu tragen. Auch einige andere Schreiberlinge, die Seiten füllten für den täglichen Gebrauch, sollten begeistert werden, damit alle, die sich über zauberhafte Wörterreihen freuen, auch davon erführen. Die Frau schließlich, die glücklich war, dass durch ihre Hände kleine Botschaften flossen, die, kaum setzte sie die Fingerkuppen auf die Tasten ihrer Buchstabenmaschine, sich auf die Seiten füllten, wanderte mit den gebundenen Geschenken in die Welt, auf Plätze und in Stuben, um allen, die ihr lauschen wollten, kleine Kostproben darzubieten.

Weil alle so gut zusammenwirkten, wussten ganz schnell viele Menschen von den Häppchen Glück, die auf Buchseiten warteten, erhascht zu werden. Bald standen in vielen Häusern blaue, rote und schließlich violette Pakete, die, einmal geöffnet, die Herzen berührten, neue Gedanken und Bilder erzeugten, und ein Lächeln in die Gesichter der Lesenden zauberten. Diese erfuhren, dass es oft nur ein wenig Aufmerksamkeit oder Mut brauchte, damit Unglück, Schmerz oder Verzweiflung gewandelt würde. Danach konnten sie ihre kleinen oder auch großen Mühen des Alltags besser meistern, denn die Geschichten hatten die Zuversicht genährt, dass sich alles zum Guten wenden würde. Und manchmal gingen die Märchen sogar in Erfüllung, das nannten die Menschen dann ein Wunder.

Meine Märchen sind leise Stimmen, die ein wenig Ruhe und Zuversicht in die Herzen tragen sollen. Doch nur wenn sie gelesen werden, können sie ihre Wirkung entfalten. Ich hoffe, du Leserin oder Leser hast diese kleinen Momente übrig, um mit einem Lächeln in den Schlummer hinüber zu gleiten, damit dich beglückende Träume begleiten und dein Aufwachen mit einem neuen Lächeln gelingt.

Isabella Farkasch

Von Tieren und anderen Zauberwesen

Zwergenklein und Rosenmunde

Es war einmal ein außergewöhnlich kleiner Zwerg. Er war der allerkleinste unter den kleinen Erdenwesen. Und er sehnte sich nach einer Zwergenfrau, die ihn nicht überragte, der er verliebt in die Augen schauen konnte, ohne sich den Hals zu verrenken. Die er fest umarmen wollte, ohne dass sein Kopf in ihrem Busen versank und er zwischen ihren Brüsten zu ersticken drohte. Mit dieser Winzigkeit von Zwergin wollte er sein ebenso winziges Häuschen am Wiesensaum teilen. Er wollte es so schön machen, wie noch nie gesehen, gerne würde er ein weiteres Zimmer anbauen, ja vielleicht sogar einen Turm, damit die Frau seines Herzens alles überblicken konnte. Denn so wie er wäre ja auch sie so klein, dass alles andere hoch über ihrem Kopf geschah. Wenn die anderen Wesen seiner Art sich unterhielten, ging alles über seinen Kopf hinweg, und wenn er doch mal verstand, was da in luftiger Höhe gesprochen wurde und seine Ohren in der Tiefe erreichte, dann achtete niemand auf ihn, denn sie redeten und redeten, ohne seine leisen Töne von unten wahrzunehmen. Weil er so klein war, war auch alles andere in ihm passenderweise kleiner als bei anderen, deshalb sprach er auch nicht so laut wie die, deren Lungen ein ordentliches Stück Luft mehr einsaugen und wieder ausblasen konnten. Auf dieser Luft strömten die Töne hinaus, brachten die Bänder im Hals in Schwingung, und der Brustkorb half mit, den Ton zu verstärken. Wären die anderen genauso klein gewesen wie er, da hätte das schon ausgereicht, aber so ganz allein in seiner Winzigkeit, ging er einfach unter.

Täglich grübelte er, warum just er als Einziger seiner Familie so klein geraten war. Seine Eltern waren normal gewachsen, wie andere Zwerge eben auch. Weder seine drei Brüder noch seine Schwester waren so zurückgeblieben. An zu wenig Flüssigkeit konnte es nicht gelegen sein, seine Mutter erzählte gerne, dass er immer besonders durstig gewesen sei und große Mengen – oder zumindest nicht weniger als seine Geschwister – bestes Quellwasser getrunken habe.

Nun ja, die gute Zwergenmutter verbesserte gern das Wasser zum Trinken mit Kräutern, doch sprach sie nie davon, dass sie einmal, als sie mit Zwergenklein – so nannten ihn bald alle, als sie merkten, dass er nicht größer werden wollte – beim Kräutersammeln nicht ununterbrochen auf ihn geachtet hatte. Ihr damals Jüngster hatte sich auf der Wiese vergnügt, und als sie zurückkehrte, war er um den Mund herum ganz blau von unbekannten Beeren. Zwerge kennen sich üblicherweise sehr gut aus mit Kräutern und Beeren, aber die Pflanze, die ihr Sprössling abgeerntet hatte, war ihr unbekannt. Anfangs war sie recht erschrocken gewesen, aber da er fröhlich lachte und auch später keine Anzeichen einer bedenklichen Wirkung erkennbar gewesen waren, hatte sie sich keine Gedanken mehr darüber gemacht. Erst einige Zeit später wunderten sich alle, dass das Zwergenkind gar nicht mehr weiterwuchs. Von dem Vorfall mit den Beeren wollte die Mutter nichts erzählen, denn niemand sollte wissen, dass sie vielleicht nicht genügend Sorgfalt aufgewendet hatte, damit ihr Sohn gesund und heil bliebe. Es war ja auch gar nicht sicher, ob die Beeren daran schuld waren, vielleicht hatte ihn ein fernes Waldwesen verhext, oder irgendein Ahne seine Anlagen vererbt, oder … So viele Gründe fielen ihr da noch ein, damit sie bloß nicht sich selbst die Schuld geben musste. Und es hätte auch nicht geholfen, größer wäre er doch nicht mehr geworden, mit diesem Gedanken beruhigte sie sich. Sonst war alles mit ihm in Ordnung, er war ein kluges und fleißiges Kerlchen und manchmal war es sogar sehr praktisch, dass er so klein war. Besonders seine Geschwister schickten ihn gerne durch enge Spalten oder in kleine Höhlen, wo keiner von ihnen hineinkonnte, um herauszuholen, was nur er erreichen konnte. Denn mit seinen zierlichen Händchen vermochte er aus den dünnsten Ritzen noch etwas herauszuklauben, wo niemand anderer erfolgreich war. Unter Wurzeln fand er so manchen schönen und herrlich duftenden Pilz, den die anderen gar nicht entdecken konnten, weil sie von viel zu weit weg schauten.

Ja, es gab schon einige Vorteile, die er hatte, doch die Freude darüber hätte er noch lieber mit einer Herzensfreundin geteilt. Und Kinder wollte er natürlich auch mit ihr haben, die zu ihnen beiden passen würden, dann wäre wieder alles in Ordnung.

Doch weit und breit, nicht auf seiner Wiese und auf keiner in der Nachbarschaft, gab es ein Zwergenwesen, das nur annähernd so klein war wie er. Und seiner Kleinheit entsprechend hatte er natürlich auch nur winzige Beine, deshalb konnte er nicht weit genug suchen gehen, denn er wäre wohl steinalt geworden, bis er ein fernes Land erreicht und eine Liebste gefunden hätte.

Eines Tages saß er vor seinem Haus und sinnierte wieder vor sich hin, wie er es wohl anstellen könne, doch noch eine Frau an seiner Seite zu umsorgen. Da krabbelte ein winziger Käfer an ihm vorbei. Niemand anderer hätte dieses Insekt wahrgenommen, doch er, weil er so klein war, sah dem Käferlein direkt in die Augen. »Du hast es gut, deinesgleichen ist auch nicht größer als du, du kannst dich vermählen, Kinder bekommen und dein Käferleben als zufriedenes Exemplar deiner Art beschließen«, murmelte Zwergenklein. Da fing der Käfer plötzlich laut und deutlich zu brummen an: »Was weißt du schon vom Käferdasein? Wenn ich eine Käferin besteige, dann ist es auch gleich aus mit mir, unseresgleichen wird gleich danach gefressen. Nein, ich brauch' keine Vermählung, ich bleibe Junggeselle. Doch diesen Wunsch wollten sie mir alle austreiben, ich müsse meine Käferpflicht erledigen, der Einzelne sei nichts, nur das Volk zähle, und so weiter und so fort redeten sie mir ständig ins Gewissen. Deshalb hab' ich nun beschlossen auszuwandern und ein Leben ohne meinesgleichen, dafür aber lange Zeit, zu verbringen.« Der Zwerg blickte recht verdattert. Erstens, weil er noch nie einen Käfer sprechen gehört hatte, zweitens, weil ihm diese Sicht des Verehelicht-Seins nie in den Sinn gekommen wäre und drittens, weil der Käfer einer war, mit dem er sich auf Augenhöhe unterhalten konnte! Vielleicht wäre das die Lösung? Die Gemeinschaft der Seinigen verlassen und sich ein zu ihm passendes Wesen zu suchen, wenn auch einer anderen Art zugehörig? Doch vorsichtig musste er dabei schon sein, eine Käferfrau durfte er nicht wählen, aufgefressen von der Angetrauten wollte er keinesfalls werden.

Er fragte den Käfer, ob er ihn vielleicht ein Stück mitnehmen würde, denn auch er passe nicht zu seinesgleichen und wolle sich eine neue Heimat suchen. Dem Kriechtier war es recht, ein wenig Unterhaltung konnte nicht schaden und Gefahr war der Kleine wohl keine, wollte er doch ein Weibchen finden, sie beide aber konnten Kumpane werden. Also packte der Zwerg seinen Ranzen und setzte sich rittlings auf das Insekt. Der hatte um einiges längere Beine als er, aber vor allem gleich sechs davon, die wurden nicht so rasch müde und sie kamen recht flott voran. Durch Gräserwälder ging es dahin, an Beeren, so groß wie sein Kopf, stieß er sich diesen, denn der Krabbler dachte nicht an das Leichtgewicht auf seinem Rücken, und wenn, dann hätte er sich wohl gar nicht vorstellen können, wie es diesem erging. Der Zwerg biss die Zähnchen zusammen, Hauptsache, er käme endlich in neue Gegenden, und die Hoffnung in seinem Innersten ließ ihn die Unbill rundum vergessen. Er sah sie so schön vor sich, seine Angebetete, sein herzallerliebstes Weib, wie er sie sich immer und immer wieder ausgemalt hatte. Lange Gespräche hatte er mit ihr geführt, die als Einzige sein Schicksal verstehen würde, teilte sie es doch mit ihm. Völlig versunken war er in seine Tagträumereien, weshalb er gar nicht merkte, dass sein Reittier innegehalten hatte.

Der Käfer grummelte unwirsch. »Steig ab, wir wollen Pause machen und die Gegend erkunden.« Sie waren am Rande eines Teiches gelandet, glücklicherweise weit genug entfernt, denn das Zwerglein konnte nicht schwimmen und fürchtete sich vor großen Ansammlungen von Wassertropfen. Um sich zu reinigen, reichten ihm üblicherweise einige wenige davon, mehr wollte er mit dem flüssigen Element nicht zu schaffen haben. Aber da, wo sie nun Pause machten, umgab sie ein Gräserwald, geschmückt mit Wiesenblumen. Es schien ihm, als hätten die Blütenelfen just für ihre Ankunft ihr Festkleid angezogen.

Schon war er in ein anregendes Gespräch mit den zierlichen Elfen verwoben, wobei er überlegte, ob eine von ihnen …? Aber den Elfen war nicht zu trauen, in der Größe wohl zu ihm passend, doch von vollkommen anderer Art. Des Nachts bei Mondenschein tanzten und sangen sie wunderlich schön. Zwerge wie er aber arbeiteten des Tags, des Nachts wünschte er sich seine Liebste an seiner Seite, nicht draußen irgendwo auf einer Wiese. Also blieb es beim Plaudern, dabei fühlte er sich recht wohl, denn das Schnattern bestritten hauptsächlich die zierlichen Luftwesen, die zwar allerhand von ihm wissen wollten, doch die Antwort nie abwarteten, sondern untereinander sich in allerlei Vermutungen vergnügten.

Plötzlich erschütterte ein Beben die Erde ringsum, begleitet von einem stampfenden Geräusch. Ein schwerer Schatten legte sich über die baumlose Wiese. Husch, waren die Elfenwesen verschwunden, versteckt in den Blättern und unter den Wurzeln ihrer Blumen. Zwergenklein aber, wiewohl bibbernd vor Angst, wollte gleichzeitig verstehen, welches Monstrum sich ihm näherte. Sein Käferkumpan war außer Sichtweite, er war gänzlich auf sich gestellt. Auf den Zweigen eines kleinen Busches kletterte er in luftige Höhen, um Aussicht zu gewinnen und der Gefahr ins Auge sehen zu können.

Da sah er sie, in einiger Entfernung, doch nicht weit genug, um völlig unbedenklich zu sein: Zwei riesen Beine, eigentlich grad so wie seine, nur um ein Riesenvielfaches größer, stapften durch die Wiese. Und zu diesen Beinen gehörten ein Körper und ein Kopf, die denen seiner Zwergenverwandten schon ähnelten, doch irgendwie anders zusammengesetzt schienen. Die Beine waren länger, der Kopf im Verhältnis dazu kleiner. Und natürlich war dieses Wesen insgesamt viel viel größer als der allergrößte seiner Verwandten. Ja, auch unter den Zwergen gab es größere und kleinere. Nur eben keinen so winzigkleinen wie ihn.

Diese Beine stapften unaufhörlich näher, immer näher, es schien ihm ratsam, rasch das Weite zu suchen. Etwas entfernt hatte er einige Bäume entdeckt, dahin wollte er sich retten, unter deren Wurzeln hoffte er, sicher zu sein.

Außer Atem langte er an, seine kurzen Beinchen hatten einen weiten Lauf bewältigt. Als er so nach Luft rang, vernahm er ein kleines Wimmern, das sich zwischendurch in heftiges Schluchzen steigerte, dann wieder abklang und erneut anschwoll, eine Flutwelle des Jammers schien sich am Waldesrand zu ergießen. In ihm erwachte der Held, hier war er gefragt, irgendjemand wollte getröstet, vielleicht sogar gerettet werden. Also folgte er der Trauerwelle, bis zum Wurzelgeflecht einer mächtigen Eiche, aus dem heraus der Jammer hervorquoll.

Und dann sah er sie, die holde, die herzallerliebste, die winzigste Zwergenfrau, die er in seinem noch nicht allzu langen Zwergenleben je gesehen hatte. Das Herz schlug ihm bis zum Hals – hier war sie, die, von der er immer geträumt hatte. Ebenso klein wie er, und so zerbrechlich, so bezaubernd, so ... die Worte gingen ihm aus, mit denen er diese Überraschung, dieses fast schon aufgegebene Wunder beschreiben hätte können.

Doch weinte sie bitterlich, um sie hatte sich eine Tränenlache gebildet, und so vertieft war sie in ihren Kummer, dass sie den Wicht gar nicht wahrnahm. Der Held in ihm klopfte an seine stolze Brust, er war ja gekommen, ein Wesen in Bedrängnis zu trösten und, wenn möglich, wieder fröhlich werden zu lassen. Um sie nicht zu erschrecken, räusperte er sich geräuschvoll. Nichts, keine Reaktion. Ein zweites Mal versuchte er räuspernd auf sich aufmerksam zu machen, doch erneut wurde er nicht wahrgenommen. Da entsann er sich eines kleinen Blümchens, das im Laub hervorgelugt hatte. Er eilte zurück – das Stampfen war weitentfernt schon fast verklungen – und sah es, sich ihm entgegenstreckend. »Liebe Blume, verzeih, aber ich möchte dich gerne pflücken, um eine kleine Zwergenfrau, die in ihrem Kummer zu ertrinken droht, zu berühren und vielleicht einen Funken der Freude in ihr zu entfachen. Erlaubst du es?« Das Blümchen nickte, ein wenig betrübt, weil es nun etwas früher als üblich sein Blütenköpfchen würde opfern müssen, gleichzeitig erfreut, dass es wahrgenommen und einer wichtigen Aufgabe entgegengebracht wurde. Ein kurzer Schmerz, schon war die Blüte in der Hand des winzigen Helden. Das Wimmern war leise geworden, als schwänden der Frau seiner Träume die Sinne, und er beeilte sich, um sie rechtzeitig zu erreichen.

Da saß sie, ein Bild der Verzweiflung, in sich zusammengefallen, unfähig, ihr Unglück zu beenden. Sanft streichelte er sie mit der Blume, die ihr Bestes gab, ein Licht der Hoffnung in das Zwerginnenherz dringen zu lassen. Und tatsächlich, die Berührung half, dass sie ihr Weinen kurz unterbrach. Doch noch verschleierten ihr die Tränen den Blick und ein wenig ängstlich wischte sie über die Äuglein, um besser zu erkennen, was hier so zärtlich ihre Trübsal durchbrach. Sie sah das Zwergengesicht vor sich, sie besorgt und liebevoll anblickend, und die Blüte, mit der ihre feuchten Wangen gestreichelt wurden. Das brachte den Tränenfluss endgültig zum Versiegen, die Mischung aus kleinem Schreck – der Zwergenmann war ihr gänzlich fremd, woher er kam, konnte sie nicht ahnen, sie war allein am Rande des Waldes, nicht unbedingt eine sichere Ausgangslage – und gleichzeitig Beruhigung – denn auch sie hatte schon lange niemanden gesehen, der ihr in Winzigkeit ebenbürtig war – tat ihre Wirkung. Die kugelrund aufgerissenen Augen, die ihn sowohl ängstlich wie interessiert anblickten, zogen Zwergenklein in ihren Bann. Minutenlang starrten sich die beiden an und in ihren Köpfen spulte sich die jeweilige Geschichte des so Klein-Seins und aller damit verbundenen Erinnerungen ab. Und ganz ohne Worte verstanden die beiden einander.

Nach einer halben Ewigkeit, also wirklich sehr lange, denn die Ewigkeit endet ja nie, wie lang dann ihre Hälfte dauert, kann niemand ermessen, also nach wirklich sehr langem Ineinander-versunken-Sein, kehrten die beiden Winzlinge ins Da-Sein zurück. Und genauso plötzlich, wie sie in schweigsame Starre verfallen waren, ergoss sich nun ein Redefluss oder besser ein Fragefluss, denn die beiden wollten ja so viel voneinander wissen!

Und weil wir alle keine halbe, ja nicht einmal eine viertel Ewigkeit zur Verfügung haben, soll an dieser Stelle nur das Wichtigste zusammengefasst sein: Die Winzigzwergenfrau hieß Rosenmunde, die einer winzigkleinen Zwergenfamilie entstammte. Im Gegensatz zu Zwergenklein war sie also nicht die Einzige und eigentlich ganz zufrieden gewesen. Doch sie hatte sich verlaufen und irrte nun schon – ja, erraten, fast eine Ewigkeit – über Flur und Wälder. Schließlich hatte auch sie kurze Beinchen und kam mit einem Tagesmarsch nicht weit und wusste überhaupt nicht weiter. Im Wurzelhaus der Eiche war sie schließlich erschöpft zusammen- und all ihr Schmerz ausgebrochen und hatte nicht mehr enden wollen. Der Heldenmut erwachte erneut im Wicht, nun galt es, die Kleine wieder zu den Ihren zurück zu geleiten. Die Aussicht auf noch mehr seiner Größenordnung ließen das Herz zusätzlich aufgeregt pochen, aber vor allem war ihm gänzlich unklar, wie und vor allem in welche Richtung dies gelingen konnte. Da meldete sich die Blume in seiner Hand und verriet, dass sie eine Wunderblume sei. Rosenmunde solle nur an ihr Zuhause denken, dann würde das Blütenblatt leuchten, das in dessen Richtung wies. Sie brauchten diesem Kompass nur zu folgen, um wohlbehalten anzukommen. Oh, das war eine Freude, schon strahlte Rosenmunde, und Zwergenklein fand sie gleich noch viel bezaubernder und freute sich mit ihr. Noch hatte er gar nicht über ein geeignetes Transportmittel nachdenken können, da krabbelte sein Freund der Käfer vorbei, und auch er hatte Unterhaltung gefunden. Keine Käferin, lebensmüde war er nicht geworden, nein, er hatte einen Gesinnungsgenossen kennengelernt, der das Leben ebenfalls etwas länger genießen wollte. Zwergenklein jauchzte, passender hätte es nicht kommen können. Rasch erzählte er seinem sechsbeinigen Freund die Geschichte und bat die beiden Kriechtiere, sie zu Rosenmundes Familie zu tragen. Die freuten sich über ein neues Ziel und nahmen die Zwerglein gerne auf ihre Rücken. Und schon ging es dahin, wieder pfiffen ihnen die Gräser, kleine Zweiglein und Beeren um die Ohren, und auch Rosenmunde biss die Zähnchen zusammen, denn ihr war alles recht, wenn sie nur wieder die Ihren wiedersehen konnte. Die Blume leuchtete beständig die Laufrichtung, so waren sie nach einigen Stunden tatsächlich angelangt.

Dort war die Freude riesengroß, denn die Familie der kleinen Zwergenfrau hatte sich schon große Sorgen gemacht. Ein Umarmen und Schulterklopfen hob an, erneut schwirrten Fragen umher, alle wollten alles gleichzeitig sagen und wissen, die beiden Käfer beobachteten verwirrt das Durcheinander. »Die sind schon sehr merkwürdig, diese Zwerge«, grummelte der eine und der andere pflichtete ihm brummelig bei.

Aber schließlich wussten alle von der Geschichte und jeder würde sie danach ein wenig anders erzählen. Doch zuerst wurde gefeiert und auch die Käfer erhielten die gebührende Beachtung, deshalb benahmen sie sich ganz artig, meinten, es sei ihnen eine Ehre gewesen und Dank sei nicht nötig, freuten sich aber dann doch über einen entsprechenden Anteil am Festmahl, bei dem sie tüchtig mitmachten.

Und weil fast jedes Märchen mit einer glücklichen Vermählung endet, so soll es auch diesmal so sein, Zwergenklein und Rosenmunde wurden ein Paar. Doch weil er ja nur wegen der unbekannten Beeren (oder vielleicht doch durch einen fremden Zauber?) so klein geblieben war, wuchsen ihre Kinder unterschiedlich groß, manche so klein wie er, zwei so groß wie seine Eltern und manche blieben gerade dazwischen. Und nun wisst ihr auch, dass sie viele Kinder hatten, denn Zwerge leben sehr lange, da hat es schon genug Zeit dafür. Und seither wachsen sie in allerlei Größen und es finden sich immer zwei und zwei zusammen. Und weil nur wenige Käfermänner die Freiheit dem Heiratsritual vorziehen, gibt es auch von ihrer Sorte noch genug, die gelegentlich mal eine kleine Zwergenfrau oder einen kleinen Zwergenmann von hier nach dort bringen.

Und wenn du jetzt immer noch nicht müde genug zum Einschlafen bist, musst du noch die nächste Geschichte lesen.

Erste Hilfe für nächtliche Unruhe
Wie oft reden wir von »einer Ewigkeit« – oft meinen wir auch, dass es eine Ewigkeit gedauert habe, bis der Schlaf endlich den immer noch regen Geist zum Schweigen gebracht habe. Schlafforscher haben es gemessen: Üblicherweise brauchen wir 5–30 Minuten, um einzuschlafen. Doch es kann auch eine Stunde, manchmal sogar mehr, dauern. Frauen brauchen durchschnittlich länger als Männer, bis das Wachbewusstsein endlich ausgeschaltet ist und langsame Deltawellen den Tiefschlaf anzeigen. Seien Sie also nachsichtig, wenn Ihr Partner neben Ihnen bereits tief schläft, während Sie noch gerne eine Reaktion auf Ihre nach wie vor aktiven Überlegungen hätten. *Er* ist ein Mann, er kann nicht anders. Laut einer Studie unter Frauen in Österreich, vermutlich gilt dasselbe auch für Deutschland, gehen diese aber eher früher ins Bett, damit gleicht es sich offenbar wieder aus.

Doch viele Menschen finden nachts kaum mehr Schlaf: Jeder Vierte in Österreich leidet gelegentlich unter Schlafstörungen *(Insomnie)*, jeder Zehnte chronisch. Viel zu wenige nutzen das Angebot, die Ursache ihrer Schlafprobleme im Schlaflabor oder beim Schlafcoaching herausfinden zu lassen. Stattdessen sollen starke Schlafmittel Abhilfe schaffen, sie sind weitverbreitete Suchtmittel. Die gute *Nachricht: »Erholsamer Schlaf lässt sich trainieren – ganz ohne Medikamente«*, sagt der Neurologe *Andreas Kaindlstorfer*, Leiter des Schlaflabors am Neuromed Campus des Kepler-Universitätsklinikums in Linz.

Bernd Saletu, Facharzt für Psychiatrie und Neurologie und Klinische Pharmakologie, Begründer des Schlaflabors an der Medizinischen Universität Wien und Leiter des Schlaflabors im Wiener Privatspital Rudolfinerhaus und *Gerda M. Saletu-Zyhlarz*, ebenfalls Neurologin und Fachärztin für Psychiatrie und Leiterin der Schlafambulanz der Uni Klinik für Psychiatrie in Wien bieten einen umfassenden und fundierten Überblick, auch für Laien verständlich, von der Geschichte der Schlafforschung bis zur Auflistung von Medikamenten und möglicher Nebenwirkungen in ihrem Buch *Was Sie schon immer über Schlaf wissen wollten*. Sowohl in der Schweiz als auch in Deutschland und Österreich gibt es schlafmedizinische Gesellschaften, die Ihnen Schlaflabore in der Region nennen können, Sie finden die Kontaktdaten im Quellenverzeichnis zu Ende des Buches.

Lesen vor dem Einschlafen trägt dazu bei, müde zu werden, denn Konzentration erfordert reichlich Gehirnaktivität. Märchenhaftes verhilft hoffentlich zusätzlich zur Beruhigung der Gedanken. Tatsächlich tauchen wir mit allen Gehirnfunktionen in die gelesene Welt ein, EEG-Messungen zeigen, dass wir beschriebene Handlungen quasi gedanklich miterleben. Es ist also nicht egal, welche Inhalte wir uns zu Gemüte führen, ehe wir das Licht abdrehen und mit geschlossenen Augen die Gehirnschwingungen der Verlangsamung zuführen. Denn die Lider zu schließen bewirkt bereits den Wechsel zu Alphawellen, dasselbe erreichen wir für Entspannung im Wachzustand, beispielsweise für Phantasiereisen, autogenes Training oder Meditation. Nicht von ungefähr schließen wir für diese, auf geistige Aktivität beschränkte, Tätigkeiten die Augen. Deshalb wird autogenes Training als Einschlafhilfe empfohlen und ist vermutlich viel wirksamer als das berühmte »Schäfchenzählen«. Das, haben Forscher ebenfalls herausgefunden, sei sogar kontraproduktiv, weil so langweilig, dass die Gedanken sich neu bilden, das hält dann erst recht wach. Besser sei es, sich eine Wohlfühlumgebung vorzustellen, möglichst detailreich, inklusive dort wahrnehmbarer Geräusche und Gerüche. Das entspannt, lenkt auch ab von Sorgengrübeleien, die geschlossenen Augen helfen mit, das Einschlafen kann gelingen.

Ein online-Angebot zum Einschlafen bietet das Kontrastprogramm *Napflix* – ich habe mich nicht verschrieben, tatsächlich gibt es diese Plattform für die langweiligsten Videos, die im Netz zu finden sind, sie zu betrachten soll das Einschlafen erleichtern. Wenn Ihr Computer eine Ruhezustandsautomatik programmiert hat, brauchen Sie sich über das Abschalten keine Gedanken zu machen, allerdings bleibt das elektronische Gerät dann neben dem Bett, was weniger empfehlenswert ist.

Viele Menschen trinken Alkohol vor dem Schlafengehen, mit der Illusion begründet, er verhelfe ihnen zum Einschlafen. Tatsächlich gelinge es rascher als ohne dieses Gehirnvernebelungselixier, erläutert *Thomas Pollmächer*, Facharzt für Psychiatrie und Psychotherapie, von der Deutschen Gesellschaft für Psychiatrie und Psychotherapie, Psychosomatik und Nervenheilkunde (DGPPN) in Berlin. Doch der Preis ist hoch. Der Schlaf wird früher unterbrochen, verläuft insgesamt verkürzt und weniger tief. Aber auch Schnarchen und Atemaussetzer können eine Folge des Alkoholgenusses sein.

Alle diese Experten sind sich einig: Wer Mühe hat, ausreichend und tief genug zu schlafen, sollte folgende *Empfehlungen* beachten:
- *Alkohol, Coffein, Nikotin ab dem Mittagessen meiden* – wobei damit bestimmt nicht gemeint ist, sich den Vollrausch gleich am Morgen einzuflößen. 30–45 Minuten Powernapping ist durchaus empfehlenswert, aber nicht zu kurz vor der eigentlichen Abendruhezeit. Es sei denn, nächtliche Fitness ist gefordert, ob für Arbeit oder festliche Anlässe ist dabei gleichgültig.
- Der *Schlafplatz möge frei bleiben von anderen Sinnesreizen*, es soll klar sein, dass dieser Ort nur dem Schlafen diene. Umgekehrt solle man dann auch nicht im Bett bleiben, wenn man wach ist. Glücklicherweise leide ich nicht unter Schlafproblemen, mein Bett war

und ist mein bester Arbeitsplatz. Besonders kreative Tätigkeiten gelingen mir in halbliegender Position besonders gut. Organisatorisches hingegen ist für mich am Tisch besser zu erledigen, oder stehend. Wie immer gilt: auf individueller Ebene sind generelle Empfehlungen immer zu adaptieren, je nach persönlichen Präferenzen. Eines aber ist sicher: Wenn die gewohnte Routine das Schlafverhalten nicht begünstigt, sollten Sie etwas daran ändern.

- Vielen Menschen gelingt es schwer, *Grübelgedanken abzuschalten*, oft beginnen diese just zu rattern, wenn der Geist ruhen sollte. Experten raten dazu, diese aufzuschreiben. Quasi aus dem aktuellen Denkprozess hinaus. In meinen Gedankenrecycling-Workshops biete ich eine große Variation kunstaffiner Übungen an, bei denen das gedankliche Hamsterradeln kreativ genützt wird. Nicht selten bietet das Ergebnis damit gleichzeitig die Lösung des immer wieder aufs Neue gewälzten Problems.
- Auch *(guter!) Sex* wird empfohlen, klare Sache, er trägt zur kompletten Entspannung bei. Wer gerade keinen Sexualpartner an seiner Seite hat, der kann es mit progressiver Muskelrelaxtion versuchen. Klingt unaussprechlich, ist aber einfach: erst alle Muskeln anspannen, dann entspannen. Anschließend jeden Körperteil, von den Füßen weg, bewusst anspannen und noch mehr entspannen. Im Idealfall kommt man nie bis zum Kopf, weil der Schlaf das Denken abgeschaltet hat. Das ist eine schnell anwendbare Kurzform, wie ich sie für die Geburtsvorbereitung geübt habe, funktioniert wunderbar.
- Während des Schlafes, besonders dem tiefen, werden überflüssige Nervenverbindungen abgebaut und neue Synapsen gefestigt. Tagsüber aufgenommene und im Tagesgedächtnis zwischengelagerte Informationen

werden mit bestehenden verknüpft, und damit im Langzeitgedächtnis verankert. Wenn Sie also *neu Gelerntes speichern* wollen, legen Sie am besten ein Nickerchen ein. Ohne Studienergebnisse dieser Art zu kennen, habe ich während meiner Schullaufbahn generell meist im Bett gelernt, dabei bin ich oft eingeschlafen. Besonders Vokabellernen ging nahtlos in tiefen Schlummer über. Ohne es zu ahnen, habe ich so das mittlerweile wissenschaftlich bestätigte Sprichwort befolgt. Ob es *der Herr* ist, der es uns *im Schlaf gibt*, sei dahingestellt, wirken tut es allemal.

Wildpflanzen schwingen hoch, sie sind gespeichertes Sonnenlicht und können helfen, die Körperfrequenz anzuheben. Lisa Gibon, Kräuterkundige aus Klosterneuburg, stellte mir auf meine Bitte hin eine Aufstellung unterstützender heimischer Wildkräuter zusammen.

Wildpflanzen für guten Schlaf

- *Johanniskraut:* Das Johanniskraut war eine der Lieblingspflanzen des großen Paracelsus. Es blüht, wenn die Sonne am Höchsten steht, dann hat das Johanniskraut seine »Hochzeit«. Sehr bekannt ist das Rotöl oder auch Johannisöl, das mit den frischen Blüten angesetzt wird. Es muss in der Sonne am besten einen Mondzyklus lang ziehen und wird dann abgeseiht und dunkel gelagert. Das Johanniskraut wirkt sehr stark auf Nerven, angespannte Muskeln, aber auch bei Verletzungen (die offene Wunde aussparen!). Durch seine »rote« Signatur wird es auch bei Sonnenbrand oder Verbrennungen eingesetzt.
Als Nervenheilmittel wirkt es beruhigend. Am besten auf Verspannungen einmassiert. Wenn der Kopf

schmerzt oder die Gedanken nicht zur Ruhe kommen, einfach das Öl auf den Augenbrauenbereich über die Schläfen einmassieren.

Bekannt ist auch die Wirkung auf die Psyche des Menschen, es gibt uns in der dunklen Jahreszeit seine gespeicherte Sonnenkraft. Ein herrliches Bild. Dafür kann es als Tee getrunken oder auch als Tinktur oder Kapseln eingenommen werden.

Wichtig: Johanniskraut setzt den Lichtschutzfaktor der Haut herab.

Und es gibt Johanniskrautbabys – das zeigt die starke Wirkung des Johanniskrautes – es kann trotz Antibabypille einen Eisprung bei der Frau hervorrufen. Auch mit bestimmten Medikamenten sind Wechselwirkungen bekannt, daher sollten Sie einen kurmäßigen Einsatz unbedingt mit Ihrem Arzt besprechen!

- *Steinklee:* Der Steinklee wird auch *Honigklee* genannt, weil er fein nach Honig duftet. Sein lateinischer Name *melilotus officinalis* verrät die geschätzte Heilkraft in der Volksheilkunde. Den Beinamen *officinalis* tragen nämlich nur Pflanzen, die früher in der Apotheke bzw. über den Offizin verkauft wurden.

Er wirkt auflösend auf Furunkel und eiternde Wunden. Er entspannt müde Beine und wirkt gleichzeitig venenstärkend. Er aktiviert die Lymphe und löst Wasseransammlungen im Körper und hilft, diese abzutransportieren.

Beim Trocknen lösen sich Cumarinverbindungen und der typische Heuduft tritt hervor. Viele Menschen empfinden den warmen Sommerduft entspannend und beruhigend. Als Kräuterkissen unter den Kopfpolster gelegt, hilft er nervösen Menschen, einen entspannenden Schlaf zu finden.

Man findet ihn häufig in der Natur und es gibt ihn auch in Weiß. Der heilkräftige ist jedoch der gelbe Steinklee.

- *Baldrian*: Der Baldrian ist die klassische Beruhigungspflanze schlechthin. Er liebt es feucht und die stärkste Heilwirkung ist in der Wurzel zu finden. Wurzeln werden immer nur im Herbst oder im zeitigen Frühjahr gegraben, wenn die Pflanze in der Wurzel ruht und dort ihre geballten Heilkräfte konzentriert. Hat man einmal in seinem Leben einen Baldrian ausgegraben, vergisst man den Anblick nie wieder. Der Wurzelstock besteht aus vielen gedrehten Wurzelsträhnen, er erinnert an einen verwirrten nervösen Kopf. Und der Duft ist natürlich einzigartig.
Der Baldrian ist am besten als kalter Teeauszug zu verwenden. Einige Wurzelstückchen mindestens sechs Stunden im kalten Wasser ziehen lassen. Wenn Sie ihn warm wollen, vorsichtig erhitzen, aber nicht über 42 Grad. In kleinen Schlucken vor dem Schlafengehen trinken.
Der Baldrian wirkt beruhigend auf den gesamten Organismus. Er hat keine einschläfernde Wirkung, daher kann er sehr gut als Vorbereitung für Prüfungen oder ähnlich Aufwühlendes eingesetzt werden.
Übrigens – Katzen lieben Baldrian. Er hat auf sie eine stark aphrodisierende Wirkung.
- *Hopfen: Humulus lupulus* auf Latein oder umgangssprachlich *Mönchsriemen* genannt. Der Hopfen ist nicht nur Würzmittel für Bier, sondern auch im Frühling fein schmeckender wilder Spargelersatz, östrogenisierende Pflanze oder entspannendes Schlingkraut. Der Hopfen ist eine zweihäusige Pflanze, das heißt, sie trägt entweder ausschließlich männliche oder weibliche Blüten.

Die weibliche Blüte macht im Spätsommer die bekannten Hopfenzapfen, die zerrieben einen wunderbar würzigen Duft abgeben. Als Tee getrunken ist der Hopfen sehr bitter aber auch entspannend. Natürlich ebenso als Bier. Eine weitere bekannte Anwendung ist das Trocknen der Zapfen, bis sie »rascheln«, danach ein Leinenkissen damit füllen und unter den Kopfpolster geben. Durch die Bettwärme werden die ätherischen Öle verströmt, die uns entspannt in einen guten Schlaf begleiten.

- *Melisse und Lavendel* sind typische Kräuter, die in Klostergärten kultiviert wurden. Sie sind keine einheimischen Wildpflanzen. Doch weil sie eine sehr gute entspannende Wirkung besitzen, sollten sie erwähnt werden.
- So weit zu den heimischen Wildkräutern, Lisa Gibon unbekannt war ein alter Brauch, aus England. Dort wird eine *ungeschälte Knoblauchzehe* unter den Kopfpolster gelegt. Angeblich hilft sie gegen Müdigkeit nach dem Aufwachen. Neben den vielen nachgewiesenen Wirkstoffen von Knoblauch, die ihn zum Beispiel zu einem wirksamen Antibiotikum werden lassen, ist er Vampirgläubigen auch als Abwehrmittel gegen diese Untoten bekannt. Genau dieser Effekt, nämlich Energien zu reinigen, soll ihn zu einem Schlafhelfer machen. Einen Versuch ist es schon wert, wenn es hilft, ist es gleichgültig, warum. Zusätzlich profitieren Sie von seiner insektenabschreckenden Wirkung. Kann also keinesfalls schaden.
- *Luisa Francia* berichtet in ihrem Büchlein *einschlafen träumen ausschlafen* vom Frauenwissen in Bayern: In ein Stück Stoff werden *Lavendel, Nelken und Hopfen* eingenäht, für zusätzliche Geisterabwehr sorgen aufgestickte Abwehrsprüche.»... *mit Näglein besteckt, schlupf unter die Deck«* heißt es im Wiegenlied.

Gewürznelken dienen nicht nur der Geisterabwehr, sie wirken auch keimtötend und luftreinigend. Deshalb kann auch eine *Zitrone, mit Näglein (Nelken) besteckt,* neben dem Bett aufgehängt werden, sie wirkt wie eine »*spirituelle Klimaanlage*«, schreibt Francia. Gleichzeitig werden Motten, Staubmilben und allerlei andere Kleinstlebewesen vertrieben.

Der Mensch genießt erst seit relativ kurzer Zeit – im Vergleich zu seiner Entwicklungsgeschichte – den Schlaf in Behausungen, und noch viel viel kürzer in weichen Betten. In unseren Zellen ist die Erinnerung an den Schlaf unter freiem Himmel gespeichert, weshalb es wichtig ist, zumindest vor dem Schlafen gut zu lüften. Im Sommer die lauen Nächte für einen Schlaf unterm Sternendach zu nutzen, kann für ein besonderes Erlebnis sorgen. Wir haben dafür weiche Unterlagen, etwa mit Luft gefüllte. Aber vielleicht suchten sich bereits unsere Vorfahren schon bequeme Unterlagen, um sanfter zu träumen? Eine bemooste Fläche konnte eine feine Liegestatt bilden. Im folgenden Märchen ist davon die Rede. Und es lässt nachempfinden, wie wir vom Wachbewusstsein hinübergleiten in Traumbilder, die wir mitunter nicht unterscheiden können von dem, was wir unsere Wirklichkeit nennen. Gleichzeitig ist es ein Beispiel für die Vielfalt der Texte, die entstehen, wenn wir unser Unterbewusstsein zensurfrei diktieren lassen.

Metamorphmoosis

»Die halbe Wahrheit!«, hatte sie ausgerufen. Die halbe Wahrheit sei es gewesen, als der Bärtige ihr die Flasche über den Kopf geschlagen hatte. Nein, wirklich, sie habe nie die

Absicht gehabt, ihm die Perücke vom Kopf zu reißen, aber, ja, da hatte sie nun diese faserige Verschönerungs-Attrappe in den Händen und wusste sein Geheimnis.

Er war richtig wütend geworden, der Bärtige, beschimpfte sie als Zauberin – als wäre das eine verachtenswürdige Profession, nein, für sie war das eigentlich eine Ehre, als solche bezeichnet zu werden, aber er hatte es bestimmt anders gemeint.

Eine Zauberin, nun sie wäre es gerne gewesen, dann hätte sie ihm Moos auf dem Kopf wachsen lassen, auf dem er so gerne wieder Haare gehabt hätte, dann wäre seine Eitelkeit trotz seiner bedeckten Kopfhaut für jeden sichtbar. Und sie hätte sie auch feucht gehalten, hach, das wär' doch was, da könnten die Würmer schon überleben, noch ehe sie seinen verwesenden Körper abtragen mussten, ein lebender Leichenschmaus sozusagen.

Sie konnte sich so richtig hineindenken, in diese Mikrowelt des Mooses, mit all seinen aberwinzigen Lebewesen, die in ihm wohnten, sie fühlte sich hinein in dieses Universum der Einzeller, Käfer, Würmer, Maden und so fort. Sie roch die feuchte Erde, schlüpfte durch Vertiefungen, ihr Körper wurde geschmeidig und biegsam, die Knochen wurden weich wie die eines Babys, sie konnte ihren Körper ganz dünn werden lassen und in Hohlräumen wieder ausdehnen, sie ergoss sich förmlich in alle Poren des Erdreichs, das sich auf seinem Kopf immer weiter ausbreitete. Sie kroch über seine Augenbrauen und machte sich auf den Weg, seine Ohren zu erforschen. Es durchfuhr sie der Gedanke, dass es sie ekelte, die innersten Geräusche, Gerüche und Ausdünstungen dieses Mannes zu erforschen, dem sie lieber nie im Leben begegnet wäre. Schnell zog sie sich wieder zurück in die geschützte Umgebung, die ihrer Phantasie entwachsen und nun Lebensraum geworden war für ihre Zerbrechlichkeit.

Hier fühlte sie sich umschmeichelt von duftender, samtener Erde, gestreichelt von zartestem Wurzelwerk, sie lauschte den Geschichten der Mikrotierchen um sie herum und lugte vorwitzig aus den Mooslocken hinaus in die Höhenluft, die sie umgab. Hin und wieder fielen auch Regentropfen auf die Moosplatte, und alle nährten sich von dem kostbaren Nass.

Die Würmer waren schon ganz fett geworden und atmeten schwer, die Gänge, die sie gezogen hatten, waren weit und gemütlich, darin konnte man eine gute Rast halten, ein Moosklümpchen als Kopfpolster und ein weiteres als Decke.

Mitunter begegnete sie einem Steinchen, das sich ins Erdreich geschmuggelt hatte und für die nötige Beschwerung sorgte, damit dem Mann dieser Hauptschmuck nicht auch vom Kopf fiele.

Mit den Jahren hatte sie ihre einstige Geschichte und Umgebung schon fast vergessen, sie hatte eine anpassungsfähige transluzide Form angenommen, war immer mehr mit dem Wurzelwerk verwandt und doch anders. Fortschreitend verschmolz sie mit ihrer Umgebung, ihr Körper zerfiel und diente den Würmern zur Nahrung, ihr Geist war dünn geworden, er blickte von allen Richtungen durch das Erdreich aber ebenso auf dieses, nahm die Kleinstlebewelt in diesem wahr und den Träger dieses Wildwuchses ebenso wie sein Dasein, auch er war mit seinem Kopfgewächs bereits eins geworden. So waren er und sie ein merkwürdiges Paar geworden, so verschieden und dennoch eng verbunden.

Ein jeder hatte die Freiheit der Bewegung in der gewählten Umgebung, in einer Symbiose, ohne der Welt des jeweils anderen Nahrung zu entziehen, sie hatten ganz vergessen, dass sie aneinander gebunden waren, und ebenso, dass sie das Missgeschick der einen und der Ärger des anderen zusammengeführt hatte.

Paradoxe Interventionen
Beim Lesen der beiden vorangegangenen Märchen entsteht ein weiteres vor meinen Augen: der winzige Zwerg, der sich im Moos verläuft, und einer seiner Söhne, einer von den etwas größeren, fischt ihn wieder heraus, ... Es könnte sich auf diese Weise auch eine Möglichkeit bieten, mit Unbequemlichkeiten umzugehen. Denken Sie sich doch einmal eine Fantasiegeschichte aus. Wenn Ihre Vorgesetzte, ein Mitarbeiter, eine ... so gar nicht geeignet erscheint, Ihnen sympathisch zu werden, vielleicht verändert sich Ihr inneres Bild von ihm oder ihr, wenn auf seiner Glatze Moos wächst, wenn ihre Ohren plötzlich zu Flügeln werden, wenn die Würmer ... Denken Sie sich etwas aus, das Sie zum Lachen bringt. Am besten über sich selbst.

Beim sommerlichen Klosterneuburger Kurzfilmfestival *Shortynale* sah ich einen Animationsfilm über die Geschichte eines Mannes, der auf seinem Kopf seine unverarbeiteten Kindheitserinnerungen als Kröte festsitzen hat. Er erhofft sich Befreiung vom Arzt. Als dieser verschwindet, um die Operation vorzubereiten, tobt er durch den Untersuchungsraum, dadurch gerät die Kröte schließlich so in Turbulenzen, dass sie ihm vom Kopf fliegt. Schnell packt er sie in einen Sack und eilt ins Freie, glücklich über seinen endlich wieder kahlen Kopf. Doch draußen erwartet ihn eine Gruppe von Menschen, die alle ein Amphibium auf dem Kopf tragen. Diese Frösche und Kröten spielen ein schwungvolles Konzert und alle haben Spaß. Zuerst ist er erstaunt, vermisst dann sein Oberhaupt und packt die Kröte auf seinen Kopf zurück. Nun ist er wie alle anderen und die Krötenkopflinge genießen die gemeinsame Freude.

Diese Ähnlichkeit mit meiner Geschichte verblüffte mich. Vor allem aber begeisterte mich die wirklich witzige Umsetzung. Wenn Sie Einschlafschwierigkeiten haben: Versuchen Sie doch mal, sich dieses Hindernis als extra Teil auf Ihrem Kopf vorzustellen. Entdecken Sie dessen

Geschichte und Eigenleben, schließen Sie Freundschaft oder vergessen Sie, so wie der Glatzkopf in meiner Geschichte, dass es da ist und leben Sie Ihr Leben wie gewohnt weiter, als wäre der Störfaktor gar nicht da oder immer schon da gewesen. Gelingt es Ihnen, sich eine Freude stiftende Geschichte auszudenken, lachen Sie hoffentlich über dieses eigentlich ungewollte Anhängsel, das entspannt. Spielen Sie mit Ihrer »Behinderung«, dann könne Sie auch »wir schlafen jetzt« spielen. Alles, was helfen kann, die Verkrampfung zu lösen, die Angst vor dem Nicht-schlafen-Können zu entschärfen, trägt dazu bei, dass es doch gelingen kann. Goethe meinte: *»Süßer Schlaf! Du kommst wie ein reines Glück ungebeten, unerfleht am willigsten!«*

Dementsprechend regt ein Tipp von Schlafforschenden an, zu Bett zu gehen, mit dem Vorsatz, keinesfalls zu schlafen. Die Wirkung entspricht der progressiven Muskelrelaxation (s. voriges Kapitel). In diesem Fall werden nicht die Muskeln, sondern die Gedanken zunächst an- danach entspannt. Und Lachen ist immer noch die beste Medizin. Beim ernst Schauen spannen wir wesentlich mehr Muskeln des Gesichtes an als beim Lachen!

»Der Himmel hat den Menschen als Gegengewicht gegen die vielen Mühseligkeiten des Lebens drei Dinge gegeben: die Hoffnung, den Schlaf und das Lachen«, sagte Immanuel Kant.

Spinnen Sie meine Märchen nach Lust und Laune weiter, eine Fortsetzung vielleicht wach- oder erträumend oder Ihre eigenen erfindend. Besonders Träume der *NREM*-Einschlafphase (non REM) sollen »gedankenartig« sein. Als ich, schon ziemlich müde, noch unbedingt ein Märchen schreiben wollte, überkam mich der Schlaf, dennoch schrieb ich weiter, meine Traumbilder einarbeitend. Konkret schlief ich während des Schreibens ein, erwachte aber gleich wieder und fuhr fort zu schreiben. Heraus kam eine etwas wirre aber durchaus zusammenhängende Geschichte über eine

Zauberhexe und einen schwarzen Reiter (allerdings eine andere als die im Buch, vom Häuschen am Wald). Ich war fasziniert und dachte mir, so kann es gelingen, einen Traum während des Träumens aufzuschreiben. Vielleicht versuchen Sie es einmal. Es kostet allerdings schon einige Überwindung, sich hundemüde noch ans Schreiben zu machen.

Der Schlaf und die Träume helfen uns ja auch, unangenehme Erfahrungen zu verarbeiten. Nach dem Aufwachen scheint Ärger vom vergangen Tag nichtig, manches Missgeschick erweist sich als seltsam komisch.

Die Traumforschung nach Sigmund Freud konnte seine These, dass wir tabuisierte Wünsche in moralisch nicht vertretbar erscheinenden Traumbildern ausleben, nach dem Erwachen aber als akzeptable Traumerzählung verklausulieren und damit die bildgebenden Inhalte verdrängen, nicht bestätigen. Das Visualisieren von Wünschen andererseits soll deren Erfüllung unterstützen. Je detailreicher, desto eher, wesentlich ist, dass das Gefühl entsteht, das wir empfinden, wenn es Wirklichkeit wird. Dem Fischer in der folgenden Geschichte ist das gut gelungen.

Der Fisch

Es war in einem fernen Land, im hohen Norden. Dort trugen die Menschen jahrein, jahraus dicke Felle, um sich vor der klirrenden Kälte des Winters und den nur wenig wärmeren Tagen des kurzen Sommers zu schützen. Sie aßen viel Fett und drängten sich zum Schlafen in kleinen Räumen dicht aneinander, um sich gegenseitig warm zu halten. Ein Ältestenrat wachte über die Geschicke, fasste Beschlüsse, wenn diese nötig waren und suchte nach Lösungen, wenn sich zwei nicht einig werden konnten. Dies geschah aber nur selten und meist wurde der Streit rasch beigelegt.

Eines Abends jedoch, es war einer dieser linden Frühlingstage, an denen sie die Pelze nur locker über die Schultern gelegt hatten und sich die ersten Sonnenstrahlen nach einem langen dunklen Winter in die zerfurchten Gesichter scheinen ließen, kehrte einer von ihnen vom Fischen nicht wieder zurück. Er hatte sich nicht abhalten lassen, weit hinaus zu gehen, über die Eisschollen, um den größten Fisch zu fangen, der je im Dorf gesehen ward. Denn es gab da ein Mädchen, das ihm sehr gefiel, um sie zu gewinnen, wollte er sich von den anderen Werbern abheben.

Die Männer waren, als die Nacht hereingebrochen war und alles Rufen nichts genützt hatte, schweren Herzens zurückgekehrt. Gleich am nächsten Morgen wollten sie erneut hinaus ans Meer, um ihn zu suchen. Denn sie hielten zusammen und achteten darauf, dass es allen gut ging.

In dieser Nacht schliefen die Mitglieder dieser kleinen Gemeinschaft am Rande der Welt kaum, angespannt warteten alle auf die Rückkehr des Lichts, um sich auf den Weg machen zu können. Noch nie war einer von ihnen einfach verschwunden, immer fischten oder jagten alle in der Gruppe, kehrten ebenso zurück und feierten, wenn sie reiche Beute gemacht hatten.

Der junge Fischer indessen war von Scholle zu Scholle gesprungen, so weit, bis er die anderen nur mehr als kleine dunkle Tupfen auf der leuchtend weißen Schneelandschaft ausmachen konnte. Da dachte er: ›Nun bin ich wohl weit genug, hier will ich mein Glück versuchen und einen riesen Fisch fangen. Das ganze Dorf soll sich daran laben und danach noch viel Fleisch übrig bleiben, um in Salz eingelegt an vielen weiteren Tagen die Hungrigen zu sättigen.‹

Er hatte ein großes Netz mitgebracht, das er den langen dunklen Winter hindurch, im Lichte einer Tranlampe, geknüpft hatte. Durch die großen Maschen konnten kleine Fische leicht entkommen, nur der größte, der sollte sich darin verfangen, das war sein Ziel.

Dieses Netz warf er nun, ein wenig herzklopfend, in das Wasser, das rund um die Scholle seine Wellen an dieser brach. So sehr achtete er auf einen guten Wurf und danach auf kleinste Bewegungen, die anzeigen konnten, ob ein Fisch sich in ihm verfangen hatte, dass er nicht bemerkte, wie sich die Scholle, auf der er saß, immer weiter von den anderen entfernte und der Weg zurück damit verloren war. Immer weiter trieb er hinaus ins offene Meer, vorbei an Eisbergen, der Fischer aber merkte nichts von seiner Reise, er blickte unverwandt auf das Wasser, seine Hände hielten das Netz, bereit für jede Anspannung, die den erhofften großen Fang verkünden würde.

Die Nacht brach herein und nun merkte der Fischer, dass er zu lange nur sein Ziel im Sinn gehabt hatte, ohne die Folgen seiner Besessenheit zu bedenken. Er blickte auf und konnte kein Land mehr erkennen. Die Sterne über ihm waren weit und gehörten einer anderen Welt, sie konnten ihm die Richtung weisen, aber nicht dorthin zurückbringen. Furcht schlich sich in seine Sehnen, alles in ihm verkrampfte sich und er schalt sich für seine Gier und Selbstvergessenheit. Es war dunkel und rings um ihn nur Wasser, der Mond war eine dünne Sichel, zu wenig, um ihm den Weg zu leuchten. Doch auch wenn es taghell gewesen wäre, wie sollte er die Eisscholle wieder zurückbewegen?

Während er sich selbst bedauerte und sich bereit machte, sein noch so junges Leben zu verlassen, spürte er plötzlich ein Zurren in seinen Händen, die das Netz nicht ausgelassen hatten. Da spannten sich seine Sehnen aufs Neue, alle Angst war gewichen, nun war er Jäger, der seine Beute witterte und alles um ihn war vergessen.

Aber noch war nichts gewonnen, der Fisch kämpfte, um seine Freiheit wiederzuerlangen, rund um ihn hielten ihn Seile fest, in welche Richtung er auch versuchte, zu entweichen, er wurde zurückgeworfen. Mit einem letzten mutigen Versuch wollte er sich aus dem Wasser hinauswagen, doch auch diese Richtung war verschlossen. Schließlich gab er auf und wurde ganz ruhig. Diesen Moment nutzte der Fischer und mit einem kräftigen Ruck war der Fisch, gefangen im Netz, auf der Scholle gelandet. Mit letzter Kraft sah er den Menschen, doch dieses Wesen war ihm unbekannt, bisher hatte sich keiner dieser Art in seine Lebenswelt gewagt. Die Luft umher war feucht und auch die Scholle bot einen Rest seines Lebenselements, deshalb waren ihm die Sinne noch nicht geschwunden deshalb sprach er den Fischer an: »Wer bist du und warum hast du mich eingesperrt in dieses Geflecht um mich herum? Was willst du von mir und wie kommst du an diesen Ort der feuchten Freiheit? Jedem Wal bin ich bisher entkommen, doch deinesgleichen ist mir unbekannt und ich wusste nicht, welche Gefahr auf mich lauern würde. Lass mich zurück in mein Element, es soll dein Schaden nicht sein.« Der Fischer war verdutzt, gleichzeitig neugierig, denn mit einem Fisch hatte er sich bisher nie unterhalten. Er versenkte das Netz erneut im Wasser, damit sein Fang am Leben bliebe, jedoch ohne ihn freizulassen. »Das musst du mir erst beweisen, dass ich einen größeren Gewinn mache, wenn ich dich ziehen lasse, anstatt dich zu mir nach Hause zu nehmen und alle in meinem Dorf satt zu machen.« – »Erzähle mir von deinem Dorf und deinesgleichen, danach kann ich dir offenbaren, was ich gegen meine Freiheit zu tauschen bereit bin«, antwortete der Fisch.

Also erzählte der Fischer vom Leben der Zweibeiner, dass sie sich von Vierbeinern und Meeresbewohnern ernährten und die Felle der Tiere als wärmende Hülle aufbereiteten, weil ihnen selbst kein wärmendes Haarkleid wuchs. Und dass sie sich aus der Haut der Fische Schutz für Füße und Beine fertigten, damit sie am Eis nicht festfroren. Er verschwieg auch nicht, dass er zu weit weg vom Land getrieben war und ihm der Fang nur wenig nützen würde, könne er nicht nach Hause kehren. Schließlich erzählte er von dem Mädchen, das er beeindrucken wollte, und dass dies der Grund sei, warum er so weit hinaus getrieben war, um so einen großen Kerl wie den aufmerksam lauschenden Fisch nach Hause bringen zu können. Der Fisch verstand, dass die Menschen seinesgleichen als Nahrung brauchten, ernährte er sich ja ebenso von kleineren seiner Art und lief auch selbst Gefahr, Beute noch größerer Meeresbewohner zu werden. Er überlegte eine Weile und meinte dann: »Lässt du mich frei, nehme ich dein Netz ins Maul und ziehe deine Scholle wieder zurück in die Nähe des Landes, damit deine zwei Säulen der Fortbewegung dir wieder nützlich werden. Und für das Wesen, dem deine Sehnsucht gilt, gebe ich dir ein Geschenk, das viel besser ist als ein großer Fisch wie ich. Aber weil ihr auch etwas zu essen braucht, zeige ich dir die besten Stellen, zu denen die üppigsten Fischschwärme kommen. Doch ihr dürft sie nur ab und an aufsuchen, damit für uns alle genug bleibt und genügend am Leben bleiben, damit die Schwärme nicht kleiner werden.« Der Fischer fand den Vorschlag sehr anständig und öffnete das Netz. Wie versprochen zog der Fisch den Mann wieder in Landesnähe und verließ ihn an der angekündigten Stelle, an der er guten Fang würde machen können. Zuvor aber tauchte er noch einmal tief hinab zum Meeresgrund und kehrte zurück mit einer Perle. Sie schimmerte in allen Farben und bewundernd hielt der Mann die runde Gabe des Meeres in seinen Händen. »Schenke sie deiner Braut, sie soll sich damit schmücken. Sie wird euch reichen Kindersegen schenken und dafür sorgen, dass ihr alle kräftig und gesund bleibt. Und gerätst du jemals wieder in Seenot, dann rufe mich, ich werde kommen und dich wieder zu deinen Gestaden zurückbringen.« Der junge Mann hörte nicht mehr auf zu staunen, so viel Glück auf einmal war nicht leicht zu fassen. So merkte er gar nicht, dass der Fisch schon längst verschwunden war, und erwachte erst aus seinen Gedanken, als die Sonne über dem Horizont auftauchte. Da sah er das Ufer, und die anderen Fischer des Dorfes, die herbeigeeilt waren, gerüstet, um ihn zu suchen. Doch er konnte ganz leicht zurückkehren, von Scholle zu Scholle springend, und mit großem Jubel wurde er empfangen. Den staunenden Männern erzählte er vom sprechenden Fisch und den Fischschwärmen, die ihnen fortan satte Bäuche bescheren würden. Die Perle aber verbarg er sorgsam in seiner Hand, die nun wieder im fellenen Handschuh geborgen war.

Im Dorf wurde er erneut freudig empfangen und es dauerte eine Weile, ehe er die Frau seiner Wahl aufsuchen und mit dem Präsent des Fisches fragen konnte, ob sie das Leben mit ihm verbringen und eine Familie gründen wolle. Den Jungen mochte sie wohl, und wenn es auch kein Fisch war, den er ihr brachte, das Kleinod gefiel ihr so sehr, dass sie herzlich gern einwilligte.

Und so wurden die beiden ein Paar, hatten immer reichlich Fische zu essen und viele gesunde Kinder. Die Jungen wurden ebenso tüchtige Fischer wie ihr Vater und die Mädchen gerieten nach ihrer Mutter. Der Fisch hatte zu jeder Geburt eines Mädchens eine neue Perle gesandt, und so blieb das Glück ihren Kindern und Kindeskindern hold.

Sich die Nacht um die Ohren schlagen

Welches Ziel hält Sie so gefangen, dass Sie die Nacht wachend verbringen, was lässt Sie alles um Sie herum vergessen?

Welchen Schatz konnten Sie bereits bergen in einer durchwachten Nacht?

Die Aktion einer schlaflosen Nacht glich einem Märchen. Um hungernden Menschen in Ostafrika eine Chance zum Überleben zu bieten, wurde eine Aktion der *Caritas* in Wien gestartet: 24 Stunden lang alle zehn Sekunden einen Luftballon steigen lassen. Damit möglichst viele Menschen aufmerksam werden und je ein Hilfspaket zu zehn Euro spenden. Die Organisatoren konnten davor vor Aufregung, dann während der Aktion nicht schlafen. Danach aber waren sie ordentlich müde.

Auch ich hatte in meinem Leben etliche Gelegenheiten, mehr als 24 Stunden am Stück wach zu bleiben. Meist, weil Arbeit erledigt werden musste. Mitunter ist es danach gar nicht so leicht, einzuschlafen. Und den Schlafentzug aufzuholen dauert oft einige Nächte. Erstaunlich ist, was unser Körper zu leisten fähig ist. Doch es kostet Lebenszeit, sagen wissenschaftliche Studien. Hier gilt es abzuwägen: Mehr Spannung während des Lebens oder lieber mehr Jahre davon. Wer arbeitsbedingt die Wochentage über regelmäßig zu wenige Stunden dem Schlafen widmen kann, sollte zumindest an den arbeitsfreien Tagen die fehlenden Stunden nachholen. Denn entgegen früherer Lehrmeinung macht es durchaus Sinn, »nachzuschlafen«. Ebenso ist »vorschlafen« empfehlenswert, zumindest viel gesünder als Kaffee und Zigaretten oder Energydrink. Schlafforscher Bernd Saletu zitiert eine Studie, mit der nachgewiesen werden konnte, dass nach dreißig Minuten Schlaf vor einer zu durchwachenden Nacht Müdigkeit und Leistungsverlust deutlich reduziert waren gegenüber der Kontrollgruppe ohne Vorschlaf. Ein prophylaktischer Schlaf von zwei Stunden konnte die Leistungsfähigkeit während eines nachfolgenden 24-Stunden-Schlafentzugs sogar erheblich verbessern. Besonders für im medizinischen Umfeld Nachtdienst Leistende ist das wichtig. Denn ein kurzes Schläfchen am Nachmittag sorgt für eine deutlich verbesserte Aufmerksamkeit während des Nachtdienstes und damit geringere Fehlerquote.

Wie viele Stunden aber sollten wir nun wirklich schlafend verbringen, damit nachtaktive Organe ihre Arbeit erledigen können, Wunden schneller heilen, die Immunkraft angekurbelt wird, Gehirnzellen nachwachsen und Schadstoffe abtransportiert werden? Die Faustregel mit den acht Stunden stimmt nur bedingt. Manche Menschen brauchen mehr, andere weniger Schlaf. Auch müssen sie nicht am Stück absolviert werden. Fünf Stunden davon sollten es aber zumindest sein, wird geraten, mehr als zehn sind ebenfalls ungünstig, heißt es. Wer regelmäßig kürzer als vier Stunden oder mehr als zehn schläft, stirbt früher, statistisch gesehen. Letztere sogar noch mehr, wobei ich schon hinterfrage, ob sie deshalb so lange geschlafen haben, weil sie bereits geschwächt waren oder ob die Schwäche von zu langem Schlafen kam. Außerdem ist die nötige bzw. übliche Schlafdauer auch altersabhängig. Babys und Kleinkinder brauchen richtig viel davon, wobei bereits in dieser ersten Lebensphase große Schwankungen (12–16, mitunter sogar 18 Stunden bei Säuglingen) zu beobachten sind. Ältere Menschen kommen mit eher weniger aus, bei gleichzeitig geringerer Tiefschlafzeit. Ab dem Alter von zwei reichen 12 Stunden, und die werden dann eher in der Nacht absolviert. Der im Kindergarten vorgeschriebene Nachmittagsschlaf meiner Vorschulzeit war also völlig überflüssig.

Idealerweise – wenn es überhaupt sein muss – sollte der Wecker so eingestellt werden, dass die Schlafphasendauer von 90 Minuten beachtet wird. Wer nämlich aus dem Tiefschlaf oder in der Mitte einer REM-Phase geweckt wird, fühlt sich benommen, mitunter auch verwirrt. Es kann bis zu 30 Minuten dauern, bis man wieder hellwach und einsatzfähig ist. Es bringt also gar nichts, sich früher zu wecken, besser in einer der halbwachen Zwischenzeiten des Schlafrhythmus.

Bevor Sie mir aber während der Einblicke in das fast unübersehbare Gebiet des Wissens um die Zeit des Tages, in der wir eigentlich nicht wissen, was wir tun, einschlafen, schiebe ich ein nächstes Märchen ein.

Der kleine Junge, die Schwalbe und der Wald

Es war einmal ein kleiner Junge, der hieß Uwe. Er hatte sich im großen Wald verlaufen und wusste nicht mehr heimzufinden. Da sah er auf einem Ast eine Schwalbe sitzen. Auch sie musste sich wohl verflogen haben, denn wie käme sonst eine Schwalbe in den finsteren Wald? Er empfand sie als Verbündete im alleine Sein und wollte mit ihr Freundschaft schließen.

Vorsichtig näherte er sich dem Baum, auf dem sie saß und guckte. Da er noch ein kleiner unschuldiger Junge war, flog sie nicht erschreckt davon, sondern beobachtete ihn neugierig.

Er sah sie an und lächelte vorsichtig. Auf seine ausgestreckte Hand setzte sie sich zutraulich.

»Liebe Schwalbe«, sprach er, »wir beide sind wohl an einem fremden Ort gelandet und wissen alleine nicht heim zu finden. Vielleicht aber gelingt es uns gemeinsam?«

Die Schwalbe, der ohnehin keine bessere Idee einfiel, fand das einen Versuch wert und willigte ein. Sie erbot sich, über die Höhen der Baumkronen emporzufliegen, um nachzusehen, in welche Richtung der Wald am schnellsten wieder zu Ende war.

In der Zwischenzeit lehnte sich Uwe an den Baum – eine uralte Eiche – und wartete.

Als er so mit der Eiche eins wurde, hörte er diese brummen und knarren. Er begann zuzuhören und vernahm ihre Stimme. »Wehe, wehe, ein Zauberer hat uns gefangen, kein Anfang und kein Ende findet dieser Wald, bevor nicht die Hexe in seiner Mitte erlöst ist.«

Da war die Schwalbe wiedergekommen und konnte die Worte der Eiche bestätigen. Sie hatte nur Wald und wieder Wald erkennen können.

Deshalb beschlossen die beiden, die Mitte des Waldes zu suchen. Aber wo konnte diese zu finden sein, wenn man keine Ränder kannte, wenn es doch keinen Anfang und kein Ende gab? Die Eiche aber wusste den Weg, sie konnte ihn nur nicht selber gehen, weil sie ja festgewachsen war. Einen ihrer Äste ließ sie den Jungen abbrechen, er sollte ihm als Wanderstab dienen und derart die Richtung vorgeben.

Kaum hatte Uwe den Stab zu Boden gebracht, da bewegte dieser sich vorwärts. Eilig lief der Junge hinterdrein, über ihm flog die Schwalbe, mal hinauf, mal hinunter, mal voraus, mal hintennach.

Der Wald wurde immer dichter und finsterer und stiller.

Und dann fanden sie sich vor einer Wand aus Baumstämmen, einer dicht neben dem anderen. Diese liefen sie entlang, bis sie zu einer kleinen Türe kamen. Der Junge suchte nach einer Klinke, doch nicht einmal ein Schlüsselloch war zu sehen. Guter Rat war von Nöten! Betrübt setzte er sich davor, da schlangen sich die Äste der umstehenden Bäume um ihn und bald war er in ihnen gefangen. Aber nein, in ihrer liebevollen Umarmung fühlte er sich geborgen, gehalten, beschützt. Doch unbeweglich. Die Schwalbe setzte sich auf seinen Fuß und zwitscherte:

»*Kommt ein Vogerl geflogen, setzt sich nieder auf mein' Fuß.*

Hat ein Schlüsserl im Schnabel, von der Hexe einen Gruß.«

Und wirklich, in ihrem Schnabel glänzte ein kleiner goldener Schlüssel, den sie dem Jungen zusteckte. Der begann sich zu winden und zu stoßen, die Äste halfen gar mit und es gelang Uwe, mit dem Schlüssel die Tür zu berühren. Ein Schrei ertönte, gleichzeitig sprang die Türe so heftig auf, dass Uwe auf der Nase gelandet wäre, hätten ihn die Äste nicht aufgefangen. Nun konnte er sich auch aus deren Umarmung lösen und weitergehen über eine helle Lichtung, auf der ein Haus stand, das war aus lauter Spiegeln gebaut.

Da ging er nun darauf zu, und alsbald wusste er nicht mehr, wo drinnen und wo draußen war.

Er klopfte an einen der Spiegel, aber der drehte sich nur und zeigte Uwe seine eigene Kehrseite. Die wollte ihm nicht gefallen, also lief er zum nächsten Spiegel, da war es nicht anders, und beim nächsten wiederum und so fort. Er war schon ganz müde geworden und meinte, wohl schon alle Spiegel probiert zu haben und der Mut wollte ihn verlassen. Erschöpft blieb er stehen und überwand sich, hinzuschauen. »Ja, so sehe ich wohl auch aus«, dachte er bei sich. »Das ist die Seite, die andere von mir sehen, die ich doch gar nicht kenne.« Zögerlich begann er, sich mit seiner Rückseite anzufreunden. Am besten gefielen ihm die breiten Schultern, in denen er schon den Mann ahnte, der er einmal werden wollte.

Aber ach, wie sollte ihm das gelingen, wenn er nicht einmal aus dem Wald herausfand?

Und wieder war es die Schwalbe, die ihn aus seinen trüben Gedanken riss. Sie saß rittlings auf seinem Kopf, also sah er im Spiegel ihre Vorderansicht, mit der er sich unterhalten konnte.

»Geh doch einfach einen Schritt weiter«, schlug sie vor. Und als er nun den Schritt in den Spiegel hinein machte, da war er schon durch und konnte hinter den Spiegel sehen.

Es war ihm, als sähe er sein Leben rückwärtslaufen, er war wieder daheim, auf der Wiese mit den Apfelbäumen, er kroch auf allen vieren durch Mutters Küche, wo er Schelte bekam, weil er alles in den Mund steckte, er wimmerte in der Wiege und schwupp, ward er in Mutters Schoß eingesogen und schwebte in ihrer wohlig warmen, rhythmisch pulsierenden Bauchhöhle.

Dann hörte er Stimmen von außen, spürte das Weinen seiner Mutter und die drohende Rede eines Mannes. Er fühlte die Angst, aber auch Abwehr der Frau, die nun doch eine andere als seine Mutter war, er wusste, da war etwas im Gange, das er nicht verstand.

Dann war er wieder aus der Höhle draußen, aber er schwebte über dem Geschehen und sah den Mann über die

Frau gebeugt, die sich wehrte und Verwünschungen gegen den Mann ausstieß. Danach ging der Mann rückwärts aus dem Raum und Uwe verstand, dass er etwas unternehmen musste, damit der Mann mit der Frau nicht zusammenkäme, wenn die Zeit wieder ins Vorwärtslaufen käme.

Schwerelos über der Szene schwebend, schienen ihm alle Elemente zu gehorchen, und er begann, das Geschehen um seine eigene Achse zu wirbeln.

Landschaften, Städte, Dörfer, Menschen flogen vorbei, und es schien ihm als erreiche er den Anbeginn der Zeit.

Schließlich war alles still, so still, dass es schon fast geschmerzt hätte, hätte er Ohren gehabt. Aber so war er nur Wissen und Sein und alles davor Gewesene war gleichzeitig da und fort.

Die Frau jedoch war eine feine Gestalt geworden, fast durchscheinend, kaum wahrzunehmen, dennoch wurde ein starkes Gefühl von Stolz durch sie übertragen. Es war ihm, als wäre die Frau er und er die Frau. Und das Gefühl von Stolz wechselte mit Angst und Scham, er wollte sich auflösen und wurde wieder herbeigewirbelt, ein Tanz der Gedanken und Ideen, der sich in einem weiteren Wirbel auflöste und zu einem leuchtenden Punkt verdichtete. Darin war so viel Kraft, dass aus ihm alles entstehen konnte, und Uwe, oder das, was dieser einmal gewesen war, verstand, dass er nun anders entscheiden musste als beim ersten Mal, damit der finstere Wald eine lichte Landschaft werden konnte.

In diesem Moment der Erkenntnis begann sich der lichte Punkt auszudehnen und ein Gefühl der Freude erfasste ihn, dass er zu bersten drohte und sich erneut in einem Wirbel ausbreitete. Mit ihm dehnten sich das Licht und die Liebe und die Freude aus, die so lange in ihm gefangen gewesen waren, ein unendliches Fließen und Wachsen und Gedeihen hob an.

Als nun rundum eine Welt der Freude und des Lichtes entstanden war, fand er sich wieder neben der Schwalbe, die

Frau war an seiner Seite, wunderschön und sanft, und der Vogel sang das Hohelied der Liebe.
 Und er sah, dass er ein Mann geworden war und seine breiten Schultern so manche Last hätten tragen können. Doch dies war nicht mehr nötig, denn um sie herum war eine Welt voll Heiterkeit, Leichtigkeit und Licht entstanden.

Vom Träumen

In unseren Träumen geht es nicht immer friedlich und freudvoll zu, schließlich wollen Erlebnisse, aber auch unbewusste Gefühle, die mitunter mit lang Vergangenem zusammenhängen, verarbeitet werden. Ebenfalls wird das Tagesgeschehen im Traum verarbeitet, Relevantes herausgefiltert und mit bereits vorhandenen Informationen verknüpft, um im Langzeitgedächtnis verankert zu bleiben. Wenn sie also vor dem Einschlafen ein Märchen lesen, ist es durchaus wahrscheinlich, dass es in Ihr Traumgeschehen eingewoben wird. Vielleicht gelangt auf diesem Weg Zauberenergie in Ihre Traumwelt, denn im Gegensatz zu vielen Träumen finden sich in Märchen immer hilfreiche Energien, die den Heldinnen und Helden helfen, zu einem guten Ende zu gelangen. Idealerweise zeigen sich dadurch Lösungswege auf. Stellen Sie sich vor, Sie träumen sich an den Anbeginn der Zeit und drehen alles neu, so wie Uwe, der Junge im Märchen, und erleben die Wandlung in paradiesische Welten!
 Wer erreichen möchte, dass seine Alpträume sich ebenfalls in Wohlgefallen auflösen, kann das *luzide Träumen* trainieren. Dabei weiß der Schlafende, dass er träumt.
 Diese nicht nur zufällig auftretende, sondern auch erlernbare Fähigkeit des bewusst Träumens ist seit mehr als 40 Jahren Gegenstand der Forschung. Durch vereinbarte Augensignale können Klarträumende dem Labor signalisieren, dass sie wissen, dass sie träumen, wodurch eine wissen-

schaftlichen Kriterien genügende Ausgangsituation hergestellt wird. Denn außer Augen und Zwerchfell bleiben willkürliche Muskeln während der besonders traumintensiven REM-Phasen gelähmt, man nennt das *Atonie*. Dadurch unterbleibt die bewegte Umsetzung des Geträumten. Im Buch *Klarträumen* schildern *Dylan Tucillo*, *Jared Zeizel* und *Thomas Peisel* das Potenzial gegen Alpträume folgendermaßen: *Gelingt es dem Menschen aber, im Albtraum luzid zu werden, kann er nicht nur den Verlauf der Angst machenden Handlung verändern, die aus seinem Unterbewussten heraufdrängt. Er kann der Sache zudem auf den Grund gehen: Er kann herausfinden, was ihn so quält, und das Thema auf diese Weise befrieden.«*

Ihr Buch lehrt angehende Traumreisende *(Oneironauten)* Schritt für Schritt, wie es gelingen kann.

Der deutsche Psychologe *Paul Tholey* widmete sich ebenfalls der Erforschung des luziden Träumens. Er schlägt vor, sich mit der Alptraumfigur anzufreunden.

Die österreichische Traum- und Schlafforscherin *Brigitte Holzinger* hat sich mit dem Thema intensiv befasst und etliche Bücher dazu geschrieben, sie leitet in Wien ein Institut, das sich nicht nur wissenschaftlich sondern auch künstlerisch der Erforschung von Schlaf- und Traumgeschehen widmet. In Schlafcoaching-Workshops finden bei ihr Menschen mit Schlafproblemen komplexe Unterstützung, um erholsames Schlafen zu lernen.

Klarträumen ist auch ein Mittel zur Leistungssteigerung, beispielsweise im Sport. Bewegungsabläufe können bis ins kleinste Detail durchgespielt und optimiert werden, im Wachzustand sind diese Erfahrungen dann abrufbar.

Vermutlich verdanken wir diesen Effekt der Tatsache, dass während des Schlafens bzw. Träumens tagsüber neu Erlerntes mit bereits abgespeichertem Wissen in Verbindung gebracht wird. Damit wird es im Langzeitgedächtnis verankert und bleibt verfügbar. Dieser Umstand weist umgekehrt auf die Problematik hin, dass, wer wenig Basiswissen hat – das wir üblicherweise in den ersten Lebensjahren erwerben – neue Erfahrungen nur mangelhaft verknüpfen kann, der Wissenstand wird also nur mäßig erweitert. Ähnlich geht es Menschen, die beständig zu wenig schlafen. In diesem Fall können die Erfahrungen des Tages nicht ausreichend verarbeitet und eingeordnet werden. Denn eine Aufgabe des Träumens ist es, Unverständliches verständlich werden zu lassen, Sinnzusammenhänge herzustellen. Deshalb kommt, was tagsüber wichtig ist, besonders häufig im Traum vor.

Nachdem ich dieses Kapitel geschrieben hatte, fiel ich in den wohlverdienten Schlaf, nicht ohne daran zu denken, dass mein Manuskript in wenigen Tagen beim Verlag sein sollte, aber noch eine Menge Arbeit vor mir lag. Vermutlich deshalb träumte ich von meiner Verlegerin, der ich mein Haus (das in keinster Weise dem von mir in Wirklichkeit bewohnten ähnelte, mir aber gefallen würde) zeigen wollte. Doch ich fand die Schlüssel nicht. Merkwürdigerweise suchte ich im nächsten Traumabschnitt eifrig im Inneren des Hauses danach. Meine morgendliche Interpretation dieser Traumbilder lautete: Das Haus steht für mein Manuskript, dass ich den Schlüssel dafür nicht fand, für die noch unfertigen Abschnitte. Die Verlegerin nahm mein Suchen übrigens völlig gelassen zur Kenntnis, auch das entspricht nach der Erfahrung mit bereits zwei vorangegangenen Büchern der Realität. Dennoch empfand ich – immer noch träumend – es als eher belastend, dass ich den Schlüssel nicht finden konnte, meine Unruhe über die unvollendeten Buchseiten drückte sich in diesen Traumbildern aus.

Das bestätigt, dass sich besonders unsere Gefühle in bewegten Bildern ausdrücken, die Amygdala sowie das gesamte limbische System, also die Gehirnanteile, in denen unsere Emotionen gesteuert werden, sind hoch aktiv, während der Präfrontalkortex, der Bereich, in dem bewusstes, logisches Denken stattfindet, üblicherweise quasi abgeschaltet bleibt. Das heißt, die Instanz, die uns tagsüber kontrolliert, die sich gegen triebgesteuerte Handlungsimpulse entscheiden kann, ist inaktiv. Interessant in diesem Zusammenhang ist der Umstand, dass in den beiden Amygdalae, denn wir haben zwei solche *Mandelkerne* eingebettet im limbischen System, sowohl Ängste als auch Kreativität beheimatet sind. Im Wachzustand behindert das Gefühl der Angst die Kreativität, erst wenn z.b. durch Musik Entspannung angeregt wird, kann sie wieder aktiv werden und somit auch Lösungswege aus der angstbesetzten Situation oder auch Einbildung aufzeigen. In der Literatur fand ich dazu keine Überlegungen, mir aber fällt auf, dass wir in Träumen hoch kreativ sind, gleichzeitig kann ein Traum sehr angstbesetzt sein. Möglicherweise läge auch darin ein Schlüssel zur Bewältigung von emotional belastenden Träumen. Von Alpträumen geplagte Menschen könnten es ja mal versuchen und beruhigende Musik neben sich abspielen lassen. Widerspricht zwar der Empfehlung, elektronische Geräte lieber aus dem Schlafbereich zu verbannen, in diesem Fall aber wäre das gerade nützlich.

Brigitte Holzinger vergleicht die Traumdeutung mit dem Betrachten eines Bildes im Museum. Unzählige Menschen sehen ein und dasselbe Gemälde – doch jedes innere Erleben des Gesehenen unterscheidet sich vom anderen. In meinem ersten Märchenbuch, das sich mit dem Phänomen der Raunächte beschäftigt, in denen wir Ausblick auf das kommende Jahr zu erhalten suchen, regte ich an, sich in einer dieser *Zwölften* so viel Zeit wie nötig und möglich dem Betrachten eines einzigen Bildes zu widmen. Das kann natürlich auch zu jedem anderen Zeitpunkt des Jahres unternommen werden. Vielleicht nützen Sie diese Gelegenheit, um sich gleichzeitig ihrer ganz persönlichen Assoziationen bewusst zu werden? Wenn sie zu zweit oder gar in einer Gruppe sind, tauschen Sie sich doch aus und vergleichen Sie, was jede und jeder gedanklich damit verbindet. Vielleicht erinnern Sie sich an einen Ihrer Träume und entdecken Parallelen, ein dadurch entfachter Geistesblitz könnte Ihnen wertvolle Erkenntnis liefern.

In meinen *creativelife*-Coachings und Seminaren arbeite ich gerne mit Postkarten. Wahllos sind tausende davon in Kisten aneinandergereiht, aus ihnen lasse ich meine Klientinnen intuitiv wählen, immer in Bezug zu einer sie im jeweiligen Moment beschäftigenden Frage. Das Bild dient lediglich dem Anstoß zur Assoziation, das Gesehene weckt Erinnerungen, innere Bilder und Interpretationen tauchen auf. Je nachdem, wer das Bild wählt und mit welcher Frage, habe ich zu einzelnen Motiven schon gänzlich unterschiedliche Interpretationen gehört. Immer jedoch bietet die Formulierung des Gedankenbildes wunderbare Einsichten in Lösungswege, Erklärungen oder die Erlebniswelt der Fragestellenden.

Meine Kindheitsfreundin – unsere Mütter waren befreundet, also waren wir einander ausgeliefert, die drei Jahre Ältere allerdings wollte sich nicht so gerne mit der Kleinen abgeben – beneidete mich um meine glückliche Traumwelt. Sie bemühte sich, mir möglichst viele gruselige Geschichten zu erzählen, gegen die ich wohl immun war. Im Gegenteil, ich lauschte ihr fasziniert und freute mich jedes Mal auf neue Schauergeschichten. Der Schlaf und damit das Träumen helfen Kindern auch, mit Ängsten umzugehen.

Um ein ganz besonders Kind geht es im folgenden Märchen, über die mit dem Räuber im Bunde stehende Stille und ihr Gegenteil, den Lärm, ist im Anschluss mehr zu lesen.

Hortus und die Elfenkönigin.
Ein Nachtmärchen

Es war einmal ein Räuber, der hatte die ganze Nacht der Stille gelauscht. Sie war seine Freundin, mit ihr im Bunde hatte er über die Jahre viele Raubzüge vollbracht. Ihre Tarnung ließ ihn Reisenden auflauern, in Häuser eindringen, sein gesamtes Diebeswesen treiben. Niemand kannte ihn, niemand sprach über ihn, niemand hörte ihn. Denn die Stille war an seiner Seite, sie sorgte für Schweigen ebenso wie für geräuschfreie Überfälle. Das war besonders wichtig, denn so entging er auch eventuell lauschenden Zeugen.

Schon vor langer Zeit hatte er mit der Stille einen Pakt geschlossen. Damit sie leichtes Spiel habe, sollte er nur des Nachts arbeiten, dann war ihr Anteil an der Aufgabe nicht so anstrengend. Die meisten Tiere schliefen, die Menschen üblicherweise ebenfalls. Wachhunde sowie den Nachtwächter musste er ohnedies meiden, da hatte die Stille keine Sorge. Mit den Reisenden war es schon schwieriger, denn die waren ja am leichtesten auf den Wegen, weitab von Gaststätten oder anderen menschlichen Behausungen, zu überwältigen, was dann unter Tags zu erledigen war. Dafür machte die Stille eine Ausnahme, doch nicht zu oft, mehr als zwölfmal im Jahresverlauf sollte es nicht sein. Das war auch dem Räuber recht, denn so ein Überfall bedeutete viel Arbeit, und er brauchte noch ein paar andere dafür, mit denen er die Beute dann teilen musste. Das fiel ihm am schwersten, denn mit dem Rechnen hatte er sich immer geplagt und so meinte er jedes Mal, dass die anderen im Vorteil seien und er zu wenig Beute abbekommen habe. War etwa ein kostbares Schmuckstück für ihn ausgewählt und für die anderen eine Kette oder einige Münzen, misstraute er deren Beteuerungen, dass alle Haufen gleich viel wert wären und meinte sich betrogen. Deshalb wurde es auch von Mal zu Mal schwieriger, Kumpane zu gewinnen, die es mit ihm gemeinsam angehen wollten, die Feilscherei um das Raubgut war den meisten zu mühselig und sie wollten es nicht noch einmal mit ihm versuchen. Trotz seines Bundes mit der Stille, von dem auch die anderen ihren Nutzen zogen, mieden sie den Argwöhnenden. Also verlegte er sich mehr und mehr auf stille Einzelgänge. Wirklich fette Beute war nur in den Bürgerhäusern zu erwarten, besonders bei den Geizigen und den Handwerkern oder Geschäftsbesitzern. Tuchhändler mit kostbaren Stoffen mochte er besonders, denn für Schönheit hatte er einen feinen Sinn. Und auch die Stille freute sich, wenn sie der Schönheit begegnen durfte.

In einer dieser Nächte, eine von jenen, in denen selbst der Mond sich hinter der Erde versteckt, also in einer dieser besonders finsteren, sah er kaum die eigene Hand vor den Augen. Er ertastete die Tür des Ladens, den er für diese Nacht zur Arbeitsstätte erkoren hatte. Wie immer war die Stille mit ihm gekommen, sie mochte den Griesgram, er ließ sie in Ruhe und bot ihr Abwechslung. Und er achtete sie, das war nicht so selbstverständlich. Er drückte gegen die Tür, die – oh weh, die Stille hatte nicht aufgepasst – knirschend nachgab. Schnell zupfte er seine Helferin am Rockzipfel, die sich zusammenriss und einsprang. Schon öffnete die Türe sich lautlos weiter. Achtsam tastete er sich vorwärts, in das Innere des Ladens. Es war der Verkaufsraum eines Schusters, der besonders feines Leder für besonders anspruchsvolle Kunden verarbeitete. Hier kauften nur die Reichen ein, daher hoffte er, reichlich Beute zu machen. Er hatte einige Kienspäne mitgebracht, um sich in der Dunkelheit zurechtzufinden, denn nur das Beste sollte mitkommen. In der Werkstatt lagerte das Leder, davon wählte er einige Häute, dafür hatte er bereits eine Vorbestellung. Dann schaute er doch in die Kasse – in den meisten Läden wurde diese abends leer geräumt – doch ganz hinten hatten sich einige Münzen versteckt, die nahm er erfreut an sich. Nun sah er sich in aller

Ruhe um und wählte drei Paar Schuhe. Eines davon wollte er sich aufheben, für Zeiten, da er sich zur Ruhe setzen und seinen bescheidenen Reichtum genießen wollte. Mit den anderen beiden wollte er neue Raubgesellen bezahlen, damit sie ihm zur Hand gingen bei der nächsten Reisegesellschaft. Damit wäre die Sache im Vorhinein klar ausgehandelt, und es würde keinen Streit geben.

Und dann entdeckte er auf einem der Regale ganz hoch oben ein Ding, das so gar nicht in einen Schuhladen passte. Da saß eine Puppe, gehüllt in ein rosa Kleidchen, die blickte unbeteiligt in die Ferne, dorthin, wo in dieser finsteren Nacht wirklich nichts zu erkennen war.

Er wusste, der Schuster hatte keine Kinder hatte, was also machte die Puppe in seinem Laden? Die Neugier und sein Sinn für Schönes ließen ihn alle Vorsicht vergessen, er konnte es nicht unterlassen und holte das Kunstwesen vom Regal. Da wand sich die Stille unter Schmerzen, denn so viel Geschrei im Zaum zu halten war zu viel der Last. Sie deutete dem Räuber, das Spielzeug auszulassen und schnell zu verschwinden. Schweren Herzens folgte er seiner Verbündeten, packte alles zusammen und verließ die Stätte seines nächtlichen Gewerbes.

Im Schutze der Finsternis entkamen sie unerkannt. In seiner Höhle, in der er seine Güter verbarg, ließ ihm die Erinnerung an die merkwürdige Puppe keine Ruhe, weshalb er die Stille einlud, noch einen Humpen Bier mit ihm zu trinken. Das ließ diese sich nicht zweimal sagen, die nette Abwechslung und die Gelegenheit, ihre Arbeit mal ruhen zu lassen, waren zu verlockend. In ihrer Freizeit war sie nämlich gar nicht so schweigsam, wie man es von ihr erwarten würde. Und so erfuhr der Räuber, was es mit der Puppe auf sich hatte und welches Geschrei die Stille zu unterdrücken fast gescheitert wäre.

Die Puppe saß schon seit sehr vielen Jahren hoch da oben auf dem Regal. Einst hatte eine edle Dame sie dem Schuster zur Aufbewahrung dagelassen, doch war sie nie zurückgekehrt, um sie zu holen. Der Schuster wiederum, der nichts weiter von dem künstlichen Mädchen wusste, bewahrte es getreulich auf, ab und an blies er den Staub, der sich auf ihm niedergelassen hatte, ab und erfreute sich an seinem hübschen Anblick. Einmal hatte er gemeint, es aufzuheben und ev. ins hintere Lager zu versetzen, doch auch ihn hatte der gellende Schrei sofort davon abgehalten.

Der Räuber fragte: »Warum schreit diese Puppe so, wenn man sie bewegen möchte?« Die Stille antwortete: »Sie ist das Kind der Elfenkönigin, die es vor dem Angriff der Titanen in Sicherheit brachte. Doch das Elfenreich verlor den Kampf und ist seitdem getrennt von anderen Welten. Deshalb konnte die Königin ihre Tochter nicht mehr zu sich zurückholen.«

Der Räuber hatte ein fühlendes Herz, das Stehlen sorgte nur für seinen Lebensunterhalt, er nahm lediglich, was er wirklich nutzen konnte und verletzte auch nie jemanden auf seinen Raubzügen. Er hatte das feine Gesicht des Elfenkindes wohl in seiner Erinnerung bewahrt und malte sich aus, wie sehr die Mutter leiden musste, weil sie so lange schon von ihrer Tochter getrennt war. »Gibt es denn keine Möglichkeit, der Elfenkönigin ihr Kind zurückzubringen?« Die Stille antwortete, dass es nur ein einziges Mal im Jahr, für einen sehr kurzen Moment, eine Öffnung ins Elfenreich gäbe. Wer diesen nutzte, musste ein volles Jahr warten, um erneut in seine Welt zurückzukehren. Und Elfenjahre seien nicht gleich Menschenjahre, wer dann zurückwolle, würde eine andere Zeit und Menschen, die er zuvor nie gesehen hatte, wiederfinden. Der Räuber dachte: ›Was habe ich schon zu verlieren, ich hab nicht Weib noch Kind, auch sonst keine Verwandten, vielleicht geht es mir in einer späteren Welt sogar besser als heute?‹ Er warf sich stolz in die Brust, eine Heldentat vollbringen zu können, ließ ihn über sich selbst hinauswachsen, und fragte die Stille: »Ich will es wagen, wenn du mir hilfst, die Puppe aus dem Laden zu bringen. Wo ist dieser Übergang ins Elfenreich und wann ist er geöffnet?« – »Du hast Glück«, antwortete die Stille, »in ein paar Wochen ist Weihnachten, drei Tage davor, wenn die Sonne wiederkehrt, musst du zu den zwei Steinsäulen am Annenberg gehen. Genau zur Sonnenwende leuchtet die Sonne zwischen den beiden hindurch. Diesem Lichtweg musst du folgen. An seinem Ende ist der Einlass, der nur in dem Moment sichtbar ist, wenn er sich öffnet. Aber beeile dich, denn bist du nicht rechtzeitig beim Elfentor, musst du warten, bis ein weiteres Jahr vorüber ist.« Der Räuber war ganz aufgeregt, endlich konnte er ein richtiges Abenteuer bestehen. Raubüberfälle hatten schon längst jeden Reiz des Besonderen verloren, Einbrüche waren beinahe eintönige Gewohnheit. Und das hatte er von seinem Vater, der ein berühmter Räuber gewesen war, gut eingeschärft bekommen: »Wenn etwas zur Gewohnheit wird, dann wirst du unachtsam, weil du meinst, du wüsstest Bescheid. Dann wird es gefährlich. Hüte dich also davor, immer das Gleiche zu machen, sonst wirst du es büßen.« Die Sache mit der Puppe kam also gerade recht, auch war die Weihnachtszeit keine gute Zeit für Räuber, die Leute waren bis spät in der Nacht lachend und lärmend auf den Straßen, besuchten einander, und die Läden waren leer, weil alles aufgekauft wurde für Geschenke. Reisende waren meist schon angekommen und feierten mit ihren Gastgebern. Es war also keine Zeit für Raubzüge, hingegen genau richtig, um ins Elfenreich zu gelangen.

Blieb nur noch, die Puppe aus dem Laden des Schusters hinauszubringen. Da mit ihrem Schreien zu rechnen war, konnte dies nur am Morgen des Sonnwendtages vollbracht werden, bevor die Sonne erwachte, danach musste der Räuber sofort zu den aufrechten Steinen eilen und auf den Sonnenaufgang warten. Die Stille wollte ihn begleiten und all ihre Kraft darauf verwenden, dass der Schrei des Elfenkindes nicht gehört werden konnte.

Es war ein eisigkalter früher Morgen, alles war mit einem gläsrigen Film überzogen, unter den Schritten knirschte es. Die Stille hatte es daher nicht leicht, doch ein Zauberwesen war zu retten, deshalb tat sie ihr Bestes und unbemerkt gelangten sie zur Tür des Schusterladens. Wieder war es ein Leichtes, die Tür zu öffnen, der Handwerker schloss nie ab, vielleicht hatte er den letzten Diebstahl gar nicht bemerkt? Auch das gehörte zu den Talenten des nächtens arbeitenden Diebes, dass er so geschickt war, nichts zerstörte und das Fehlen der Beute kaum auffiel in Läden, die gut bestückt waren. Er wollte ja niemanden arm machen, es war nur sein Weg, seinen Lebensunterhalt zu sichern. Und da er bescheiden lebte und keine Familie zu versorgen war, gelang ihm das recht gut. Stille und Achtsamkeit, das waren seine Vorzüge, deshalb war er den Ordnungshütern nie aufgefallen. Er sorgte nur für ein wenig Umverteilung reichlich verfügbarer Güter, so nannte er das.

Die beiden betraten den Ladenraum und hatten diesmal nur Augen für die erstarrte Elfe. Der Räuber flüsterte ihr ins Ohr, dass er sie heim zu ihrer Mutter bringen wolle, danach hob er sie vorsichtig ein wenig empor. Wie erwartet begann sie zu schreien, doch er sprach unermüdlich auf sie ein, während die Stille all ihre Kräfte einsetzte, um den Schrei ungehört verhallen zu lassen. Und wirklich, nach einiger Zeit, die beiden waren schon wieder auf der Straße, verströmte die Puppe nur mehr tonloses Wimmern, weshalb es niemandem auffiel, dass zwei merkwürdige Gestalten mit einer Puppe im Arm durch die Gassen eilten.

So erreichten sie den Annenberg und die beiden Steinsäulen. Es war so kalt, der Räuber fürchtete, sie würden festfrieren, doch die Sonne hatte Erbarmen und schickte sich alsbald an, ihre Strahlen durch das natürliche Tor zu schicken und dem Elfenretter den Weg zu weisen.

Schnell verabschiedete sich der eben geborene Held von seiner Verbündeten, die Stille würde nun jemandem anderen zur Hand gehen, er war bereit, für lange Zeit in andere Welten zu entschwinden.

Mutig lief er den Sonnenweg entlang, bis er an eine silbrig glänzende Nebelwand stieß. Die Puppe in seinen Armen hatte vor sich hin gewimmert, doch nun hörte er ein Jauchzen aus ihr hervorquellen. Er musste also am richtigen Ort angekommen sein und nur warten, bis das Tor sich öffnete. Er blickte rundum und entdeckte einen Zwerg, der ihn grimmig musterte. »Guten Morgen Herr Zwerg, darf ich mich vorstellen, ich heiße Hortus, von Beruf Räuber, und bin gekommen, der Elfenkönigin ihr Kind zurückzubringen. Könnt ihr mir sagen, wann ich auf Einlass hoffen kann?« Gleich blickte der Zwerg etwas freundlicher, gleichzeitig erschreckt, dann flüsterte er: »Mein Herr, Sie haben Glück, dass sie es nur mir erzählten, auch die Titanen wissen von dem einzigen Moment im Jahr, da sie in das Elfenreich dringen könnten. Sie lauern rundumher, verstecken sich hinter Nebelschleiern, und wenn der Moment gekommen ist, stürzen sie hervor. Wir, die Wächter, haben dann alle Hände voll zu tun, sie abzuwehren. Bisher ist es uns noch alle Jahre gelungen, aber wir sind arg geschwächt durch die immer wiederkehrenden Kämpfe. Doch wenn ihr wirklich die Elfenprinzessin zurückbringt, dann erhalten wir neue Kraft. Wartet hier, ich rufe einige meiner Mitstreiter, damit sie euch wohlbehalten geleiten mögen.« Der Räuber blickte ungläubig auf den Zwerg, wie sollten so kleine Wesen gegen die Titanen etwas ausrichten können? Gleichzeitig wurde ihm recht bang, seine Knie schlotterten, sein Heldenmut schrumpfte gewaltig, denn damit, dass eine Gefahr lauern, und seine Rettungsaktion gefährden könnte, hatte er nicht gerechnet. Er war zwar geübt, harmlose Reisende zu verschrecken, um einen Teil ihrer Habseligkeiten zu ergattern, aber Titanen, die waren schon eine andere Größenordnung. Doch nun war er hierher gelangt und hatte das Elfenkind bei sich, da wollte er schon durchhalten. Ängstlich blickte er sich um, in ringsum kahle Felslandschaft, die alsbald hinter Nebelwänden verschwand. Der Zwerg kam soeben zurück mit zwei anderen seiner Art, die winkten, ihnen zu folgen. Er hatte keine Wahl, kein anderer Schutz stand zur Verfügung. Ein Schritt, und er war in die Nebelwand eingetaucht – warum hatte er zuvor keinen Schritt weiter setzen können? Doch es blieb keine Zeit zu rätseln, vor ihm tauchte ein in allen Farben schillerndes Tor auf, das sich zu öffnen begann. Die Zwerge stießen ihn vorwärts, Eile war geboten. Hinter sich hörte er Gedröhne, es mussten die Titanen sein, unter deren Riesenfüßen die Erde bebte. Ein Schritt, und augenblicklich schloss sich das Tor hinter ihm, und war im selben Augenblick wieder verschwunden. Die Zeit eines Atemzuges, und alles wäre umsonst gewesen, so schnell war es gegangen.

Doch es war gelungen, er stand auf dem Weg ins Elfenreich. Hier war die Luft lau, weder Eis noch Sturm erinnerten an die auf der Erde herrschende Jahreszeit. Blühende Wiesen wurden von einem blauen Himmel überspannt, duftende Bäume und Sträucher versammelten sich gelegentlich zu kleinen Wäldchen. Vögel sangen zauberhafte Lieder. Er stand da, die Puppe im Arm, zu weinen hatte sie aufgehört, aber nach wie vor war sie eine unbewegte Figur. Nun galt es, ihre Mutter, die Elfenkönigin, zu finden. Er schaute sich um, wunderbare Natur umgab ihn, aber weder eine Elfe noch ein anderes Wesen, von dem anzunehmen gewesen wäre, dass es eine Antwort wüsste, war zu entdecken. Also ging er drauflos, voller Zuversicht, dass er schon irgendwann ans Ziel kommen würde. Unterwegs entdeckte er Bäche und Flüsse, in denen goldene und bunte Fische schwammen, gelegentlich stand ein Türmchen in der Landschaft, doch schien darin nichts Lebendiges zu wohnen. Schließlich erreichte er eine Wegkreuzung, an der er unschlüssig nach einem Hinweis suchte, welche Richtung er wählen sollte. Da bewegte sich die bisher starr gebliebene

Puppe, genaugenommen ihr Arm, und dieser wies unzweifelhaft in die Richtung des nach rechts abbiegenden Weges. Er vertraute dem Elfenkind, auch wenn es ansonsten noch ganz unlebendig war, und schritt munter weiter. Langsam veränderte sich die Umgebung, die Bäume wurden häufiger und verdichteten sich immer mehr zu einer waldartigen Landschaft, die jedoch nichts mit den dunklen Wäldern, die er gewohnt war und die ihm und seinen Kumpanen ein sicheres Rückzugsgebiet boten, gemein hatte. Hier wuchsen blühende Schlingpflanzen, auf denen äffchenartige Tiere herumschwangen, am Boden liefen durch blühendes Gesträuch allerlei Tiere, die Hortus, der Räuber nicht zu benennen wusste, und alles war lichtdurchflutet. Das wirklich Besondere allerdings war, dass zauberhafte Melodien umherschwebten, je nachdem, welches Blatt er berührte, erklang eine andere, mitunter trafen sie sich zu einem gemeinsamen Konzert, danach trennten sie sich und erklangen wieder jede einzeln, ohne einander zu übertrumpfen. Als er an eine andere Pflanze streifte, schwang sich eine Melodie gleich dreifach in die Luft und ergänzte sich zu einem trällernden Kanon. Er hätte ewig lauschen wollen, doch das Wesen in seinen Armen erinnerte ihn daran, dass er noch eine Aufgabe zu erledigen hatte. Also schritt er weiter, begleitet von auf- und abschwellenden Tönen, die seine Schritte auf samtigem Waldboden leicht werden ließen. Schließlich weitete sich der Weg und entließ ihn auf eine Lichtung. In der Ferne nahm er ein Glitzern und Leuchten wahr, das, je näher er kam, immer deutlichere Konturen annahm. Eine Unzahl von Türmchen stapelte sich vor- und übereinander, jedes Dach glitzerte in einer anderen Farbe, und auch hier schienen aus den geöffneten Fenstern Melodien herauszuwehen, die erdiger, gehaltvoller klangen, als die luftig leichten des strahlenden Waldes. Staunend erreichte er eine Brücke, die ihn über ein glitzerndes Bächlein führte, und auf ein nur mehr kurzes Wegstück entließ, das ihn geradewegs durch einen gläsernen Torbogen in den Hof der Turmlandschaft einließ. Und da waren sie, die Elfen, winzige durchscheinende Geschöpfe, die ihn kichernd umflatterten. Etliche größere schienen die zierlichen Flatterwesen zur Ordnung gemahnen zu wollen, allerdings war das ein ziemlich aussichtsloses Unterfangen. Der raue Mann konnte nicht anders, ein Lächeln breitete sich in seinem wettergegerbten Gesicht aus, dieses unbändigbare Elfengewirr war zu bezaubernd. Und erneut musste er sich selbst ermahnen, noch hatte er sein Ziel nicht erreicht. Er blickte sich in all dem Geschwirre und Gesurre um und entdeckte eine zarte Gestalt, die alle anderen überragte. Erst jetzt bemerkte er, dass sie ihn bereits geraume Zeit unverwandt beobachtet hatte. In ihrem überaus feinen und durchscheinenden Antlitz konnte er ein Wechselspiel der Gefühlsregungen ablesen, von banger Erwartung bis zu höchster Freude, doch auch einen Anflug von Ärger und gleichzeitig Verwunderung. Noch nie hatte er eine solch gleichzeitige Fülle des Ausdrucks gesehen, gebannt konnte er keinerlei Entscheidung treffen. Stattdessen blieb er wie angewurzelt stehen. Die kleinen Elfen waren unterdessen um ihn herum fest geflattert, sie hüllten ihn von oben bis unten ein und er bot einen höchst seltsamen Anblick in seinem dunklen und derben Räubergewand, umringt von hellen Flügelwesen, die aus der Entfernung wie kleine Wattewölkchen wirkten. Die größeren Wächterelfen hatten ein Spalier gebildet durch das die Zaubergestalt zögerlich, in unterdrückter Eile, um ihren hohen Rang zu wahren, auf ihn zukam. Als sie ihm gegenüberstand, ihn um einiges überragend, streckte sie die Arme aus und griff nach der Puppe. Im selben Augenblick zersprang das Spielgebilde und ein Elfenwesen, mit keinem der anderen vergleichbar, entschlüpfte der geborstenen Schale. Nun waren sie wieder vereint, Elfenmutter und Elfenkind, und seine Verbündete, die Stille, schien auch hier ein wenig zu wirken, denn bis auf das Flügelschlagen der Kleinen war alles tonlos abgelaufen.

Doch nun brach ein Jubel aus, auf allen Turmspitzen erschienen Fanfarenbläser, die das ganze Elfenvolk herbeiriefen, um die Rückkehr der Elfentochter zu feiern. Der Räuber, der nun zum Retter gewandelt war, erhielt einen Ehrenplatz, ein Jahr lang wurde gefeiert, so lange, bis das Tor wieder geöffnet war. Schweren Herzens verabschiedete sich der neue Held, der auch ein besonderes Geschenk der Elfenkönigin mit sich führte. Eigentlich waren es zwei, denn dem treuen Schuster wollte die glückliche Mutter ebenfalls danken.

Zurückgekehrt in seine Heimat, erkannte Hortus diese nicht wieder. Der Annenberg war unter Häusern verschwunden, die beiden Steinsäulen konnte er nirgends entdecken. Merkwürdige Kisten mit Rädern bewegten sich in Windeseile lärmend über Straßen, die er als schmale Wege gekannt hatte. Auch den Wald, in dem er immer Zuflucht gefunden hatte, konnte er nicht mehr ausmachen. Und wo war seine einstige Verbündete, die Stille, geblieben?

Als er so umherirrte, näherte er sich der alten kleinen Stadt, deren Häuser er teilweise wiedererkannte, eingequetscht zwischen hohe gläserne Türme. So erahnte er den Weg zum Laden des Schusters und staunte nicht schlecht, als er hinter einer riesigen Glaswand hunderte Schuhe entdeckte, von denen keiner dem anderen glich und schon gar nicht denjenigen, die er einstmals für sich aufbewahrt hatte. Über dem Eingang prangte ein Schild, »Schusters Erben«. Da fasste er sich ein Herz und betrat den Laden. Eine junge Frau mit kurzem Rock eilte auf ihn zu und er verstand die Welt nun gar nicht mehr. Auch die Worte, mit denen sie nach seinen Wünschen fragte, schienen ihm kaum verständlich, obwohl sie der Sprache ähnlich klangen, in der er sich vor seinem Ausflug ins Elfenreich verständigt hatte. Die junge Frau fragte erneut nach seinen Wünschen und, als erwache er aus einem Traum, murmelte er, er wolle Schusters Erben sprechen. Da kicherte die Frau und meinte, das sei bloß der Name des Ladens, aber sie könne ihn bei Herrn Müller, dem dieser gehöre, anmelden. Sie ließ ihn stehen und als er so dastand, beobachtete er die Kundinnen im Laden, wie sie ein Paar nach dem anderen anprobierten. Alle hatten sie kurze Röcke und viele auch kurze Haare. Ihm wurde bewusst, dass er wirklich sehr sehr lange Zeit weg gewesen sein musste. Die Frau kehrte zurück und führte ihn durch den Laden in einen Raum dahinter. An dessen Lage und Umriss erkannte er die ehemalige Werkstatt, die Größe war unverändert und auch das Fenster zum Hof an der selben Stelle. An einem Holztisch saß ein junger Mann, in einem für Hortus merkwürdig wirkenden Anzug. »Guten Tag, was kann ich für Sie tun?«, fragte der Anzugträger. »Ich bin gekommen, um den Nachfolgern des Schusters, der hier vor langer Zeit seine Schuhe fertigte und auf dem Regal eine Puppe aufbewahrt hatte, den Dank der Elfenkönigin zu überreichen.« Der junge Mann starrte den unbekannten Mann in der aus der Mode gekommenen Tracht fassungslos an, und nach einer langen Weile öffnete er eine Lade seines Aktenschrankes, der er eine sehr alte Mappe entnahm. Darin war nichts als ein Blatt Pergament, auf dem eine Zeichnung der Puppe zu finden war. »Diese Zeichnung wurde vor genau hundert Jahren angefertigt, vom Schuster, dem damals der Laden gehörte. Er hatte sie überall herumgezeigt und eine Belohnung ausgeschrieben, falls jemand die Puppe finden würde. Schließlich verkaufte er seinen Laden und machte sich auf die Suche nach ihr, denn er hatte der feinen Dame, die sie ihm zur Aufbewahrung übergeben hatte, versprochen, sie wie sein eigenes Kind zu hüten.« Der Räuber war betrübt, dass er dem Schuster damals keine Botschaft hinterlassen hatte und sein Geschenk für diesen zu spät kam. Er erzählte dem jungen Ladenbesitzer die Geschichte der Elfenkönigin und übergab ihm schließlich deren Gabe. Es war eine Schale aus besonders fein gearbeitetem Metall, silbrig glänzend. Sie besaß die wunderbare Eigenschaft, darin erscheinen zu lassen, was ihr Besitzer gerade am meisten benötigte. War er hungrig, füllte sie sich mit köstlicher Speise, musste er jemanden bezahlen, aber hatte kein Geld, würde er dieses darin finden, sehnte er sich nach Freude, entstieg diese der Schale und erfüllte sein Herz. Der junge Schuhhändler hatte bisher immer gemeint, Elfen kämen nur in Märchen vor, doch als er in die Schale blickte, erschien dort das Bild seiner Liebsten, die in einer fernen Stadt lebte, um die Universität zu besuchen. Sein Weltbild geriet gerade ins Wanken, er stammelte ein Danke und bemerkte gar nicht, dass der einstige Räuber wortlos den Laden verließ.

Auch er hatte eine Schale geschenkt bekommen, die stellte er nun vor sich hin und alsbald verwandelte sich die Umgebung. Er war wieder in seiner gewohnten Höhle und die Stille wartete bereits auf ihn mit einem Humpen Bier, um der Erzählung seines Abenteuers zu lauschen.

Lärm und Stille

Erst während des Korrekturlesens meines Manuskripts fiel es mir auf: Die Stille taucht in den Geschichten immer wieder bedeutungsvoll auf. Sie ist nicht nur die Verbündete des Elfenretters, sie begleitet auch den Prinzen durch die Dornenhecke, den Turmbläser auf der Suche nach dem richtigen Klang, ist Teil eines Gegensatzpaares am Marktplatz diesseits der Hügel und erscheint gespenstisch für Hella, als sie sich in der Tiefe des Waldes verloren sieht. Bereits in meinem ersten Buch erschien ein Märchen über die Kraft der Stille. Dort wirkte sie über lange Zeit und brachte eine ganze Stadt zum Schweigen. Sie folgt also nicht nur, wie man meinen könnte, dem Bedürfnis nach ihr im Zusammenhang mit Geschichten, die das nächtliche Einschlafritual einleiten dürfen. Sie ist vor allem selten geworden, besonders in Städten.

Für einen erholsamen Schlaf ist Stille ebenso nur mit Einbußen verzichtbar wie die Dunkelheit oder ein

Schlafplatz frei von Wasserader-Strahlung oder anderen Störschwingungen. (S. Kapitel *Von unsichtbaren Störfeldern* nach dem übernächsten Märchen.) Und Taubheit mithilfe von Ohrstöpseln oder die Dämpfung durch Isolierglasfenster sind nicht vergleichbar mit der Stille des Waldes oder einem kostbaren Platz in Stadtnähe, wohin deren Geräusche nicht vordringen. Wenn Sie nicht zu den Glücklichen zählen, die einen Ort der Stille zum Schlafen aufsuchen können, kann vielleicht die Illusion davon auftauchen, während Sie meine Märchen lesen. Denn glücklicherweise funktioniert im Normalfall unser Gehörsystem selektiv. Wir können ausblenden, was gerade nicht wesentlich ist. Geräusche, die regelmäßig in unserem Umfeld auftauchen, wie etwa Flugzeugüberflug oder Züge, die in regelmäßigen Intervallen vorbeirauschen, werden zur Gewohnheit und nicht mehr bewusst wahrgenommen. Doch leider wirken solche Stressfaktoren – und das sind sie, das belegen viele Testreihen – dennoch auf unseren Organismus. Vor allem Kinder sind davon betroffen. Denn unsere höheren Gehirnfunktionen »entscheiden«, welche Geräusche wichtig sind und welche ausgeblendet werden sollen. Da bei Kindern, die beständigem Flug- oder Zuglärm ausgesetzt sind, auch die Sprachkompetenz verringert ist, vermuten die Forschenden, dass auch Sprechen als Lärm qualifiziert wird. Denn um Sprache zu verstehen, müssen fehlende Informationen aufgefüllt werden, das können Kinder generell nicht so gut, wenn sie durch Dauerlärm zusätzlich belastet sind, wird Sprache im Gehirn in die selbe Kategorie eingeordnet. Wenn Sie also den Eindruck gewinnen, dass Ihr pubertierender Sprössling nie hört, was Sie sagen, dann könnte es auch mit fehlender Geräuscharmut der Umgebung zu tun haben. Vielleicht gelingt es Ihnen, zwischenzeitlich Stille-Urlaub einzulegen. Statt Aktivurlaub den abgelegenen Bauernhof, die Alm oder den einsamen Waldsee? Oder doch Ohrstöpsel.

Doch nicht jeder schätzt die Stille zum Einschlafen. Besonders Tinnitus-Geplagte benötigen eher Umfeldgeräusche. Denn je leiser die Umgebung, desto lauter wird das innere Geräusch wahrgenommen. Konstante Dauergeräuschkulissen – günstig sind dabei natürlich entstehende, wie Regentropfen, Meeresrauschen oder Wind, der durch Bäume fegt, tragen ebenso dazu bei, uns einzulullen, um in den Schlaf hinüberzugleiten, denn Geräusch ist nicht gleich Geräusch. Unter anderem wurde ein Babybett entwickelt, das Autofahrten simuliert, mit Motorbrummen, ja sogar einfallender Straßenbeleuchtung und natürlich die typischen Fahrzeugbewegungen, alles steuerbar über eine entsprechende App. Kein Witz, dass es bereits ein Pilotprojekt ist, lese ich in der Maiausgabe der ÖAMTC-Clubzeitung 2017. Auf der selben Seite, übrigens gleich zu Beginn der Ausgabe, die Headline »Aus Liebe zur Stille«. Hier geht es um die »leiseste Autorallye der Welt« durch Kroatien, Tesla macht's möglich.

Außerdem gibt es individuell starke Unterschiede in der Verarbeitung von schlafbegleitendem Lärm. Je mehr *Schlafspindeln* – das sind Mikroereignisse im Gehirn, die im Elektroenzephalogramm als spindelförmige Wellen mit hoher Frequenz und niedriger Amplitude im schlafenden Gehirn feststellbar sind – desto weniger stören äußere Reize. Sie treten vor allem im Übergangsschlaf zur Tiefschlafphase auf und bewirken eine Abschirmung gegenüber Wahrnehmungsreizen aus der Umwelt. Außerdem wurde festgestellt, dass nicht nur das menschliche Gehirn, sondern das aller Säugetiere einem 25-Sekunden-Rhythmus von unbewusst und bewusst während des Schlafens folgt. Das heißt, solang die Spindelaktivität ansteigt, sind wir immun gegen Umweltreize, schwillt sie ab, dann wachen wir auf. Doch innerhalb dieses Rhythmus gibt es offenbar Unterschiede in der Häufigkeit der jeweils eine Sekunde dauernden Schlafspindeln.

Und es gibt auch produktive Auswirkungen nächtlicher Geräuschkulissen. John Rudoy und seine Kollegen von der Northwestern University in Evanston (US-Staat Illinois) fanden heraus, dass es der Tiefschlaf ist, der, entgegen bisheriger Lehrmeinung, für das Speichern von Erinnerungen eine wesentliche Rolle spielt. Mit den Lerninhalten während der Informationsaufnahme verbundene akustische Signale verstärken das Ergebnis. Probanden, die diese während des Tiefschlafes »hörten«, konnten sich anschließend besser an diese Inhalte erinnern. Ohne die Verbindung mit der Schlafpause brachten die entsprechenden Geräusche hingegen keine Merkverbesserung.

Eine andere Studie ergab, dass Lärm die Fertilität von Männern verringert. Bereits ein lautes Gespräch oder ein vorbeifahrendes Auto erreicht die Lautstärke von 55 Dezibel, ab der dieser Effekt messbar wahrgenommen wird. Wer spazieren geht oder mit dem Fahrrad fährt, regt die Fruchtbarkeit der Spermien wieder an. Macht weniger Lärm und ist gut für Umwelt und Gesundheit.

Gleichzeitig sind Geräusche wie Wasserplätschern, Regenfall, Wellenrauschen oder Entspannungsmusik geeignet, uns in den Schlaf zu wiegen – die altbekannten Schlaflieder wirken nach demselben Prinzip. Heute jedoch gibt es Apps, die den Job des Vorspielens übernehmen, sie ermüden uns mit Meditation und Audiospur. Das Schweizer Institut *Samina* hat sogar ein eigenes Kissen entwickelt, das zum Einschlafen oder sogar die ganze Nacht lang entsprechende Musik spielt, »elektrobiologisch optimiert«. Hat einen stolzen Preis, aber wer nicht schlafen kann, dem ist es das vielleicht wert.

Vorlesen kann genauso wirken. Es ist also völlig in Ordnung, wenn Sie meinen Märchen lauschend entschlummern. Der Lesende allerdings hat dabei das Nachsehen, außer er oder sie brabbelt sich dann ebenfalls in den

Schlaf. Als meine Kinder klein waren, erzählte ich ihnen Geschichten oder sang Wiegenlieder. Ich lag auf der großen Doppelmatratze, links und rechts ein Kleinkind. Meist war ich die Erste, die einschlief und wurde von einem Kind wieder geweckt, das wissen wollte, wie die Geschichte weitergeht. Oder ich lallte vor mich hin, bis der Befehl »Singen« an mein Ohr drang.

Da ich eine Glückliche bin, die immer in einer ruhigen Schlafumgebung gebettet war, fehlt mir die Erfahrung, wie Lärmgeplagte Schlaf erleben und wie sie dennoch Erholung finden. Eine Freundin und Kollegin, Claudia Hannemann, Künstlerin, Journalistin und Expertin für Psychoaromatherapie, was so viel bedeutet, als dass sie sich auf die Wirkung der Düfte auf die Seele versteht, schrieb in einem ihrer sommerlichen facebook-Postings über lautes und ihren Schlaf störendes Geschrei in ihrer Gasse mitten in einem dicht besiedelten Wiener Bezirk. Spontan fragte ich sie, ob sie mir einen Beitrag zum Thema Lärm liefern wolle. Mein Ansinnen löste eine Reihe von Erfahrungsepisoden und schließlich einen uns beide überraschenden Effekt aus: In den beiden Monaten, in denen sie sich für den folgenden Beitrag mit ihrem persönlichen Umgang mit Lärm und Geräuschen ganz allgemein auseinandersetzte, entwickelte sie einen neuen Umgang damit. Nun, nach drei Dauer-Alarm-Attacken – innerhalb weniger Wochen! – gelingt es auch dem frühmorgendlichen Lieferwagen des gegenüberliegenden Supermarktes nicht mehr, sie aus dem Schlaf zu reißen. Sie stellt fest, dass sie sich nun besser abkoppeln kann. Was sie als *reframen* beschreibt, kann also wirklich gelingen, ihre Tipps zur Nutzung ätherischer Öle sind die Draufgabe. Ich hoffe, ihr Stimmungsbericht regt auch Sie zu neuer Betrachtungsweise an, wenn Lärm Ihren Schlafalltag bestimmt. Claudia Hannemann unterstützt Sie dabei auch gerne, Sie finden den Kontakt in den Quellenangaben. Sie ist Bewusstseinsforscherin, ist sich selbst Forschungsobjekt und meint, jede(r) müsse es selbst ausprobieren und die Wirkung beobachten, Studien gäbe es zu ihren Erkenntnissen (noch) keine. Bei *Luisa Francia* lese ich zumindest ähnliche Vermutungen. Sie wunderte sich lange Zeit, dass der Landwirtschafs-Lärm im heimatlichen Bayern sie nicht schlafen ließ, viel lauteres Ambiente in Afrika ihr Ein- und Durchschlafen aber nicht beeinträchtigte. Schließlich stellte sie die These auf, dass nur Lärm, der uns emotional berührt, der in uns bestimmte Erinnerungen wachruft, als störend wahrgenommen wird. Sie schreibt: »*In Afrika betrat ich fremdes Terrain, der Lärm war schon vor mir da. Ich kann jederzeit weiterziehen, den Lärm zurücklassen.*« Ihre Schlussfolgerung: »*Indem ich mich um Einschlafhindernisse nicht mehr kümmere, verlieren sie ihre Macht über mich.*« Der von ihr dafür als verantwortlich benannte *Gelassenheitsmechanismus* ist sicher nicht nur bei Lärm, sondern auch anderen Irritationen nützlich.

Großstadtsinfonie
(Gastbeitrag Claudia Hannemann. August 2017)

Ein gellendes Jaulen bohrt sich in meinen Traum, katapultiert mich heraus in die Dunkelheit. Mein schlaftrunkenes Hirn analysiert blitzschnell: Alarm. Das unsäglich durchdringende Pfeifen hält an, monoton, nervtötend. Ich verfluche alle Autoproduzenten, die Erfindung der Alarmanlagen, das gesamte technische Universum. Aber ich kenn so was. Nach einiger Zeit stellt sich diese schrille Diebstahlwarnung von selbst wieder ab.

Ich schau auf die Uhr. Es ist kurz nach zwei. Die nächtliche Ruheverordnung gilt vielleicht für menschlichen Lärm, doch nicht für diesen seelenlosen Endlosschrei. Während ich die Minuten zähle und auf ein baldiges abruptes Ende der Störung hoffe, streunen meine Gedanken zu den parkenden

Autos, versuchen eine Geschichte drumherum zu konstruieren. Dann verändert sich der Ton, wird etwas leiser, höher – oder bilde ich mir das nur ein? Ich denke an die umwerfende Akustik in unserer Gasse, an die vielen Schlafenden hinter den Fenstern. Nichts rührt sich.
Nur der Drillbohrer quält mein Gehirn. Wozu gibt es solch einen Alarm, wenn keiner reagiert? Der Dieb oder vielleicht nur ein ungeschickter Betrunkener ist sicher längst über alle Berge.
Nach zwanzig Minuten Daueralarm rufe ich die Polizei. Wir kommen gleich!
Es hat keinen Sinn, sich zu ärgern, nein, wirklich nicht. Dieser nächtliche Zwischenfall ist eine Ausnahme. Ich denke wieder an die Menschen hinter den Fassaden. Könnt ihr schlafen? Vollgepumpt mit Schlafmitteln, Alkohol, erschöpft vom Tagwerk oder einfach so?
Ich öffne die Lärmschutzfenster, um zu beobachten, was weiter geschieht. Über dem hell erleuchteten Supermarkt gegenüber blinkt ein rotes Licht. Davor das Blaulicht des Polizeiwagens. Gnadenlos bohrt sich die Dissonanz durch die Gehirnwindungen.
Das Blaulicht der Feuerwehr gesellt sich dazu, ich verfolge interessiert das nächtliche Schauspiel: Fassadenkletterer im Einsatz. Was für ein Glück, dass ich nicht frühmorgens aus dem Bett muss.
Ein extremer Zwischenfall, eine seltene Situation. Ein drastisches Beispiel für die Auswirkungen einer Lärmattacke. Der Organismus fährt alle Systeme hoch, schlägt Flucht vor – oder eine andere Aktion. Dazu kommt das Ohnmachtsgefühl. Ausgeliefert sein. Der Anruf bei der Polizei nützt nur bedingt, denn der penetrante Klagelaut hält an. Hier hilft auch kein Ohropax.
Unser Gehör lässt sich nicht schließen. Dazu gesellt sich meist der Ärger über die nächtliche Ruhestörung, vielleicht die Sorge, ob man morgen wohl ausgeschlafen sein

werde. Wenn das Gedankenkarussell unkontrolliert zu laufen beginnt, steigert sich der Unmut zur Wut. Nun ist an Einschlafen nicht mehr zu denken. Möglicherweise ist die Geräuschquelle sogar schon verstummt und nur das Adrenalin hält einen wach.

Gesetzlich geregelte Ruhezeiten geben zwar einen Rahmen vor, an den sich alle halten sollten. Alle aus den Kategorien Verkehr, Gewerbe, Baulärm und Lärm unter Nachbarn. In Ballungszentren ein frommer Wunsch. Dass die Einhaltung schlecht klappt, bezeugen Umfragen, nach denen sich jeder zweite Wiener oder etwa 87 Prozent der Deutschen durch Lärm belästigt oder beeinträchtigt fühlen. Die Ruheinseln werden rar. Noch gibt es Hinterhöfe, aber auch die sind belebt.

Dort, wo ich aufgewachsen bin, war es des Nachts immer still. Damals.

Vielleicht ein weit entferntes, leises Rattern und Quietschen. Der Verschiebebahnhof. Ein blasses Hintergrundgeräusch. Ansonsten die Amsel am frühen Abend, das Gurren der Wildtauben des Morgens, gelegentliches Knirschen am Kiesweg. Ich schlief stets bei offenem Fenster.

Später zog es mich in die Großstadt. Auch hier ließ ich die Fenster offen, bis mir gegen vier die Lieferwägen des gegenüberliegenden Supermarkts akustisch quasi über den Kopf rollten.

Ich kann mich nicht mehr genau erinnern, wie ich das damals überstanden habe.

Ich hielt mich an das Goethe-Zitat »Schlaf ist Schale, wirf sie fort« und praktizierte den »Schlafteiler«. Wenn ich erwachte und an Weiterschlafen nicht zu denken war, malte ich oder schrieb meine Träume auf. In meiner nächsten Wohnung ging mein Schlafzimmer auf einen ruhigen Hinterhof. War es dort still? Nicht wirklich. Aber relativ.

Über die Hausdächer schwappte ununterbrochen ein Hintergrundrauschen. Das macht die Stadt aus.

Aus einem Fenster gegenüber dröhnte eine harsche Männerstimme, unterbrochen von aufgeregtem Kreischen. Ich wusste nie genau, ob dies ihr normaler Umgangston war oder ob sie stritten, weil ich die Sprache nicht verstand. Irgendwo wohnte ein alter Mann mit gröberen Lungenproblemen und im Hotel auf der anderen Seite feierten Jungtouristen feuchtfröhlich ihren Städtetrip. Ich empörte mich über die Partys der Nachbarn, bis ich hinüberging und zum Mitfeiern eingeladen wurde.

Müde bin ich, geh zur Ruh ...

Neugeborene haben ihren eigenen Schlafrhythmus und schlafen meist auch unter widrigsten Bedingungen. Doch wir lernen dazu und irgendwann wissen wir, dass der Schlaf vor Mitternacht der bessere ist, dass acht Stunden Schlaf gesund sind, und wenn wir darin nicht so gut sind, bezeichnen wir das als Schlafstörungen. Allein die Diagnose verursacht Stress und leistet somit der Schlaflosigkeit Vorschub. (Jeder vierte Deutsche verwendet regelmäßig Schlafmittel.)

Der menschliche Schlaf ist ein Dauerbrenner in den Medien. Man wird nicht müde, die gesundheitlichen Schäden einer gestörten Nachtruhe zu beklagen. Allein das Wissen darum reicht jedoch nicht, um dieser steigenden Tendenz Einhalt zu gebieten. Unser Wachstum, unser Fortschritt machen Lärm. Wenn wir in der Stadt leben wollen oder müssen, werden wir einen Weg finden müssen, uns damit zu arrangieren.

Gelegentlich findet man Berichte über Schlafgewohnheiten in früheren Zeiten oder anderen Kulturen. Und siehe da: Der Achtstundenrhythmus ist nicht naturgegeben, sondern eine kulturelle Konstruktion, die der aufstrebenden Industrialisierung in die Hände spielte.

Wie in manchen Kulturen heute noch war es auch bei uns bis ins 19. Jahrhundert üblich, den Schlaf in Portionen über den Tag zu verteilen und nächtliche Tätigkeiten zwischenzuschalten. Und nachdem man häufig die Räume zu mehrt nutzte, dürfte der Schlaf der einen stets von der

Geräuschkulisse der anderen begleitet gewesen sein. Dieses Phänomen kann man gut bei Katzen und Kindern beobachten. Wenn sie müde sind, schlafen sie. Manche können überall schlafen. Manche brauchen sogar eine Geräuschkulisse und schrecken hoch, wenn Stille eintritt. Mütter hingegen entwickeln häufig ein »Mutterohr«, das auf die leisesten Signale des Babys reagiert.

An der Harvard Medical School in Boston wollte man herausfinden, was es mit diesen so unterschiedlichen Reaktionsmustern auf sich hat. Man entdeckte, dass diejenigen, die sich nicht stören ließen, gewisse Gehirnwellen aufwiesen, die sie gegen Außenreize schützten.

Was ist Stille? In den stillsten Stunden der Nacht, zwischen zwei und vier, liege ich wach und lausche der Stille. Tagsüber fällt einem nicht auf, wie laut diese Stille ist, ein feines Klingen und Singen, als hätte ich des nächtens ein Ultraschallgehör entwickelt. Beim Film wird es besonders deutlich, dass es absolute Stille gar nicht gibt. Fehlt in einer Sequenz, in der an sich nichts geschieht, die Tonspur, dann stolpert das Gehör schmerzhaft in diese Tonlücke.

Die stille Idylle ist ein Ideal und sie ist mit Klängen erfüllt. Aber es sind angenehme Klänge. Blätterrauschen und Vogelgezwitscher.

Wie sonntagnachmittags, wenn irgendwo gegenüber jemand Saxophon übt. Er spielt gut. Das Auf und Ab seiner Etüden springt über die Straße und perlt beim Fenster herein. Das empfinde ich als Geschenk und nicht als Störung.

Es liegt nicht unbedingt an der Lautstärke, ob man ein Geräusch überhört oder sich davon belästigt fühlt. Ob man es als Klang oder Lärm wahrnimmt.

Ich wohne in einem ruhigen Haus. Die Nachbarn hört und sieht man kaum. Man ist sehr rücksichtsvoll und vermutlich waren die Partys meiner Tochter das Heftigste, was dieses alte Gemäuer je ertragen musste. Es hat sich nie jemand beschwert.

Nur die ober uns, jetzt fühl ich mich fast schon kleinlich, die haben einen Wäschetrockner. Wenn er fertig ist und man schaltet ihn nicht aus, dann bewegt er alle Viertelstunden die warme Wäsche, damit sie nicht knittert. Wuhu – wuhu – wuhu. Er ist nicht einmal wirklich laut. Ich spüre dieses elektronische Dröhnen auch eher, als ich es höre. Dennoch fällt es für mich unter Lärm. Es ist verwandt mit dem Wummern der Bässe, wenn du von der Melodie nichts mehr erkennen kannst.

Die Straßen rund ums Haus hingegen sind unberechenbar. Manchmal herrscht Stille. Stadtstille. Dieser breite Teppich aus diffusen Hintergrundvibrationen, der gelegentlich durch das Kreischen der Schienen, das Aufheulen frisierter Motoren, Türen knallen, Handygespräche oder lustige Unterhaltungen in fremden Sprachen durchschnitten wird. Manchmal Quelle von Verärgerung. Ich ärgere mich. Warum tu ich mir das an? Wie kann ich das verändern?

Und plötzlich erinnere ich mich an Zeiten in anderen Städten. Rom. Ein Appartement an der Piazza Navona. Im pulsierenden Herzen der Stadt. Direkt über einer Bar, vor der sich junge Menschen mit Motorrollern, übermütig scherzend, versammeln. Hier gibt es keine Ruhezeiten. Und ich habe das auch nicht erwartet. Oder Kairo. Eine Megacity. Sie dimmt ihr mächtiges Rauschen und ihre akustischen Arabesken nur zwischen drei und sechs Uhr morgens. Und ich fühlte mich eher berauscht als gequält. Jede Stadt, jedes Viertel hat seinen eigenen Klang. Er erzählt die Geschichte seiner Bewohner.

John Cage, ein moderner amerikanischer Komponist, hat seit den Vierzigerjahren die Stille erforscht und mit ihr die Alltagsklänge. In seiner Komposition »Silence, 4'33« gibt er keine einzige Note vor und fordert das Publikum zu neuem Hinhören heraus. Wer solchermaßen zuhört, vermag auch leichter störenden Lärm als Bestandteil der Großstadtsinfonie zu integrieren.

Mit sechs Jahren bekam ich meinen ersten Wecker. Ein riesiges rundes Getüm, von meiner Großmutter an mich weitergereicht. Er wurde signalrot lackiert und klingelte, indem ein Metallschlegel hektisch gegen die beiden kopfüber platzierten Metallschalen drosch. Es glich einer Initiation, bei der ich die Verantwortung für mein Erwachen übernehmen durfte. Ich war stolz, aber er verpasste mir einen allmorgendlichen Schock. Bald erwachte ich bereits fünf Minuten vor dem Läuten, bis ich eines Tages realisierte, dass ich auf den Wecker überhaupt verzichten konnte.

Dieses Prinzip sollte eigentlich auch anders herum funktionieren, nämlich um akustische Störungen wegfiltern zu lernen.

Dazu gibt es verschiedene Wege. Beim Reframen stellt man die Wahrnehmung in einen neuen Zusammenhang, ob man nun der Großstadtsinfonie lauscht oder das monotone Quietschen einer Lüftungsanlage in einen Pinienhain mit Zikaden umdeutet.

Eine andere Methode ist es, den Geist, das Denken vom Kopf abzuziehen und/oder in den Körper zu lenken. Dafür gibt es wieder unzählige Zugänge.

An oberster Stelle: Atmen. Bewusstes Atmen.

Achtsamkeit. Mit dem Atem mental durch den Körper reisen. Die Füße fühlen. Spüren wie der Körper in der Matratze versinkt.

Oder vielleicht modernes Schäfchenzählen: José Silva empfiehlt etwa von 100 bis 0 rückwärts zu zählen. Jedes Mal wenn man aussteigt, beginnt man von Neuem bei 100.

Das Gehör ist nicht der einzige Sinn, der sich nicht wegschalten lässt. Düfte umgehen listig jede Zensur und gelangen direkt ins Limbische System, ins Zentrum unserer Gefühle. Bei all den Versuchen, die innere Ruhe zu erlangen oder zu erhalten, können deshalb ätherische Öle eine wirkungsvolle Unterstützung bieten. Allen voran der Lavendel, der schon – in kleine Kissen gefüllt – unseren Großmüttern eine gesegnete Nachtruhe bescherte.

Ebenso bekannt ist Baldrian, sofern man sein strenges Aroma mag. Doch man darf nicht vergessen, dass ätherische Öle hochkonzentriert sind und in Verdünnung ganz andere Nuancen entfalten. Die Narde, mit der die Füße Christi gesalbt wurden, riecht und wirkt ähnlich. Biblischer Ruf folgt auch dem Weihrauch, der mit Gold aufgewogen wurde. Vielleicht unter anderem, weil er selige Träume schenkt. Schwere, lang haftende Düfte, sogenannte »Basisdüfte«, lenken unser Bewusstsein in den Körper und helfen somit, aus mentalen Hamsterrädern auszusteigen. Dazu zählen Aromen wie Patchouli, Destillate von Hölzern wie Zeder oder Sandelholz, Wurzeln wie Vetiver oder schwere Blütendüfte wie Jasmin oder Ylang-Ylang. Lassen Sie sich bei der Wahl von Ihrer Nase leiten!

Einige Tropfen in die Duftlampe, auf ein Tuch oder in einer Mischung mit fettem Öl auf den Puls oder die Fußsohlen aufgetragen kann manchmal Wunder wirken und auch intensive Träume anregen.

Und sollten Sie morgens dennoch gerädert erwachen, so verhilft das Schnuppern am Rosmarin oder eine erfrischende Abreibung damit unter der Dusche zu ungeahntem Schwung.

Selektive Wahrnehmung und professionell träumen

Im Gespräch erwähnte Claudia, dass sie den Schlüssel zur Lösung darin erkannt habe, das Erlebte nicht mit einem Urteil zu belegen, es einfach sein zu lassen. In dem ich die nächtliche Ruhestörung nicht als störend, lästig, irritierend, verhindernd etc. bezeichne, sondern einfach annehme als Bestandteil der uns ständig umgebenden Geräuschkulisse, kann sie mir nichts mehr anhaben. Das erinnert mich an den berühmten Versuch mit dem Gorilla – kennen Sie den? Im Internet kursiert ein Video von Ball spielenden Menschen. Den Betrachtenden wird die Aufgabe gestellt, dieses Spiel zu beobachten. Fast alle sehen lediglich eine Gruppe von Menschen, die sich einen Ball zuwerfen. Das war's, völlig unspektakulär, man fragt sich, wann der Gag kommt. Der wird mit der Auflösung geliefert. Irgendwann während des Spiels ging ein als Gorilla verkleideter Mensch durchs Bild. Kaum jemand hat ihn wahrgenommen. Sobald man aber darauf aufmerksam gemacht wurde, sieht man den Gorilla sofort und hält es kaum für möglich, dass es derselbe Film gewesen sei. Gelegentlich vergnüge ich mich, die Statisten im Hintergrund einer Filmszene zu beobachten, anstatt die Protagonisten und Protagonistinnen. Wer sich dafür nicht bewusst entscheidet, übersieht ebenfalls meist, was im Hintergrund vor sich geht.

Energie folgt der Aufmerksamkeit. Wer sich auf das nicht-schlafen-können konzentriert, wird bestätigt. In etwa vergleichbar verhält es sich mit Diagnosen. Wer weiß, dass er oder sie eine Schlafstörung hat, wird sie nur schwer wieder los. Wer aber die Ursache versteht, und erfährt, wie diese beseitigbar ist, der kann dagegen angehen.

Wer eine Schlafstörung hat, sucht Hilfe. Die gibt es, höchst professionell. In Schlaflaboren wird der Schlafverlauf akribisch mit allerlei Apparaturen aufgezeichnet. Schlafmangel erhöht das Risiko nicht nur für Herz-Kreislauferkrankungen, sondern auch Diabetes sowie Depression. Besonders während der Tiefschlafphasen regenerieren sich die Zellen und allerlei essentielle Körperfunktionen, Heilprozesse werden beschleunigt. Wer nicht schlafen kann, der riskiert gravierende Verschlechterung einer aufkeimenden Erkrankung. Deshalb hieß es immer »Bett hüten«, wenn der Körper krank wurde. Es macht wirklich Sinn, dieses traditionelle Hausmittel zu nützen, besonders bei Viruserkrankungen eigentlich die einzig wirksame Methode.

Schlafwandeln hingegen ist eher risikoarm, wenn entsprechend vorgesorgt wird. Elvis Presley erhielt das größere Zimmer der elterlichen Sozialwohnung, denn von dort ging es aus dem Fenster fast ebenerdig hinaus, seine Schlafausflüge waren somit ungefährlich. Dieses Fenster eröffnete ihm gleichzeitig den zur Zeit der Rassentrennung verbotenen Weg zu den musizierenden schwarzen Mitbürgern, prägend für seine eigene spätere Musikerkarriere. Seine Schlafstörung könnte also für seinen Erfolg bestimmend gewesen sein. Wer es schlafwandelsicher nacherleben will, kann sich in dieser Wohnung in Memphis einmieten, für wohlfeile 210 Euro pro Nacht, zzgl. Steuern. Bis zu vier Personen können dort ab zwei Nächten Quartier nehmen.

Claudia verrät mir im Gespräch augenzwinkernd eine weitere Profession. Sie sei *professionelle Träumerin*. Sie träume die Probleme anderer und erträume die Lösung. Ob das allerdings auch auf Auftrag geht, blieb noch offen. Einen Versuch wäre es wert. Sie kann luzid träumen, allerdings nicht geplant. Doch sie erkannte, an Hand bestimmter Traummuster, dass diese ihr die Möglichkeit bieten, zu erkennen, dass sie gerade träumt. Danach kann sie es auch bewusst weiterführen.

Träumenden, die selbst den Zugang zu ihren nächtlichen Bilderwelten gewinnen möchten, verrät sie ihr Rezept: Neben dem Bett Block und Schreibgerät, gleich nach dem Erwachen – auch nächtens, im Dunkeln – stichwortartig die Traumbilder notieren. In der Früh werden auf dieser Basis alle Träume aufgeschrieben. Mit der Zeit entsteht ein Kompendium an Träumen, das dann auch bestimmte Muster und Entwicklungen aufzeigen kann. Nicht nur für traumtherapeutische Zwecke ist das hilfreich, auch wer schlecht schläft, kann, vor allem wenn keine organischen Ursachen feststellbar sind, dadurch Hinweise zur Besserung erhalten. Vor allem mithilfe eines Schlafcoaches.

Auch das Märchenschreiben bietet Hilfe in so einer misslichen Lage. Denn eigentlich ist es eine Methode und mit ihr begann meine Karriere als Märchenschreiberin. Eine aktuell brennende Frage wird vorangestellt, um die Antwort zu erhalten. Fünf zu dieser assoziierte Wörter, davon mindestens zwei märchengemäße, helfen, den Erzählfluss in Gang zu bringen. Danach wird, beginnend mit »Es war einmal«, ohne nachzudenken oder zu korrigieren, drauflos geschrieben. Das Unterbewusstsein oder vielleicht auch höhere Mächte, oder die Verbindung mit dem Weltgedächtnis, je nachdem, woran man glaubt, sorgen dafür, dass sich eine Geschichte enthüllt. Und ganz wichtig: Es geht gut aus! Versuchen Sie es einmal, Sie werden staunen, was Ihnen Ihr Langzeitgedächtnis erzählt. Zur Problemlösung macht es Sinn, mit einer/m Coach das Verschriftlichte hinsichtlich der Fragestellung zu deuten. Wer dann noch energetisch kompetent ist, kann die während dieser Arbeit sich offenbarenden Hemmnisse gleich auflösen. Persönlich liebe ich diese Arbeit sehr, sie ist phantasievoll, macht Freude, und am Ende hat man auch noch eine schöne Geschichte.

Mitunter stelle ich mir vor, wie es wohl gewesen sein mag, als der Nachtwächter noch herumging und die Stunden ausrief. Auch heute noch erinnern uns stündlich schlagende Kirchenuhren und Uhrenkunstwerke im Zentrum historischer Städte daran, welche gerade geschlagen hat.

Im vorigen Märchen war vom Königreich der Elfenkönigin die Rede, auch im Folgenden geht es um ein Elfenkind. Von diesen Zauberwesen wissen wir aus alten Märchen und Sagen, dass sie sich nur wenigen Menschenkindern zeigen. Vielleicht verbinden Sie das Naturgeräusche lauschen mit einem Besuch im nächtlichen Umfeld. Eine Elfe könnte dort auf Sie warten ...

Die kleine Fee und der große Wald

Es war einmal eine kleine Fee, die hatte sich im großen Wald verlaufen. Ja, auch Feen kann das passieren, besonders, wenn sie noch so unerfahren sind! Sie war einer Elfe nachgelaufen, die sie genarrt hatte. Elfen sind nämlich unberechenbare kleine Dinger, sie haben gerne Spaß und denken nicht an die Folgen, schon gar nicht an solche, die andere betreffen.

Die kleine Fee war ja noch ganz jung, in die Tiefe des Waldes war sie bisher nicht vorgedrungen, erst seit ein paar Monaten besuchte sie den Feenkindergarten. Und Feenkinder spielen genauso gerne wie Menschenkinder. Und die Elfe, die war so niedlich, sie glitzerte und funkelte, und ein glasklarer glockenähnlicher Klang begleitete ihren Flug. Keine von beiden wollte der anderen Böses. Aber plötzlich war die Elfe verschwunden, oder die Fee hatte sie aus den Augen verloren, so genau konnte das hinterher keine mehr sagen.

Nun war das Feenkind mitten im tiefen Wald, es war finster und kühl, ab und an ging ein Knarren und Ächzen durch die Bäume, dass die Fee dachte, sie hätten Schmerzen.

Sie ächzten ein wenig wie der Großvater, der auf dem Bauernhof lebte. Ihre Mutter, die Vorstandsfee, behütete ihn. Manchmal war auch sie dabei gewesen, wenn alle Bauersleute auf dem Feld waren und der Großvater allein im Haus blieb.

Immer saß er in seinem Lehnstuhl neben dem Fenster, seine Beine waren schon sehr müde, zumeist dämmerte er vor sich hin, nur hin und wieder, da ächzte er eben ein wenig.

Ihre Mutter schaute dann, ob es ihm an nichts fehle, denn das hatte sie ihm in jungen Jahren versprochen. Da hatte er ihre Schwester entdeckt und sehr lieb gewonnen, weil diese aber eine Fee war, konnte aus dem Paar nichts werden.

Damit er nicht unglücklich werde, hatte ihm die Mutter der kleinen Fee versprochen, immer auf seinen Hof zu achten, dass keine Ernte verderbe und das Vieh nicht krank würde, die Kinder gesund blieben und tüchtig zupacken konnten. Ja, und wenn er mal alt würde, sollte sie auf sein Wohl achten, er wollte niemandem zur Last fallen.

Und weil sie ihm dankbar war, dass er ihre Schwester freigegeben hatte und sie dadurch vor der Sterblichkeit bewahrte, hatte sie all die Jahre ihr Versprechen gehalten.

Nun war die kleine Fee tief im Wald, und musste an den Großvater denken. Und weil sie es von ihrer Mutter so gesehen hatte, streichelte sie die Äste der Bäume, wie die Arme des Großvaters, und sang ihnen ein Lied vor.

Und siehe da, da kam Leben in die Waldriesen, und ein Murmeln und Raunen erfüllte den Wald, denn das hatten diese noch nie erfahren, und jeder wünschte sich, die kleine Fee möge doch zu ihm kommen.

So war die Fee lange sehr beschäftigt, sie kam sich wichtig und feengroß vor und war glücklich und vergaß darüber, dass sie im unbekannten Wald, weit weg von zu Hause war und nicht wusste, wie sie nach Hause finden konnte.

Indessen hatten die anderen Feen ihre Abwesenheit entdeckt. Es herrschte große Aufregung, ihre Mutter lief von einer zur anderen und wollte wissen, ob sie ihr Töchterlein gesehen hätten. Endlich war da eine zerzauste kleine Elfe, die ihre Kolleginnen nicht mochten, weil sie so anders war als sie, deshalb spielte sie meist abseits und beobachtete vieles, was die anderen gar nicht bemerkten. Deshalb hatte sie die Elfe und das Feenkind davonfliegen gesehen, aber mehr wusste auch sie nicht.

Sogleich wurde der Feenrat einberufen und sandte eine diplomatische Abordnung zu den Elfen. Es war eine heikle Mission, denn der Friede zwischen den beiden Völkern war ein gefährdeter, die Feen waren den Elfen zu ernst und zu streng, die Elfen den Feen zu schalkhaft, leichtsinnig und launisch. Aber auch unter den Elfen waren Mütter, und die Vorstands-Fee hoffte auf Verständnis für ihre Angst.

Sie hatte sich nicht getäuscht, eine Abordnung der Elfen fand sich alsbald ein, denn auch die kleine Elfe war nicht nach Hause gekommen.

Das war nun ein aufgeregtes Geflattere und Geschwirre und Rätseln und hin und her Überlegen, dabei verging die Zeit und noch immer hatte sich keine auf die Suche gemacht.

Aufgeschreckt durch den Lärm und den ungewohnten Betrieb, fanden sich große wie kleine Tiere ein, und erfuhren so den Grund der Unruhe. Sie begannen zu tuscheln, denn wer verstand nicht die Sorge einer Mutter um ihr Junges.

Die Vögel beschlossen, herumzufliegen und nach den beiden Lichtkindern zu suchen, die Käfer und Würmer aktivierten das unterirdische Nachrichtengeflecht, die Hasen trommelten ihre Verwandtschaft zusammen und hoppelten in alle Richtungen, und Schmetterlinge, Bienen und Libellen berichteten es den Blumen und Sträuchern, die es weitersagten an andere Blumen, Büsche und Bäume.

So erreichte die Sorge der Elfen und Feen schließlich den Wald, dort gaben es Äste, Blätter und Nadeln weiter. Endlich erfuhren es auch die alten Bäume im Innersten des Waldes, die gerade erst entdeckt hatten, wie wohl es tat, wenn jemand ein bisschen liebevoll war und ihre alten, knorrigen Äste streichelte. Aber besonders der ungewohnte Gesang – denn bis in die Tiefe des Waldes verirrte sich selten ein Vogel – hatte es ihnen angetan, und sie waren nicht sehr gewillt, den Aufenthalt der Fee preiszugeben. Auch musste die Elfe noch gefunden werden, und da wussten die Bäume ohnedies keinen Rat.

Sie schickten nach dem Einhorn, das in den Tiefen des Waldes zu Hause war, denn es war ein sehr scheues Tier und fühlte sich nur hier geborgen. Mit einem kleinen Zweig und einem Schleier der Fee sandten sie das Einhorn zu den Abgesandten der Feen und Elfen mit folgender Botschaft:

»Eure Fee ist bei uns, und wir haben sie sehr lieb gewonnen. Wenn sie uns den Wunsch gewährt, hin und wieder mit ein paar Freundinnen wiederzukehren und uns vorzusingen und unsere Äste zu liebkosen, dann schicken wir sie mit dem Einhorn zurück und helfen euch bei der Suche nach der Elfe.«

Diese Nachricht die Zauberwesen erleichterte und verwunderte die Feen zugleich, denn dass die Bäume so einen Wunsch nach Zuwendung verspürten, das hatte niemand geahnt, diese wohl am wenigsten, denn sie hatten vorher ja gar keine Vorstellung davon gehabt, was ihnen fehlte.

Die Elfen wiederum waren nun erst recht in hellem Aufruhr, denn so eine kleine Elfe im Wald wiederzufinden, war, wie eine Stecknadel im Heuhaufen (auch wenn Elfen dieser Vergleich wohl nicht einfiele) und was noch schlimmer war: Wenn eine Elfe sich ängstigte, wurde ihr Licht schwächer und konnte sogar erlöschen.

Das aber ist für Elfen wie für uns Menschen das Sterben, und wenn sie nur mehr schwach vor sich hin glimmerte, wäre sie auch schwer wiederzufinden.

Also wurde das Einhorn mit Boten zurückgesandt und dem Versprechen, dass sowohl Elfen wie Feen die Bäume des Waldes mit Tanz, Gesang und Zärtlichkeit erfreuen wollten, sie möchten nur recht rasch nach einem leuchtenden Fünkchen Ausschau halten.

Die Bäume wiesen der Abordnung den Weg zu der kleinen Fee, die um all die Aufregung um sie noch gar nicht wusste und immer noch froh, eine Aufgabe zu haben, von Baum zu Baum schwirrte, um ihm gut zu tun. Glücklich nahm der Suchtrupp das Feenkind in seine Mitte und gemeinsam suchten sie nun nach der kleinen Elfe.

Die kleine Fee, die die Elfe inzwischen völlig vergessen hatte, war nun recht betroffen über die Aufregung, die sie verursacht hatte und wollte gern mithelfen, das Elflein wiederzufinden. Da sie ja beide Kinder waren, wenn auch verschiedenartig, hatten sie einen eigenen Draht zueinander. Von diesem Gefühl ließ sie sich leiten und entdeckte endlich einen zarten Schimmer zwischen den Wurzeln. Glücklich über das Wiedersehen, begann das Elflein wieder zu strahlen. Es hatte gelernt, dass es bös enden konnte, andere zu necken und hatte in der Fee eine Freundin gefunden, mit der sie und viele andere gerne in den Wald flogen, um die alten Bäume aufzumuntern und ihren schweren Ästen Gutes zu tun.

Das Volk der Feen und Elfen hatte gelernt, dass sie gemeinsam, einander ergänzend, Freude bereiten konnten, auch Wesen, von denen sie gar nicht ahnten, dass sie ihrer Zuwendung bedurften.

Und da Feen und Elfen nur sehr selten sterben, leben sie ganz bestimmt noch heute.

Feen im 21. Jahrhundert und die Frage nach Wirklichkeiten

Auf der Isle of Man werden kleine Feen mit Zauberstaub verkauft, in kleinen Säckchen. Wer den Staub auf das Kopfkissen streut, dem wird zauberhafter Schlaf versprochen. Feen und andere Zauberwesen gehören zum Manxer Alltag. Auf der *Fairy Bridge* ist Wegzoll in Form einer Begrüßung zu entrichten. Wer meint, Feen seien Hirngespinste und das Grüßen unterlässt, dem wird Unglück angekündigt, eine Rückkehr auf die Insel mit eigener Gesetzgebung, Geld und Verfassung bleibe ausgeschlossen. Angeblich beachten selbst Fahrer von Linienbussen das Gebot, jedenfalls fahren viele Menschen extra zur Brücke und hinterlassen Zettelchen mit Wünschen darauf, viele werfen eine Münze in den Fluss, Heimstatt der Feen und Kobolde und anderer Zauberwesen, die bei Laune gehalten werden sollen. Die Wunschzettel werden regelmäßig eingesammelt, gelegentlich erfüllen sich auch die Wünsche.

Die Fahrer des alljährlich auf der Insel der Wikinger stattfindenden internationalen Motorradrennens befahren zwar andere Straßen der Insel, doch hoffen auch sie vermutlich auf die Gunst der Feen, denn das Rennen gilt als das gefährlichste der Welt.

Warum die Manxer so penibel auf das Grüßen der Feen achten, erklärt sich aus ihrer Mythologie. Anders als bei uns, sind die auf der Isel of Man, und überhaupt im keltischen Kulturkreis, nicht zwingend freundliche Wunscherfüllerinnen. Sie sind auch nicht klein, wie die, die man im Säckchen kaufen kann. Man sagt ihnen nach, dass sie menschliche Kinder rauben, weil sie selbst Fortpflanzungsprobleme haben. Die Puppe der Feenkönigin des vorhergehenden Märchens war also vielleicht menschlichen Ursprungs, wer weiß? Von einem Feenkönig erfuhr ich nichts, während ich die Geschichte niederschrieb, auch in der vom verirrten Feenkind kommen nur die Mütter vor. Die keltischen Geschichten berichten außerdem von menschlichen Männern, die betäubt werden, um dann den Feen zum Beischlaf und zur Zeugung von Feenkindern zu willen zu sein. Dabei wäre das Betäuben ja gar nicht nötig gewesen, der betörende Gesang der Luftwesen, ähnlich wie wir es von der Lorelei her kennen, reichte schon aus. Umgekehrt berichten die keltischen Sagen vom Feenkönig, dass er menschliche Frauen seiner überirdisch schönen Frau vorzog.

Ein Freund, der etliche Jahre die Rennen fotografisch dokumentierte und dabei nicht nur die vierhörnigen Schafe der Insel fotografisch festhielt, sondern auch allerlei über die Feen erfuhr, meint: Sie reflektieren unsere Absichten. Es ist ratsam, sich mit ihnen gut zu stellen, doch wer dabei nicht ehrlich ist, den durchschauen sie, dann spielen sie Streiche. Wer aber reinen Herzens ist, dem bringen sie mitunter richtiges Glück.

In früheren Zeiten blieb über Nacht in den Häusern der Insel immer ein Feuer brennen, damit sich das *kleine Volk* –

die Bezeichnung *fairy* gefällt den Wesen aus der Anderswelt nicht – wärmen kann. Auch etwas Brot sowie ein Krug Wasser standen zu ihrer Stärkung bereit, das übriggelassene Wasser wurde des Morgens immer weggeleert, keiner der Menschen trank es. Eine Entsprechung bekam ich einmal als Tipp: Neben dem Bett solle ein Glas Wasser stehen, in diesem werden furchterregende oder sonst wie beunruhigende Trauminhalte gesammelt. In der Früh werden diese dann mitsamt dem Wasser entsorgt.

Auch auf der Isle of Man finden sich Bräuche, die, ähnlich wie das Arbeitsverbot in den Raunächten, über die ich in meinen beiden bereits erschienenen Büchern ausführlich berichte, den Frauen ein wenig Erholung sicherten. Denn an Samstagen ruhten die Spinnrocken abends, das Spinnen hätte den *Mooinjer-Veggey* (Fairies) missfallen. Und auch sie wurden, so wie bei uns die Percht und ihre wilde Schar, mit Essbarem beschenkt. Wenn gebacken wurde, blieb ein Stück des Teiges für die Feen reserviert, und wurde mit etwas Butter für sie auf die Wand geklebt.

Die keltischen Erzählungen bestätigen außerdem, dass die Feenzeit für die Menschenwelt viel langsamer erscheint. In einer schottischen Sage wird es exakt angegeben: Drei Tage entsprechen sieben Jahren. Ganz so lange dürfte es beim Räuber Hortus nicht gedauert haben, aber er könnte möglicherweise sieben Generationen später wieder zurückgekehrt sein.

Auch beim Schlafen verlieren wir das Zeitgefühl. Was laut Schlafforschung nur wenige Minuten andauert, bedeutet unserem Schlafbewusstsein Erlebnisse über Zeit und Raumgrenzen hinweg. Besonders in den letzten Stunden, und da vor allem in den REM-Phasen vor dem Aufwachen, finden sie verstärkt statt und werden auch besser erinnert. Sie erscheinen uns oft endlos, besonders wenn wir jemandem entkommen wollen oder etwas suchen, jemandem etwas mitteilen möchten oder Ähnliches. Mein Vater erzählte von seinen wiederkehrenden nächtlichen Versuchen, einen Mord zu vertuschen. Ich hatte immer wieder Träume, in denen ich über Wochen oder noch länger immer wieder vergessen hatte, meine Mutter zu kontaktieren und dann zum Beispiel mein Handy nicht fand oder sie nicht erreichte. Mittlerweile hat sich das gewandelt, jetzt taucht sie in meinen Träumen an meiner Seite auf, bringt sich auch ein. Für mich ein Zeichen, dass sich ein unbewusster innerer Konflikt gelöst hat. Da sich solche als Krankheitsauslöser körperlich manifestieren können, danke ich meinen Träumen, die dazu beitragen, dass ich gesund bleibe. Spannender allerdings finde ich die Träume in Gebäuden, die mir im Wachbewusstsein bekannt sind, in denen sich auf einmal viel mehr, mir bisher unbekannte Räume öffnen. Ich erwachte aber auch schon mit Ideen für Projekte, diese Träume mag ich am liebsten.

Bereits als Kind dachte ich darüber nach, ob es nicht gerade umgekehrt sei – dass unsere Träume das wirkliche Leben wären und das, was wir im Wachbewusstsein zu erleben meinen, die eigentliche Illusion. Meine Worte waren sicherlich andere, der Inhalt meiner kindlichen Überlegungen lässt mich bis heute nicht los. Es ist doch bemerkenswert, dass wir vier bis mitunter sogar zwölf Stunden täglich leben, ohne davon viel mitzubekommen. Kaum jemand merkt das eigene Schnarchen, aufs Zähneknirschen macht uns höchstens der Zahnarzt aufmerksam, Apnoiker (s.u.) erfahren oft erst im Schlaflabor von ihren Atmungsaussetzern. Eine Freundin, mit der ich ein paar Tage Urlaub im Doppelzimmer verbrachte, war erstaunt, von mir zu erfahren, dass sie nächtens vor sich hin ächzt, als leide sie unter Schmerzen. Von unseren Träumen haben wir am Tag danach nur mehr eine vage Ahnung, es sei denn, wir bemühen Traumnotizen und Traumtagebuch, um das Erinnern zu trainieren. Im Tiefschlaf könnte neben uns die Welt untergehen, wir bekämen es nicht mit – es sei denn, ein Baby beginnt zu weinen, dann erwacht die Mutter sofort. Nicht nur ich bin wiederholt bereits kurz vor dem ersten Laut meiner Söhne erwacht. Doch wer das Baby daraufhin zu sich nimmt und stillt, schläft mit diesem gemeinsam gleich wieder ein. Ähnliches passiert mit dem Wecker – kurz bevor er zu läuten beginnt, erwachen wir. Leider schlafen viele danach ebenso gut wieder ein, deshalb nützen wir die Handyfunktion, die uns alle paar Minuten erinnert, dass es doch sein muss. Von instinktgesteuerten Unterbrechungen abgesehen verrinnen die Stunden des Schlafes, ohne dass wir davon etwas mitbekommen. Wir atmen, was wir spüren, wird Teil unserer Träume, gleichzeitig produzieren wir Emotionen, die sich sogar körperlich manifestieren. Das heißt, wir erleben Orgasmen ebenso wie Harndrang, auch Erektionen sind Teil des Schlafes. Letztere dienen auch dazu, festzustellen, ob Erektionsstörungen physische Ursachen haben oder mentale.

Erstaunt las ich, dass Schätzungen davon ausgehen, dass etwa ein Viertel aller Menschen im Schlaf die Luft ausgeht, weil ihre Atmung aussetzt, dass sie also Apnoiker sind. Doch nur ein Prozent der vermuteten Betroffenen weiß davon. Die starke Entspannung der Rachen und/oder Zungengrundmuskulatur führt zur Verengung der Atemwege und damit zur Sauerstoffunterversorgung, das Schnappen nach der mangelnden Luft führt zu Schnarchgeräuschen. Wer also schnarcht, sollte sich medizinisch untersuchen lassen, vielleicht gehört er – der größere Anteil sind Männer – dazu. Weil der Organismus sich gegen das Ersticken schützt, erwacht der Schläfer, ohne es mitzubekommen, gerade nur so kurz, bis die Atmung erneut explosionsartig und laut einsetzt. Die Erholungsqualität leidet allerdings massiv. Die Folge und damit auch Merkmal dieser Schlafstörung sind Unausgeschlafenheit, sich erschöpft fühlen bereits nach dem Erwachen, Neigung zum Einschlafen untertags, besonders in eintönigen Situationen. Sekundenschlaf erhöht die Unfallgefahr, hoher Blutdruck ist ein Folgesymptom. Eine Reihe von leichten Einschränkungen bis schweren

Erkrankungen wird mit dem Aussetzen der Atmung während des Schlafes in Zusammenhang gebracht. In sehr schweren Fällen unterbleibt die Atmung und damit ausreichende Sauerstoffzufuhr ebenso wie CO_2 Abtransport für etwa die Hälfte der Schlafzeit!

Es gibt Abhilfe, ist aber wenig sexy. Eine Atemmaske baut mit Raumluft Druck auf, der die Atemwege ausreichend offen hält. Gerade in leichteren Fällen reicht es bereits, auf eine seitliche Schlafposition zu achten. Es gibt aber auch spezielle Zahnschienen, die dasselbe Ziel wie die Atemmaske erreichen sollen. In speziellen Fällen wird ein Zungenschrittmacher implantiert. Letzterer verhindert ein Zurückfallen der Zunge, er wird operativ unter dem Schlüsselbein eingesetzt und vor dem Einschlafen angeschaltet.

Wer übergewichtig ist, wird angehalten, das Körperfett abzubauen, denn es trägt zur Verengung der Atemwege bei, ebenso können Verdickungen von Mandeln eine beseitigbare Ursache sein. Von Alkoholgenuss wird abgeraten, da er die Erschlaffung der Muskulatur verstärkt.

Manchmal sind es Lebenssituationen, die uns scheinbar ersticken lassen. Das hängt allerdings sehr stark von unserer Haltung diesen gegenüber ab. Wer dazu neigt, sich im Bett all die Sorgen des Tages durch den Kopf gehen zu lassen, für den habe ich bei Luisa Francia eine bezaubernde Variante als Abhilfe entdeckt. Am besten, Sie legen neben dem Bett ein Blatt Papier bereit, und natürlich ein Schreibgerät. Notieren Sie unter der Überschrift: »Nicht vergessen, mir Sorgen zu machen« alle Sie aktuell belastenden Gedanken. Den Zettel danach liebevoll falten, wenn Sie der Magie ein wenig vertrauen, können Sie ihm auch noch mit einem Ausatmen Verwandlungsenergie einhauchen. Danach legen Sie ihn in ein vorbereitetes Kästchen. Es sollte schön gestaltet sein, vielleicht sogar von Ihnen selbst bemalt oder dekoriert. In diesem Schutzkästchen bewahren Sie Ihre Sorgen gut auf.

Nach dem erholsamen Schlaf kümmern Sie sich um sie mit neue Kraft. Oder wurden sie in der Zeit des Traumes bereits märchenhaft aufgelöst? Vertrauen Sie den Wundern der Nacht, lassen Sie sich überraschen.

Wie eine verzweifelt scheinende Lage überwunden wurde, im Vertrauen auf die Lösungskompetenz aller Beteiligten, davon erzählt das nächste Märchen.

Von Hexen und Zauberern

Die Feenkinder

Es war einmal ein Geschwisterpaar, das lebte allein im dunklen Wald hinter den gestreiften Bergen. Niemand war dort je vorbeigekommen, die Berge waren zu hoch. Ein großer Zauberer hatte die beiden dort ausgesetzt, denn er wollte sein Reich mit niemandem teilen.

Die Geschwister waren die Kinder der Wunderfee, die im gläsernen Schloss auf dem Zauberberg lebte. Der Vogel Phönix hatte den Zauberer abgewehrt, dort einzudringen, was diesen besonders erzürnte. Ein Vogel, noch dazu ein so gerupfter (Phönix war gerade wieder bereit für eine neue Verwandlung) sollte ihn, den Mächtigen, daran hindern, zu seinem Willen zu kommen? Also rief er seinen Raben und die dunklen Waldgeister zu seinen Diensten und befahl ihnen, das Schloss der Fee zu verwüsten.

Doch die dunklen Diener stießen sich an den glatten Wänden, und das Licht, das durch die Säle schien, blendete sie. Des Zauberers Zorn wuchs unermesslich, er verfluchte die Wunderfee, an deren Abschirmungen er scheiterte. Ihre Kinder sollte sie erst wiedersehen, wenn sie vor der Hütte des Zauberers zusammenbräche und zum Tausch ihr Land und ihr Schloss anböte.

Nun hatte die Fee aber einen Eid geschworen, das Land niemals dem bösen Zauberer zu überlassen, denn sonst würden alle Tiere und Zauberwesen von ihm in Fron genommen. Sie wusste auch, dass ihre Kinder alles Nötige bei ihr gelernt hatten, dies würde ihnen das Leben in der Wildnis erleichtern. Sie war schmerzerfüllt, doch ohne Bange um sie. Die Kinder sehnten sich nach der Mutter, aber verstanden auch, dass es eine wichtigere Aufgabe für diese zu erfüllen gab.

Sie wiederum wollten sich daranmachen, in den dunklen Wald ein wenig Licht und Leben zu bringen. Als Feenkinder war es ihnen ein Leichtes, die Hilfsbereitschaft der Bäume und anderer Gewächse des Waldes zu gewinnen. Alsbald stand eine schmucke Hütte im dunklen Wald, in der ein warmes, heimeliges Feuer loderte und es sich schon bleiben ließ.

Danach schlugen sie eine Lichtung, und weil die Sonne sich nicht durch Berge behindern ließ, auch in diesen Teil der Welt zu scheinen, konnten sie darauf das Notwendige zum Überleben wachsen lassen.

Bald hatte sich die Kunde von der lichten Stelle im Wald herumgesprochen und Zwerge wie Waldtiere pirschten sich neugierig heran.

Wohl gab es in diesem Teil der Welt Wölfe und andere wilde Tiere, aber das lichte Gefühl rund um der Geschwister Bleibe besänftigte sogar diese und sie blickten erwartungsvoll durch die Bäume.

Bald hatte das Mädchen ein paar Rehe und Hasen entdeckt und freute sich über deren Gesellschaft. Sie sprach freundlich zu ihnen und lud sie ein, Gräser und Kräuter, die durch die Sonne genährt wurden, zu kosten. Die Rehe ließen sich nicht lange bitten und das freundliche Mädchen hatte neue Freunde gefunden.

In der Nacht wagten sich als Nächstes die Zwerglein hervor und beschnupperten vorsichtig das Häuschen und seine schlafenden Bewohner. Zwerge kommen nämlich üblicherweise in dieser Zeit des Tages, um den Bewohnern zu helfen. Hier fanden sie nicht viel zu tun, die beiden besaßen ja nichts, was herumstehen hätte können und waren außerdem sehr reinlich. Also brachten die Zwerge ihnen Holz für das Feuer, an dem sie sich gleichfalls zu wärmen gedachten.

Am Morgen lachte das Mädchen und sprach zu ihrem Bruder: »Sieh mal, die Zwerge des Waldes wollen auch unsere Freunde sein. Wir sollten sie zum Fest einladen. Lass uns einen guten Kuchen backen und ihn für den Abend bereitstellen.

Gesagt, getan, und des Nachts, als die beiden schliefen, kehrten die Zwerge wieder und ließen sich den Kuchen recht schmecken.

So ging das einige Zeit, da dachten sich die Kinder: ›Es wäre doch nett, wenn wir mit den Zwergen plaudern könnten, vielleicht erhalten wir so auch Kunde von unserer Mutter.‹ Sie blieben also wach und warteten auf das kleine Volk. Pünktlich, kaum dass es dunkel geworden war, erschienen die Helferlein und brachten wieder gutes Brennholz mit.

Die Kinder, die den Umgang mit Zauberwesen wohl gelernt hatten, wollten sie nicht erschrecken und sangen ein Lied durch die geschlossene Türe hindurch. Ihr Willkommenslied versprach den Zwergen, dass ihnen keine Gefahr drohe. Das machte diese neugierig und sie traten vorsichtig ins Haus.

Die Kinder begrüßten sie freundlich mit einem Krug Beerenwein und baten die Gäste an ihren Tisch. Da wurde dann gefeiert und gelacht und Neuigkeiten ausgetauscht. So erfuhren die Kinder, dass der Zauberer einstmals die Berge verwunschen hatte, sodass sie keinen Wanderer hinüberließen, damit wollte er sein Reich absichern gegen Eindringlinge von außen. Doch die Zwerge, die ja in den Bergen zu Hause sind, wussten einen geheimen Weg durch die natürliche Barriere hindurch. Den wollten sie den Kindern zeigen, obwohl es ihnen um die liebe Gesellschaft recht leidtat.

Die Kinder konnten es kaum erwarten, sehnten sie sich doch allzu sehr nach der lieben Mutter und dem liebevollen, lichtvollen Zuhause. Den Zwergen versprachen sie, wenn sie den Zauberer besiegt hätten, das Licht und die Leichtigkeit des Feenreiches auch in diesen Teil der Welt zu bringen.

Das ermunterte die Zwerglein und sie beeilten sich, die beiden durch den Berg zu führen. Es war ein recht beschwerlicher Weg, weil für Zwerge gemacht, aber die Kinder waren noch klein genug, um in den engen Stollen vorwärtszukommen. Unterwegs stolperte der Junge über eine Schaufel, die die Zwerge wohl liegen gelassen hatten. Ihr Anführer riet ihm, diese mitzunehmen, sie könne ihm noch einmal gute Dienste leisten.

Dann wiederum stieß sich das Mädchen den Kopf an einem Stein, der ein sanftes Licht ausstrahlte. Auch diesen durfte es mitnehmen, er sollte ihr in Zukunft den Weg weisen.

Als sie das Ende des Tunnels sehen konnten, gab ihnen der Älteste noch einen Rat mit auf den Weg: »Geht nie weiter, als ihr euch denken könnt, sonst geht ihr verloren.«

Die Kinder versprachen, darauf zu hören, bedankten sich herzlich und versicherten, wiederzukommen. So mancher Zwerg versteckte noch eine Träne, die als Perle in seiner Tasche landete. (Deshalb sind Perlen so kostbar, denn Zwerge weinen nur sehr selten).

Wieder auf sich gestellt, betraten die Geschwister erneut einen Wald, doch war er weniger dunkel als der ihrer Verbannung. Der Stein aus dem Berg leuchtete hindurch und wies ihnen den Weg. So wanderten sie Richtung Heimat, auf ihrem Weg lag des Zauberers Hort. Diesen mussten sie besiegen, um ohne Gefahr wieder nach Hause zu können.

Nach einigen Tagen erreichten sie die finstere Burg mit spitzen Türmen, die drohend in den Himmel ragten. Rundherum war es totenstill, nichts und niemand wagte hier zu atmen oder irgendein Lebenszeichen von sich zu geben. Eine Eiswüste umgab das Schloss, ungesehen dorthin zu gelangen war ganz und gar unmöglich.

Da erinnerte sich der Junge der Schaufel und sagte: »Mal sehen, was die Zwergenschaufel alles kann.« Kaum in den Boden gesteckt, begann diese flugs zu graben und öffnete einen unterirdischen Stollen, durch den die beiden unbemerkt ins Zauberschloss gelangten.

So erreichten sie einen Raum oberhalb der Halle, in der der Zauberer sein Unwesen walten ließ. Er war ausgegangen, nur eine Eule, ein Kater und der Rabe stritten gerade um eine Maus, die ohnedies ganz abgemagert war.

Der schwarze Vogel krächzte: »Nun ist der Alte schon zu lange fort, wir sollten ihn suchen gehen, sonst verhungern wir hier noch.« Der Kater erwiderte: »Na, flieg doch fort, du Feigling, oder hast du Angst, dass wir dich dann nicht mehr rein lassen?« Die Eule blickte gelangweilt von einem zum anderen, verspeiste dabei genüsslich die Maus, die endlich bei ihr gelandet war, danach sprach sie: »Ihr wisst doch, dass der Zauberer erneut versucht, die Wunderfee zu täuschen. Er will ihr ihre Kinder anbieten, wenn sie auf sein Werben eingeht. Das kann noch lange dauern.«

Die Kinder erschraken.

Das Reich hergeben, das würde ihre Mutter nie tun, den Zauberer aber ehelichen, um ihre Kinder wieder bei sich haben zu können, darauf könnte sie sich womöglich doch einlassen. Das musste unbedingt verhindert werden.

Zunächst aber wollten sie dafür sorgen, dass der nichts als Böses Sinnende keine Zuflucht mehr in seinem Schloss fand. Also liefen sie eiligst hinaus, ließen die Schaufel los, die windgeschwind rund um das Schloss zu graben anfing, wodurch dieses alsbald mit großem Getöse in sich zusammenbrach.

Weiter liefen die Kinder zum gläsernen Lichtschloss der lieben Mutter. Schon von ferne hörten sie das sanfte Geklinge und Geläute, das diesen Platz immer umgab und in ihnen viele wunderschöne Erinnerungen weckte. Doch ein großer Schatten war im Begriff, Dunkelheit über das Anwesen zu legen. Ihre Herzen fühlten den Schmerz der Düsternis – es musste der Geist des Zauberers sein, der sich über diesen Platz des Friedens und der Liebe zu legen anschickte. Sie wollten alles in ihrer Macht Stehende unternehmen, es zu verhindern.

Leise sprach das Mädchen auf den leuchtenden Stein ein. Danach warf sie ihn in Richtung des Schattens und der Stein fand seinen Weg. Er erreichte die Mitte des Schattenwesens, das mit einem grausamen Heulen in sich zusammensackte. Übrig blieb der Zauberer in seiner wahren Winzigkeit. Schnell liefen die Geschwister zu ihm und befahlen der Zauberschaufel, ihn zunichte zu machen.

Die ließ sich nicht lange bitten und verdrosch den Zauberer so arg, dass dieser jämmerlich winselnd zusammenbrach. Als er so am Boden lag, kam eine Spinne dahergekrochen und begann eilig, ein undurchdringliches Netz um ihn herum zu spinnen.

Gut verschnürt nahm sie den einstmals so mächtigen Zauberer huckepack und barg ihn als üppigen Vorrat für den Winter.

Die Kinder liefen zu ihrer Mutter – das gemeinsame Glück war unermesslich. Sie erzählten von ihrer Zeit im Wald, wie es ihnen gelungen war, den Zauberer zu besiegen und auch, dass sie den Zwergen ein Versprechen gegeben hatten.

Der Vogel Phönix, der wieder ein prächtiges Gefieder hatte, wurde ausgesandt, um zu sehen, was dafür nötig wäre.

Er kehrte zurück mit der Nachricht, dass die Berge ein sanftes Hügelland geworden seien und der Tunnel der Zwerge eine Straße, die ins Tal des Waldes, der auch gar nicht mehr finster war, führte.

Die Zwerge aber hatten versprochen, zum nächsten Geburtstag der Kinder kommen zu wollen, um das Ende des Zauberers zu feiern. Es wurde ein lichtvolles Fest mit

Musik, Tanz und köstlichen Speisen, zu dem sich alle Wesen des Waldes und des Feenreiches einfanden, den Mut der Feenkinder und die neue Freiheit zu feiern.

Von unsichtbaren Störfeldern und störenden Materialien

Sind Sie beim Lesen dieser Geschichte eingeschlafen? Wunderbar! Tatsächlich machte nicht nur ich die Erfahrung, dass bereits die Beschäftigung mit dem Thema Schlaf Müdigkeitsreize verursacht. Auch Luisa Francia erwähnt, dass sie sogar beim Korrekturlesen spätestens nach zwei Kapiteln einschlief. Wenn dieses Buch Sie also längere Zeit beschäftigt, weil Sie wegdriften, umso besser, dann hat es seinen Zweck erfüllt. Doch sind Sie am Morgen wirklich ausgeruht erwacht?

Denn Einschlafen ist eine Sache, erholt zu erwachen eine andere. Wer zwar erschöpft einschläft, sich aber morgens eher gerädert fühlt, der sollte sich auf Apnoe untersuchen und außerdem den Schlafplatz überprüfen lassen. Etliche Jahre arbeitete ich im Studio für gesundes Wohnen und Schlafen des Radiästhesisten Erich Strasky. Bekannter ist diese Profession als Wünschelrutengehen, doch Strasky wusste viel mehr über gesundes Schlafen, als bloß Wasseradern oder andere Störfelder zu muten. Über viele Jahre sammelte er Informationen und Erfahrungen, aufbauend auf seiner Kompetenz als Textilfachmann, denn vor seiner zweiten Profession hatte er mit Stoffen, insbesondere mit der Wiederaufbereitung derselben als Fetzenteppiche, gehandelt. Damals war Recycling noch ein Fremdwort, es war eher die Haltung der Kriegsgeneration, Rohstoffe zu nützen, statt sie wegzuwerfen. Auch unser Körper und dessen Befinden sollte als wertvolles, unersetzliches und daher sorgsam zu pflegendes Gut gesehen werden. Doch viel zu oft gehen wir damit sehr fahrlässig um, die moderne Medizin, mit – häufig sehr teuren – Medikamenten für beinahe alle Beschwerden und Transplantationsangeboten, gaukelt uns vor, dass es auch für den Körper Ersatzteillager gäbe, aus denen wir uns bedienen können. Erst in den letzten Jahren beginnt sich die Vorsorgemedizin zaghaft durchzusetzen.

Rutengehende allerdings boten immer schon an, die beste Stelle zum Schlafen sowie zum Beispiel die beste Schlafposition zu orten. Diese Hilfestellung für Menschen mit Schlafschwierigkeiten ist umstritten, doch lernte ich bei Strasky so viele Menschen kennen, denen nachhaltig geholfen wurde, weshalb ich diesen Weg zu einem erholsamen Schlafplatz nicht unbeschrieben lassen will. Ob Märchen Wirklichkeit werden, numerologische Analysen zutreffen oder Wasseradern tatsächlich den Körper belasten, werden vielleicht nachfolgende Generationen belegen können, heute ist es noch eine Frage der persönlichen Erfahrung. Straskys Entdeckungen betreffend der in Matratzen verwendeten Materialien oder den Zusammenbau von Betten überzeugten mich jedenfalls nachhaltig, sie sind bis heute kaum bekannt, deshalb gebe ich sie an dieser Stelle weiter, ohne den Wahrheitsgehalt mit wissenschaftlich anerkannten Studien beweisen zu können. Strahlenfelder sind aber nicht für alle Menschen unsichtbar. Damals lernte ich einen Mann kennen, ehemals Polizist, der eines Tages entdecken musste, dass er diese optisch wahrnehmen konnte. Zunächst war er erschrocken, denn er wusste noch nichts damit anzufangen. Bei Strasky lernte er, einzuordnen, was anderen verborgen bleibt, nichts desto trotz aber auf uns einwirkt. Dass er zuvor Polizist war ist erwähnenswert, von einem Menschen mit dieser Profession erwarten wir eher nicht, dass er zu außersinnlichen Wahrnehmungen neigt. Das Wort *außersinnlich* ist gleichzeitig zu hinterfragen, mittlerweile wird der 6. Sinn auch von der Wissenschaft nicht mehr ausgeblendet, sondern Intuition genannt.

Warum nun war Straskys textiles Fachwissen relevant für gesundes Schlafen? Er stellte die These auf, dass Störfelder auch materialbedingt entstehen. Bei seinen Mutungen – das ist der Fachausdruck für das Auffinden von Störstrahlungen – wusste er mittels einer speziellen Rute, der Lecherantenne, exakt festgelegte Frequenzen zuzuordnen, das heißt, er konnte genau benennen, ob die Strahlung von einer Wasserader, den Gitterstrahlungen der Erde oder gar einer Verwerfung herrührte, ob elektrische Felder belastend einwirkten oder vielleicht eine ganz andere Ursache zu beheben sei. Punktgenau stellte er fest, welche Störung einwirkte.

Besonders mit den Bestandteilen von Matratzen beschäftigte sich Strasky intensiv. So bemerkte er, dass bei Matratzen, die angeblich zu 100% aus Naturmaterialien bestanden, das Woll- bzw. Baumwollvlies mit ganz feinen aber langen Kunstfasern durchwirkt war. Damit konnten minderwertige Baumwollreste, die eher als Staub zu bezeichnen waren, zu einer haltbaren Einlegematte zusammengehalten werden. Oder der Stoff, der den Matratzenrand zusammenfasst, das sogenannte Gradl, bestand aus Kunstfaser. Durch den geschlossenen Rahmen beziehungsweise das durchwirkte Feld baut sich innerhalb ein negativ gepoltes Feld auf. Und schon wirkt die Liegefläche, als wäre eine Wasserader oder eine andere vergleichbare Störstrahlung wirksam. Besonders gemein sind damals sehr beliebte Frotteespannleintücher, denn sie bestehen zu 25% aus Kunstfaser, dadurch wird ein durchgehendes Strahlen-Gitternetz simuliert.

Seinen Kundinnen und Kunden konnte er durch diese differenzierte Analyse oft sehr effizient helfen. Denn alles Schlafplatz Umstellen hätte in diesen Fällen nicht geholfen. So aber blieb häufig das Bett wo es war, nur das Leintuch musste eines aus reiner Baumwolle oder Leinen sein. Die Kunststoffgradln durchschnitt er an einer Stelle quer, damit war der Kreis nicht mehr geschlossen und die Wirkung auch weg. Nur beim Kunststoff durchwirkten Vlies ist es ein wenig aufwändiger. Doch der Kärntner Matratzenhersteller Elky – mit den Besitzern war Strasky aus seiner textilen Vergangenheit gut befreundet – stellt nach seinen Angaben maßgeschneiderten Ersatz her. Das heißt, oft reicht es, nur die Hülle zu wechseln und schon kann guter Schlaf gelingen. Darüber hinaus entwarf er auch selbst konzipierte Matratzen, die von Elky in allen Maßen hergestellt wurden und bis heute werden (s. Quellenangaben). Ich schlafe bis heute auf so einem Schlafsystem und möchte es mit keinem tauschen, einigen anderen glücklichen Schläferinnen konnte ich zu ähnlichem Komfort verhelfen.

Die Zusammensetzung des Bettes und dessen Ausrichtung sind ebenfalls zu beachten. Am erholsamsten schläft es sich in der Richtung des Erdmagnetfeldes, also mit dem Kopf im Norden (auf der nördlichen Halbkugel, in Australien ist es genau umgekehrt). Materialien mit zwei Enden haben, wie alles auf unserer Erde, jeweils einen Plus- und einen Minuspol. Vermutlich erinnern auch Sie sich an die Demonstrationen im Physikunterricht, oder haben es selbst immer mal wieder probiert: Gleiche Pole lassen sich nicht zusammenbringen, sie stoßen sich gegenseitig ab. Genau derselbe Effekt kommt beim Verbinden von Endstücken zum Tragen. Bei Holz ist ein organisch zusammengefügter Rahmen prinzipiell einfach, das Wurzelende ist der Minus-, das Kronenende der Pluspol. Wenn nun Bretter in der Wuchsrichtung aneinander gefügt werden, dann passt alles. Werden aber zwei Enden, die z.B. beide vom oberen Ende des Stammes stammen, aneinandergefügt, dann ergibt das eine Zwangsverbindung, Plus- auf Plus-Pol. Das Ergebnis ist ein negativ einwirkendes Strahlenfeld in konzentrischen Kreisen, das sich über die ganze Wohnung ausbreiten kann. Tischler erkennen an der Holzmaserung die Wuchsrichtung, wenn sie von diesem den Bettrahmen fertigen lassen, bitten Sie ihn oder sie, darauf zu achten.

Vielleicht denken Sie: Ich schlafe wunderbar, obwohl ich eine billige Matratze habe, das Handy neben mir und/oder den Fernseher gleich beim Bett? Bedenken Sie: Während des Schlafens befinden wir uns so viele Stunden wie bei keiner anderen Tätigkeit immer auf der selben Stelle – die Schlafatonie (die Lähmung der Gliedmaßen während des REM-Schlafes) verhindert zudem die Veränderung der Liegeposition während lang dauernder Schlafphasen. Dazu kommt, dass viele Schutzmechanismen des Organismus auf Minimum geschaltet sind, gleichzeitig laufen etliche wesentliche Prozesse im Körper ab. Hormone etwa werden nach einem regelmäßigen Muster ausgeschüttet, Organe leisten Verarbeitungstätigkeit im Wechsel, Herzrhythmus und Blutdruck werden während der Tiefschlafphasen vermindert, in den REM-Phasen aber beschleunigt, ähnlich reagiert die Atmung. Ein kompliziertes aufeinander abgestimmtes und wirkendes System von sympathisch und parasympathisch gesteuerten Vorgängen läuft in unserem Körper ab. Das Immunsystem wird aufgepäppelt, auch das Gehirn funktioniert anders als im Wachzustand, hat Gelegenheit zur Erholung, weil von Außenreizen weitgehend unbehelligt, und wird gleichzeitig regeneriert.

Störfelder irritieren diese Abläufe, und das immer auf die selbe Weise und auf denselben Körperbereich einwirkend, es sei denn, wir wechseln die Liegeposition. Sie können die Wirkung vergleichen mit einem Drillbohrer: Egal wie lange er braucht, irgendwann ist er durch. Das heißt: Manche Menschen merken über sehr lange Zeit keine Beeinträchtigung, das kann sogar Jahrzehnte dauern. Unser Körper ist mit allerlei Kompensations- und Reparaturmechanismen gut gewappnet, je nach Konstitution halten wir auch Dauerbelastungen lange Zeit aus. Doch irgendwann ist es so weit und eine Schädigung ist da. Im Alltag sind wir so vielen weiteren Stressfaktoren ausgesetzt, tausende Gefahren lauern in der Luft, die wir atmen, dem Essen, das wir zu uns nehmen, der Kleidung, die wir tragen, den Emotionen, die uns beuteln und vieles mehr. Dort, wo wir Einfluss nehmen können, sollten wir es zur eigenen

Entlastung tun. Besonders dann, wenn es viele Stunden am Stück auf uns einwirkt.

Es ist selten aufwendig, entsprechende Vorsorge zu treffen, doch braucht es einiges an Erfahrung, damit diese wirklich sinnvoll getroffen werden kann. Strasky erzählte gerne die Geschichte eines Kindes, das jede Nacht im Bett der Eltern landete, in seinem Zimmer wollte es nicht bleiben. Eine Tapete, mit kinderfreundlichen Bildern gemustert, war der Grund. Die darauf abgebildete Maus versetzte das Kind in Panik. Erkannt hatte Strasky dies mithilfe der von der Abbildung gemessenen Frequenz, die in Dissonanz mit der des Kindes war. Mithilfe des kinesiologischen Muskeltests könnte dies natürlich ebenso festgestellt werden, es gibt unterschiedliche Wege, Ursachen herauszufinden.

Eine entsprechende Expertin oder einen Experten zu konsultieren kann Ihnen viel Stress und vielleicht sogar Krankheit ersparen. Entspanntes Schlafen sollte es Ihnen jedenfalls wert sein. Ich habe hier nur einen Ausschnitt der möglichen Irritationen und Lösungsvariationen aufgezeigt. Auf meiner Homepage *www.creativelife.at* finden Sie weitere Tipps und Kontakte. Gerne können wir auch im persönlichen Gespräch abklären, was für ihre persönliche Situation hilfreich sein könnte.

Auch Pflanzen haben Einfluss auf die Schlafqualität. Einerseits nehmen manche von ihnen Schadstoffe auf, geben Feuchtigkeit ab, nur wenige, wie Einblatt oder Aloe Vera sorgen auch nachts für die Umwandlung des ausgeatmeten CO_2 und geben sogar in den Stunden ohne Sonnenlicht Sauerstoff ab. Es ist also nicht jede Pflanze für den Schlafbereich geeignet. Ficus Benjamini und Zimmerlinde werden explizit empfohlen, besonders die Linde reinigt nicht nur die Luft, sondern auch Traumenergien, allerdings ist sie sehr empfindlich. Unbedingt aus dem Schlafbereich verbannen sollten Sie Kakteen und Pflanzen mit scharf zugespitzten Blättern wie die meisten Palmenarten. Die Lehre des Feng-Shui ordnet ihnen *cutting chi*, also »schneidende Energie« zu. Generell sollten es eher wenige sein, denn zu viel Pflanzen beleben die Raumenergie und halten eher wach, sind daher im Arbeitszimmer besser aufgehoben.

Mittlerweile bekannt ist die positive Wirkung des Zirbenholzes auf Schlafende. Doch weil es nur eine einzige Studie gibt, die unter anderem die Absenkung der Herzschlagfrequenz feststellen konnte, wird die in den Alpenländern seit Langem erfahrene schlaffördernde und entspannende Wirkung angezweifelt. Fraglich ist natürlich, ob hinter den Zweiflern große Möbel herstellende Betriebe stehen, die ihre als Vergleichsobjekte genutzten Pressspanbetten verkaufen wollen.

Märcheninhalte müssen glücklicherweise nicht wissenschaftlich belegbar sein, wir können sie als Hirngespinste abtun, wir können ihren Wahrheitsgehalt wertschätzen oder an mögliche Wunder glauben. Und Wunder sind nichts anderes als die unerwartete Erfahrung, dass sich etwas ändern kann. Wie auch immer Sie es betrachten, das folgende Märchen lege ich Ihnen ganz besonders ans – Herz.

Das Häuschen am Wald oder: Schwarzer Reiter, kaltes Herz

Es war einmal ein kleines Häuschen, das stand am Rande des Waldes. Rosenbüsche hatten es mächtig umwuchert, die Fenster waren zugewachsen, insgesamt sah es ziemlich verwahrlost aus.

Vor langer Zeit hatte es bessere Tage gesehen. Der Erlkönig war oft zu Besuch gewesen, viel Lebendiges und Nährendes hatte sich wohl in dem Häuschen gefühlt.

Was war seit dieser glücklichen Zeit geschehen?
Der alte Mann, der das Haus gebaut hatte, dort auch wohnte und arbeitete, war schließlich krank geworden. So krank, dass er sich um das Haus nicht mehr annehmen konnte. Schweren Herzens überließ er es seiner Tochter. Sie war eine böse Zauberin, die keine Liebe für den, in ihren Augen »schäbigen Verschlag« aufbringen konnte. Überhaupt konnte sie nicht lieben, deshalb war sie ja böse geworden.
Doch auch sie war nicht immer so gewesen. Als Kind hatte sie rund ums Haus gespielt, Steinchen aufgelesen und Burgen gebaut, war in den Wald gelaufen und hatte Moos gesammelt, um den Waldgeistern weiche Bettchen zu bereiten.
Eines Tages war ein schwarzer Reiter vorbeigekommen. Er hatte ein wildes Pferd und gefiel dem Mädchen. Er aber wollte von ihr nichts wissen, sie wäre ihm zu minder, antwortete er auf ihre Bitte, sie doch auf sein Schloss mitzunehmen.
Das tat dem Mädchen in der Seele weh. Und um nie wieder so einen Schmerz verspüren zu müssen, hatte sie ihr Herz verschlossen und den Schlüssel unter dem nahe beim Haus wachsenden Rebstock vergraben. Ihr Herz erkaltete und versteinerte, ihr Vater erkannte sie nicht wieder. Deshalb war er wohl auch krank geworden.
Sie aber hatte einen Schwur getan: Sie wollte alle Zauberkünste lernen, um so schön und mächtig und außergewöhnlich zu werden, damit der Prinz einstmals unglücklich sein werde, dass er sie abgewiesen hatte.
Sie verdingte sich bei einigen Hexen und Zauberern, die froh waren, eine fleißige Magd gefunden zu haben, denn so leicht fand man kein Personal als Zauberer. So hatte sie sich einiges abgeschaut, und konnte auch schon recht gut zaubern, nur eben ohne Herz, der Glanz blieb an der Oberfläche.
Unterdessen dämmerte das Häuschen vor sich hin und träumte von früheren lustigen Zeiten.

Da kam eines Tages ein Bauernjunge vorbei, der war der jüngste von dreien und weil er den Hof nicht erben konnte, war er auf der Suche nach einem neuen. Das Häuschen kam ihm deshalb gerade recht.

Er war ein aufgeweckter und feinsinniger Bursche und wusste mit manchen Wesen zu sprechen. So fragte er das Haus, ob es ihm recht wäre, wenn er sich seiner annähme und ob er darin wohnen dürfe.

Dem Häuschen war's recht, der Junge machte sich daran, es wieder fein zu machen, Werkzeug hatte der Alte reichlich hinterlassen. Und alsbald konnte er auch ein Stück Land urbar machen und ein wenig Gemüse und Korn drauf anbauen, damit er genug zum Leben hätte.

Der Weinstock trug herrliche Früchte, doch als es ans Ernten ging, hoben die Trauben an zu singen:

Ein Schlüsselchen fein ruht zu meinen Füßen.
Dem Mägdlein fein wirst du's geben müssen.
Sie weiß es nicht und ist traurig doch.
Dass sie's missen könnt wer ahnt es noch?

Erstaunt lauschte der Junge, verstand er den Sinn der Worte doch nicht. Ein Schlüssel wäre zu finden, doch wozu, und was wäre damit zu öffnen?

Geh zum Spieglein fein, das wird dir Lehrer sein.
raunten die Reben, dann blieben sie stumm.

Nirgends im Haus gab es Spiegel, aber ein Teich, ein wenig abseits gelegen, diente dem Jungen als solcher. Dahinein blickte er, um herauszufinden, was es mit dem Schlüsselchen auf sich haben könnte.

Die Wellen schienen ein Lied zu summen, und als der junge Mann aufmerksam lauschte, vernahm er es:

Dem Mädchen ward ihr Herz verschlossen,
so geht sie durch die Welt, verdrossen
find't nimmermehr ihr Herzensglück
und auch nicht in das Haus zurück.

Da ward dem Jungen kalt um sein Herz und ein Schauer ging ihm durch Mark und Bein.

Ein Raunen klang durch die Bäume und der Erlkönig erschien mit seinem Gefolge. Der Junge erschrak, doch der Herrscher der Elfen lächelte wohlwollend und erzählte ihm die Geschichte des törichten Mädchens, das wegen eines dahergerittenen Prinzen ihr Herz für immer verschlossen hatte.

»Nur ein unschuldiges Herz kann es wieder für die Liebe öffnen. Geh und grab den Schlüssel unter dem Weinstock aus, dann mach dich auf den Weg, sie zu suchen. Es soll dein Schaden nicht sein.«

Der Junge war ohnedies zu neuen Abenteuern aufgelegt, und eine Seele zu retten war ein recht angenehmes Ziel. Also packte er seine Sachen, nahm noch etwas Proviant mit und Werkzeug, um auch unterwegs für sich sorgen zu können und zog los, nicht ohne den Schlüssel sorgsam um den Hals gebunden zu haben.

Er sollte ihm auch Wegweiser sein, hatte der Erlkönig gesagt, denn wenn er in die richtige Richtung unterwegs war, schien der Schlüssel wärmer, ging er hingegen den falschen Weg, so wurde er kälter.

So kam der Junge durch manche Wälder und etliche Ortschaften, aber nirgends traf er das Mädchen.

Endlich hatte er eine große, aber hässliche Stadt erreicht. Alles war grau, Straßen, Häuser, Menschen, ... es fehlten die Farben ganz und gar. Weder Bäume noch Blumen schmückten die Straßen, ein einziger Anblick der Trostlosigkeit breitete sich aus.

Er fühlte den Schlüssel brennheiß auf der Haut, das Mädchen mit dem versteinerten Herzen musste nahe sein.

Er wollte einen der Bewohner fragen, doch alle wandten sich grußlos ab und gingen ihrer Wege.

So ging der Bursche durch die Gassen, ganz auf den Schlüssel vertrauend. Dabei wurde ihm immer kälter und trauriger ums Herz und schlussendlich musste er sich schon sehr zwingen, weiterzugehen. Nur der Schlüssel blieb heiß und hielt ihn gerade noch bei Kräften.

Plötzlich stand er vor einem eisernen Gitter, dahinter lag ein graues Haus, ein wenig größer und ein wenig düsterer als alle anderen. Der Schlüssel brannte wie Feuer in all der Eiseskälte ringsum. Da fasste der Junge seinen ganzen Mut zusammen, um der Suche ein Ende setzen zu können und klopfte an die Haustür.

Er musste es einige Male wiederholen, ehe die Tür einen Spalt geöffnet wurde und er ein Gesicht dahinter erahnen konnte, das vielleicht einmal schön gewesen war. Die Starre aber, die diesem Gesicht anhaftete, ließ alles ringsum gefrieren.

»Der Erlkönig schickt mich«, brachte der Bauernsohn gerade noch hervor, dann erstarb ihm die Stimme.

Die Tür wurde wieder geschlossen und Schritte entfernten sich.

Da war nun aller Mut von dem Jungen gewichen, er wusste sich nicht mehr zu helfen. Eine Feder kam vom Himmel gefallen, die schimmerte golden und purpurn, und als der Bursche sie in die Hand nahm, da wurde ihm mit einem Mal recht leicht und fröhlich ums Herz und er wusste, was zu tun war.

Mit der Feder strich er über die Tür des kalten Hauses und da ging sie ganz von selber auf.

Er trat über die Schwelle, und erneut kam ihm die Kälte entgegen und hüllte ihn ein. Alles Fühlen wich von ihm, nur der Schlüssel glühte weiterhin auf seiner Brust und ließ ihn sein Herz spüren, wie er es noch nie wahrgenommen hatte.

Die Feder hielt er vor sich, sie wies ihm den Weg und hielt

eine Ahnung vom Mensch Sein in ihm wach. Schritt für Schritt brachten ihn seine Beine tiefer ins Innere des Hauses, in dem seltsame Gefäße standen. Aus manchem Topf brodelte, rauchte oder zischte es finster heraus und es schien ihm, als höre er leises Wimmern aus allen Ecken.

Als er endlich mitten in der Hexenküche stand, empfing ihn ein gellender Schrei.

Noch nie hatte es ein Fremder gewagt, in das Reich der Hexe einzudringen, es versetzte sie ihn Angst und Wut, sie wusste nicht, wie damit umzugehen sei.

Diesen Moment des Schreckens nutzte der Junge und strich ihr mit der schillernden Phönixfeder über Kopf und Körper. Nun konnte sie sich nicht mehr bewegen, saß mit erstarrtem Blick da und musste mit sich geschehen lassen.

Der Schlüssel jedoch fand seinen Weg und öffnete das allzu lang verschlossen gewesene Herz der Zauberin.

Als dies geschehen war, brach diese weinend zusammen, rundherum barsten Gefäße, das Feuer begann Wärme zu spenden, und das Wimmern wandelte sich in Sphärenklang.

Nachdem eine lange Weile vergangen war, hatte sich alles gewandelt.

Sie befanden sich in einem lichten Haus mit weiten, offenen Räumen, die Zauberin war einer wunderschönen Frau gewichen, die verwirrt den Eindringling anlächelte. Der Junge war zu einem stolzen Mann geworden, der diese schöne Frau bewunderte.

Nun mussten sie einander erzählen, was einem jeden widerfahren war, dabei verging wiederum eine ganze Weile, in der sie einander lieb gewannen.

Also wurde Hochzeit gehalten. Der Mann brachte seine Frau in das alte Haus, das ja eigentlich ihres war. Doch da staunten die beiden, als sie ankamen.

Das Haus war gewachsen und hatte sich herausgeputzt, rundherum wucherte ein duftendes Blumenmeer und die Vögel des Waldes sangen ihnen einen Willkommensgruß.

Ihre Künste hatte die junge Frau nicht vergessen und gemeinsam mit der Tatkraft ihres Gatten hatte sie alsbald ein prachtvolles Anwesen geschaffen, auf dem sie häufig Gäste empfingen und fröhliche Feste feierten.

Das Haus erstrahlte im neuen Glanz und sein Ruf als Ort der Freude, Kultur und Erbauung ward überall verbreitet.

Eine reiche Kinderschar ehrte das Andenken des Großvaters und Wissen und Weisheit der Eltern wurde von ihnen weitergetragen in die Welt.

Sich selbst vertrauen
Vielleicht sind es nicht gerade Reime, mit denen sich unsere innere Stimme meldet, doch so ein inneres Raunen, wie das des Gefolges des Erlkönigs, haben Sie vielleicht schon vernommen? Ich habe gelernt, dieser inneren Gewissheit zu folgen, ein Erlebnis machte es mir sehr deutlich. Eines Morgens um acht Uhr ging ich aus dem Haus. Weil ein Freund zu Besuch war und noch schlief, versperrte ich die Eingangstüre nicht. Ich ignorierte die innere Stimme, die mich mahnte, es doch zu tun. Mein Haus liegt so versteckt im wuchernden Grün, eine offene Gartentüre ohne Klingel lässt darauf schließen, dass hier nichts zu holen ist. Doch genau an diesem Tag, zwischen acht und neun Uhr, kam doch jemand auf die Idee, mal nachzusehen. Mein Laptop wurde mitgenommen, sonst nichts. Damals begriff ich: Auch wenn mein Verstand Argumente dagegen findet, ich folge lieber meiner Intuition. Zu schade nur, dass nicht überprüfbar ist, was geschähe, wenn nicht. Ihr aber Folge zu leisten, lässt uns wohl auch ruhiger schlafen.

In unseren Träumen meldet sie sich besonders stark, denn der Präfrontalkortex, dort wo »vernünftiges« Denken stattfindet, ist ausgeschaltet, nicht in Verbindung mit den unsere Traumbilder erzeugenden Gehirnzonen. Wer diese Quelle der Inspiration besser nutzen möchte, der ist gut beraten, ein Traumtagebuch zu füllen. Je öfter Sie darin das nächtlich Erlebte festhalten, desto besser werden Sie sich mit der Zeit daran erinnern. Alternativ kann ein Aufnahmegerät, in das Sie gleich nach dem Aufwachen Ihre Erinnerungen sprechen, diesen Zweck erfüllen. Auch der Held des folgenden Märchens vertraut seiner inneren Stimme – lassen Sie sich davon anregen, um vielleicht Märchenhaftes, zumindest Wunderbares zu erleben.

Der Klang des Herzens

Warum singen Vögel? Der Turmbläser wollte es genau wissen. Nirgends konnte er die Antwort finden. Es beschäftigte ihn schon viele Jahre. Denn ohne ihren Gesang wäre das Frühjahr nur halb so schön gewesen. Wenn er am Turm stand und hinunterblies – es war ein langes Horn, dessen Klänge weit ins Tal tönten – umschwirrten ihn die liebestollen gefiederten Luftwesen, sein Spiel auf wunderbare Weise ergänzend. Waren sie musikalisch? Konnte ein Tier überhaupt musikalisch genannt werden? Immer passten deren Töne harmonisch zu den geblasenen, die Luft durchströmte sein Horn und ließ Klänge frei, die Kehlen der Vögel bewegten die Luft auf ihre Weise und erzeugten eine Vielfalt von Lauten, von einfachen Wiederholungen derselben Tonfolge bis hin zu komplizierten Melodien. Weil sie ihn schon so lange kannten, formierte sich alljährlich dieses Naturorchester um seinen Turm herum und begrüßte das junge Jahr, die frischen Triebe und die ersten wärmenden Sonnenstrahlen.

Doch nie hatte er herausgefunden, was sie antrieb zu singen. Viele der Tiere, die er kannte, gaben Laute von sich.

Menschen hatten diese Fähigkeit so weit ausgebildet, dass sie willentlich Töne formen konnten, die aneinandergereiht so viel Sinn ergaben, dass andere verstanden, oder zumindest meinten zu verstehen, was der Klangteppich aus rollenden, klingenden, zischenden, geschrienen oder gehauchten Lauten bedeuten sollte. Auch Tiere schienen sich durch Blöken, Muhen, Miauen, Bellen, Grunzen, Zirpen oder eine andere der jeweiligen Art eigene Tonäußerung gegenseitig Informationen zukommen zu lassen. Doch nur die Vögel beherrschten wie die Menschen die Kunst, Melodien in die Luft zu entlassen, die einem Musikinstrument glichen. War es, weil sie in dem unsichtbaren, nicht greifbaren Element zu Hause waren, ohne das Leben nicht möglich war? Weil sie sich der Freiheit in dieser luftigen Höhe so erfreuten? Jubelten sie ein Dankeslied ihrem Schöpfer, der sie ermächtigt hatte, den ganzen Erdball zu umrunden?

Die Gedanken des Turmbläsers kreisten, vergleichbar den Objekten seiner Überlegungen, die sich um den Turm herum bewegten. Es waren die Gedanken eines Menschen, der sich sehnte, ebenso frei zu sein und durch die Lüfte segeln zu können. Er freute sich seiner Musik, gleichzeitig folgte er einem Auftrag, der ihn bedeutsam machte, der ihn unterschied von den anderen, die mit viel Muskelkraft unten auf dem Erdboden ihr täglich Brot mit oft großer Mühsal und körperlicher Anstrengung sichern mussten. Er durfte weit über ihnen sein, die Teile einer Stunde blasen und zu jeder vollen ein anderes Lied erklingen lassen. Jede Stunde hatte eine ihr eigene Tonfolge. So wussten die Menschen, wann sie die Arbeit beginnen sollten und wann es anstand, ein Mahl einzunehmen und die Glieder ein wenig ruhen zu lassen. An den Sonntagen, wenn es Zeit war, zur Kirche zu gehen, ließ er eine besondere Melodie erklingen, sie sollte den Schöpfer preisen. Er hatte sie den Vögeln abgelauscht, denn sie waren dem Höchsten am nächsten, sie mussten wohl am besten wissen, welches Lied ihn am meisten erfreute. Jeden zweiten dieser Ruhetage durfte er hinuntersteigen, da kam ein anderer, ein junger, der erst lernen musste. Die Leute im Dorf wussten das wohl und waren nachsichtig, wenn der Ton nicht so rein klang wie das an anderen Tagen erklingende Stundensignal.

Der Junge hatte noch viel zu tun, die Töne richtig zu treffen, er bemerkte die Vögel daher kaum. Für ihn war es ein Durcheinander an Gezwitschere, das ihn eher aus dem Takt brachte, als seine Phantasie zu beflügeln. An all den anderen Tagen übte er fleißig, doch fehlte ihm dieser besondere Klang, der die Dankbarkeit in den Herzen schwingen ließ und die Erhabenheit der Schöpfung in die Welt hinausposaunte. Der Turmbläser erkannte das wohl, er hatte schon manches versucht, es den Jungen zu lehren, doch der Funke wollte nicht überspringen.

An so einem Sonntag blieb er deshalb noch einen Moment und sprach: »Wenn ich morgen Früh zurückkomme wird es dein vorläufig letztes Mal sein, denn es ist Zeit, dass du auf Wanderschaft gehst. Du sollst dich auf die Suche machen nach dem Klang des Herzens. Wenn du ihn gefunden hast, darfst du wiederkehren und meinen Platz einnehmen. Dann tauschen wir die Rollen, du wirst das Solo im Orchester der Vögel spielen und jeden zweiten Sonntag komme ich, damit du Pause machen kannst. An den anderen Tagen werde ich Schüler lehren, damit es auch in vielen Jahren einen gibt, der den Menschen die Stunden bläst.«

Eine Vogelfeder schenkte er dem Jungen zum Abschied. Sie stand für Leichtigkeit, eine der Eigenschaften, die ein gutes Spiel für ihn ausmachten. »So leicht wie diese Feder fühlt sich der Klang des Herzens an. Wenn du meinst, ihn gefunden zu haben, wiege ihn ab. Wenn die Waage auf der Seite der Feder absinkt, dann ist er zu himmlisch und verbreitet hier auf Erden eine unnatürliche Freude, die Menschen, die ihn hören, werden leichtsinnig und verlieren ihre Verbundenheit. Sinkt die Waage auf der Seite des Klangs ab, ist er zu mächtig, dein Spiel wird die Zuhörenden traurig stimmen, die Arbeit wird ihnen schwer von der Hand gehen und das Leben kommt beinahe zum Stillstand. Doch halten sich Klang und Feder die Waage, dann triffst du den Ton der Mitte. Ihm lauschende Menschen sind fröhlich genug, um ihr Tagwerk zu verrichten und im richtigen Rhythmus ihre Feste zu feiern, doch ernst genug, um nicht alle Sorgfalt zu vergessen und Haus und Ernte verkommen zu lassen.«

Der Junge hatte gut zugehört, was der Alte gesagt hatte, leuchtete ihm ein. Ehrfurchtsvoll steckte er die Feder unter sein Wams, nahe seinem eigenen Herzen. Sie sollte ihm helfen, die richtige Schwingung zu lernen, damit er den Klang des Herzens beizeiten erkennen würde.

Er schnürte seine Wanderstiefel, packte sein Horn in seinen Ranzen und zog frohen Mutes in die Welt hinaus. Er dachte bei sich: Wenn mein Herz glücklich schlägt, dann werde ich den Ton schon finden, in dem sich meines wiedererkennt. Dieses Gefühl wollte er sich durch nichts verdrießen lassen, um den richtigen Klang alsbald zu finden. Statt selbst zu spielen, lauschte er fortan auf die Geräusche, die ihn umgaben, und merkte erstmals, wie viel Musik in der Welt zu vernehmen war. Er hörte manche Klangfolge, die ihn ermunterte, und gelegentlich auch Töne, die ihm Schmerz bereiteten, etwa, wenn ein Tier das Opfer eines anderen, kräftigeren wurde. Er lauschte den Bienen, den Grillen und endlich auch den Vögeln, doch kein Klang wärmte sein Herz so sehr, dass er meinte, er hätte nun den richtigen gefunden. Er lauschte der Stille der Nacht, sie berührte ihn am meisten. Er beschloss, sich dies zu merken, um die Pausen beim Spielen nie zu vergessen. Sie waren für ihn das Atemholen der Melodie, die Momente des Innehaltens, der Gesang des Nichts. Erstaunt über diese Erkenntnis folgte er dem Weg zum Horizont. Doch wollte dieser nie näherkommen, also wählte er einen Baum als Ziel, den er gerade noch erkennen konnte. Kaum näherte er sich diesem, war der Horizont schon weitergewandert. Diese Verschiebung beschäftigte ihn sehr, diese Erfahrung wollte er im Gedächtnis behalten, vielleicht würde sie ihm einstmals nützen.

Immer weiter führte ihn sein Weg, mal schien der Horizont nahe, dann wieder sehr weit in der Ferne, doch immer vor ihm, so behielt er ein Ziel vor Augen. Schließlich erreichte er eine Siedlung, ein paar Häuser kauerten sich am Fuße eines Berges zusammen. Auf den Wiesen grasten ein paar Lämmer, im Schlamm neben dem Bach suhlten sich einige Schweine und auf einem der Dächer krähte ein Hahn. Er merkte, dass es auf Mittag zuging und freute sich, dass er gerade zur rechten Zeit angekommen war, um in einem der Häuser eine warme Suppe zu bekommen. Er wollte eine Weile bleiben, sich nützlich machen und von den Leuten vielleicht einen Hinweis erfahren, der ihn dem gesuchten Ton näher bringen würde. Also klopfte er an einer Tür, doch niemand öffnete ihm. Er klopfte lauter, rief, abermals folgte keine Antwort. Er zuckte die Schultern und versuchte es beim nächsten Haus, erneut regte sich nichts. Ebenso erging es ihm beim dritten und vierten. Damit war er auch schon am Ende, mehr Gebäude befanden sich nicht an diesem Ort. Nun wunderte er sich doch ein wenig und schaute sich genauer um. Er entdeckte einige Gerätschaften, die auf Einsatz zu warten schienen, einige Hühner suchten im Gras nach Futter, alles wirkte, als hätte man gerade eine Pause eingelegt und wolle gleich wieder zu arbeiten beginnen. Er ging hinter die Häuser und klopfte an Fenster, auch da wollte ihn niemand hören. Er nahm allen Mut zusammen und öffnete eine Hintertür, im Haus war niemand, ebenso wenig entdeckte er eine Menschenseele in den anderen. Auf einem der Tische stand ein Korb Brot, und weil er inzwischen hungrig geworden war, nahm er eine Schnitte. Wenn die Hausleute zurück wären, wollte er sich auch ordentlich dafür bedanken. Als er sich anschickte, das Brot zu brechen, machte dieses einen lauten Kreisch, da hielt er erschrocken inne. Ein schreiendes Brot, wo gab es denn so etwas? Er schüttelte den Kopf, meinte, der Hunger spiele ihm einen Streich und versuchte es erneut. Diesmal schrie das Brot noch lauter. Verwirrt blickte er zum Brotkorb, und traute seinen Ohren vollends nicht mehr, als dieser zu sprechen begann: »Bitte iss die Brote nicht, es sind die Bewohner des Hauses, ich musste sie verwandeln, um ihr Leben zu schützen.« Vorsichtig trat er einen Schritt näher, legte das Brot zurück und fragte den Brotkorb: »Wer bist dann du, und warum musstest du die Leute zu Broten machen?« Er erfuhr, dass ein Zauberer sie, die Magierin, verfolgt hatte, und sie sich im Dorf verstecken wollte. Es war ihr Wissen um das Geheimnis des guten Lebens, das er besitzen und niemand anderem gönnen wollte. Was er nicht hatte, sollte kein anderer haben, was er besaß, erst recht nicht. Ein steinernes Herz ließ ihn ewig leben, aber ganz und gar gefühllos bleiben. Ihr einziger Ausweg war, sich selbst in den Brotkorb und die anderen in Brote zu verwandeln. Doch war ihr der Zauberer schon zu nahe gekommen. Zwar erkannte er sie nicht, doch ihre Zauberkraft konnte er einfangen, sperrte sie in seine Tabakdose und verließ den Ort wutentbrannt. Deshalb waren sie und die Menschen des Ortes unverändert liegen geblieben. »Dich schickt ein glückliches Schicksal, ich bitte dich, suche den Zauberer und seine Tabakdose. Wenn du damit zurückkehrst, werden wir alle wieder, was wir einst waren, die Tiere werden versorgt, die Wiesen gemäht und das Leben kann seinen Lauf fortsetzen.« So bat ihn die verwunschene Magierin. Der junge Turmbläser wollte es gern versuchen, doch fürchtete er, gegen den mächtigen Zauberer nicht viel ausrichten zu können. »Du irrst«, widersprach der Brotkorb, »du hast ein fühlendes Herz und weißt Melodien erklingen zu lassen. Triffst du den richtigen Ton, so kannst du sein Herz erweichen, der Stein wird wieder lebendig. Der Zauberer wird unter großen Schmerzen all das Leid spüren, das er über viele hundert Jahre in die Welt gebracht hat. Er wird sich krümmen und seine Kraft wird schwinden. In diesem Moment kannst du die Dose an dich nehmen, er verwahrt sie in der goldenen Tasche an seinem Gürtel.«

Dem Musikanten wurde das Herz doppelt schwer, denn er ahnte, er müsse den Klang des Herzens treffen, damit es gelänge. Genau diesen war er aber suchen gegangen! Der magische Brotkorb sprach sanft auf ihn ein, er müsse nur seiner inneren Stimme folgen, dann träfe er schon den richtigen Ton. Er zweifelte noch ein wenig, wollte es aber dennoch versuchen, das Schicksal der Verzauberten lag ihm am Herzen, das er in seiner Brust pochen spürte. Und die Aussicht, nicht nur den Zauberer zu entzaubern und den Menschen hier zu ihrer eigentlichen Gestalt zurückzuhelfen, sondern gleichzeitig den gesuchten Klang zu entdecken, beflügelte ihn und entfachte seinen Mut.

Er musste nach Norden, denn wo es kalt ist, da fühlen sich die Kaltherzigen zu Hause, das hatte ihm die Magierin noch verraten. Er solle sich warm anziehen, die Bauersleute würden ihm bestimmt etwas von ihrer Winterkleidung borgen, erlangten sie ja ihr Leben dafür zurück. Und gelänge es nicht, würden sie diese ohnedies nicht mehr brauchen. Der Turmbläser nahm sich einen dicken Janker und lederne Stiefel und machte sich auf den Weg. Die Schweine grunzten ihm ein Lebewohl und die Schafe blökten ihm hinterher, als wüssten sie, dass ihr künftiges Wohl in seinen Händen lag. Sterben müssten sie allemal, aber dies sollte nicht aus Hunger geschehen, und ein wenig Leben mehr wollten sie auch noch genießen.

Zwei Tage war er bereits unterwegs, die Vegetation war dürftig geworden, keine Blumen erfreuten die Augen, nur einige krumme Nadelbäume krallten sich am steinigen Grund fest. Die Jacke hatte er fest um sich geschlungen, und ohne die Stiefel wäre er wohl keinen Schritt mehr weitergekommen. Der Himmel war düster und wolkenverhangen, nur gelegentlich erhellte ein Blitz die karstige Landschaft. Unbeirrt stapfte er vorwärts, die Feder an seinem Herzen strahlte ein wenig Wärme aus, sie hielt das Vertrauen lebendig, dass alles zu einem guten Ende führen würde. Schon drohte die Nacht hereinzubrechen, doch weit und breit entdeckte er keine geschützte Stelle, an der er seine müden Glieder erholen und den neuen Tag erwarten konnte. Da stand auf einmal ein Erdmännchen vor ihm, das reichte ihm kaum bis zu den Knien und hielt ihn auf. »Du Wandersbursch, was führt dich in diese unwirtliche Gegend, du wirkst mir nicht wie einer der Lebensmüden, die üblicherweise hierher finden, um ihr Leben zu beenden. Kehre um in freundlichere Gefilde, hier ist kein Land für dich.« Der Wanderer wunderte sich nach seiner Bekanntschaft mit kreischendem Brot und einem sprechenden Brotkorb nicht mehr über den Zwerg, immerhin hatte der einen Mund, Augen und Ohren, dass er so erdig war, schien ihm völlig bedeutungslos. Also blieb er ganz ruhig und erzählte dem Erdbewohner von seinem Auftrag. Da blickte ihn der Erdgnom bedrückt an und meinte, dass der Zauberer nicht nur ein steinernes Herz hatte, sondern alles zu Stein werden ließ, was ihm zu nahe käme. Um seine Burg kringelte sich ein Stein gewordener Bach, die wenigen Sträucher rundum waren ebenfalls versteinert und kein Lebewesen wagte es, sich zu nähern. Doch der Erdmann kannte auch die Magierin und wollte dem Musikanten, so gut es ging, helfen. »Nun, kleiner Mann, kannst du mir den Klang des Herzens verraten? Ihn zu finden, bin ich ausgezogen, ihn aus meinem Horn zu blasen, riet mir die Verwandelte, um des Zauberers Herz zu erweichen. Er wohne in meiner Brust, meinte sie, doch in mir ist alles schon fast versteinert, ich weiß nicht, ob es mir gelingen kann, überhaupt einen Ton aus meinem Horn erklingen zu lassen.« Der Erdmann meinte, in seiner Höhle hätte er schon einige Klänge aufbewahrt, aus früherer Zeit, als der Zauberer noch ein schlagendes Herz gehabt und allerlei Feste gefeiert hatte. Der Bursch schöpfte Mut und folgte dem Zwerg in dessen unterirdische Gänge, in einen tief unter dem Erdboden liegenden Raum. Dort standen Truhen, Pokale, Kästchen und Säcke. Etliche schleppte der kleine Mann herbei, von denen er wusste, dass Töne darin aufbewahrt waren. Der Musiker holte seine Feder und eine kleine Waage hervor, um die Leichtigkeit der Klänge prüfen zu können. Einen nach dem anderen legte er auf die Waagschale, doch die meisten waren viel zu schwer, wenige zu leicht, aber keiner entsprach dem Gewicht der Feder. Da schüttelte der Erdmann bedächtig seinen Kopf und meinte: »Es gibt noch eine Truhe, darin liegt ein besonderer Klang verborgen. Doch sie ist versunken im See unter dem Schloss des Zauberers. Ein unterirdischer Weg führt dorthin, Mutter Erde wärmt dich, damit du nicht versteinerst. Doch um den See herum lauern die Wächtermaschinen, die der Zauberer geschaffen hat, sie allein halten der Versteinerung stand, da sie keine Seele haben. Deshalb kennen sie auch kein Mitleid, alles, was dem Schloss und seinem einsamen Bewohner zu nahe kommt, wird vernichtet.«

Wie also sollte der tapfere Turmbläser den Ton des Herzens bergen? Und wäre es dann wohl der richtige? Betrübt setzte er sich auf einen Stein und ließ den Kopf hängen. Das wiederum traf auch den kleinen Kerl und er stimmte ein in das Weinen des jungen Mannes. So saßen beide eine lange Weile und versanken immer tiefer in ihr Unglück, bis eine an diesem Ort ziemlich absonderlich klingende energische Fröhlichkeit an ihr Ohr drang. »Ihr beiden Trübsalbläser, was sitzt ihr hier so jammervoll, habt ihr nichts Besseres zu tun?« Es war eine Wichtelin, eine die mit beiden Beinen in der Erde stand und sich von keiner Unbill unterkriegen ließ. Nachdem sie die Geschichte gehört hatte, schüttelte sie den Kopf und sagte: »Warum nimmst du nicht dein Horn und versuchst, dem Rat der Magierin und deinem Herzen zu folgen? Mehr als dass die Töne zu leicht oder zu schwer sind, kann doch nicht passieren. Du hast hier alle Zeit der Welt zu üben, bis du den rechten Ton getroffen hast. Erstaunt blickte der Junge drein. Natürlich, wieso hatte er nicht selbst daran gedacht? Hier unter die Erde reichte die versteinernde Kälte des Zauberers nicht, er konnte so lange den Ton suchen, bis er ihn getroffen hätte. Der Erdmann war noch nicht so recht überzeugt vom Gelingen, doch weil ihm auch nichts Besseres einfiel, versprach er, gemeinsam mit der Wichtelin die Töne einzufangen, um sie abzuwägen.

Der Turmbläser packte sein Horn aus und begann zu blasen. Die ersten Melodien, die wollte der Wicht gar nicht einfangen, sie klangen zu jämmerlich, mit denen war nichts zu machen. Doch langsam fand der junge Mann wieder ins Musizieren und es tönte schon recht ansehnlich. Da begann der Zwerg die Klänge aufzufangen, aber sie wollten nicht mit der Feder in der Waage bleiben. Verzagen erlaubte sich der Bursche nicht und blies immer weiter. Er dachte an zu Hause und seinen Lehrer, an das magische Brotkörbchen und an den Klang am Grunde des Sees. Er malte sich aus, welche Freude alle erfüllen würde, wenn sie ihre ursprüngliche Gestalt wiedererlangt hätten, wie er selbst vom Turm die herzerwärmenden Klänge blasen und alle, die ihn hörten, sich ein wenig besser fühlen würden. Beständig leichter wurden die Töne, aber noch immer fehlte ein kleines Stück, um das die Waage auf deren Seite tiefer hing. Er erinnerte sich an den Klang der Stille und beschloss, eine Pause zu machen. Danach wäre er wieder bei Kräften und neuer Schwung sollte ihm endlich den ersehnten Ton aus Lungen und Herz holen. Nach einem kleinen Nickerchen weckte ihn die Wichtelmadame: »Du bist noch sehr jung, hast du denn jemanden schon so stark geliebt, dass du alles hingeben wolltest, nur um sie oder ihn zu retten? Gab es jemanden in deinem Leben, der dir so lieb war, dass du über alle Maßen glücklich warst, mit ihm oder ihr zusammen zu sein? Dieses Gefühl in deinem Herzen wird dir den Klang schenken, nach dem du suchst.« Der Junge überlegte. Er war noch nie verliebt gewesen, das konnte er also streichen. Seine Eltern lebten in einem kleinen Häuschen, sie hatten gut für ihn gesorgt, waren zufrieden, nie hatte er überlegen müssen, ob er etwas für sie aufgeben würde. Auch der alte Lehrer war ohne Not, er achtete ihn, aber ob er ihn so sehr liebte, wie die Wichtelin es geschildert hatte? Dann dachte er an die Magierin, die er nur in Form des Brotkorbes kennen gelernt hatte. Doch ihre Stimme klang ihm sanft nach, und immerhin war er ihrer Bitte gefolgt. Auch die Brotscheiben, die eigentlich Bauernfamilien waren, waren ihm lieb genug gewesen, um den Weg zum Zauberer auf sich zu nehmen. Obwohl, so sicher war er sich nicht, was da stärker gewesen war, der Wunsch, als Held zurückzukehren und gefeiert zu werden, oder der Gedanke an die armen Menschen, die ohne seinen Erfolg nie wieder sie selbst sein würden. All diesen Gedanken und daraus folgenden Gefühlen lauschte er und langsam entstand in ihm eine Melodie, die er aus seinem Inneren in seine Lungen strömen ließ, aus der dieser klingende Atem strömte und schließlich durch seinen Mund in das Horn gepresst wurde. Und dann hörten sie es, niemand musste mehr die Waage bemühen. Immer weiter spielend stieg er hinauf aus dem schützenden Erdreich und als er oben angekommen war, sah er bereits ein paar zaghaft wärmende Sonnenstrahlen das bisher so düster gewesene Land erhellen. Unverwandt ging er weiter, direkt auf die Burg des Zauberers zu, und rechts und links seines Weges kehrte Leben in die erstarrte Landschaft zurück. Das Wasser des Baches begann wieder zu fließen, die Sträucher regten ihre Zweige im sanften Wind und schließlich stand er vor dem steinernen Tor, das sich öffnete, ohne jegliche fremde Hilfe. Er betrat den Burghof, von dem sein Spiel widerhallte und mächtig erklang. Daraufhin weitete sich ein zweites Tor und ließ ihn ein in einen schmucklosen Saal. Auf einer steinernen Bank krümmte sich der Zauberer, klein und schwach, denn sein erweichendes Herz bereitete ihm große Schmerzen. Ein nicht enden wollender Reigen an Bildern seiner Taten zog an ihm vorüber, dieses Grauen hätte niemand ertragen. Der Turmbläser näherte sich unaufhaltsam spielend dem grausamen Mann, erkannte die goldene Tasche an dessen Gürtel, aber wusste nun nicht, wie er die Dose fassen sollte, hatte er doch beide Hände auf seinem Blasinstrument. Glücklich war er deshalb über die Hilfe des Erdmannes, der ihm gefolgt war, um stolz die Dose bergen zu können. Ein furchterregender Schrei entrang sich dem leidenden Zauberer und schließlich fiel er in sich zusammen bis nichts als ein Häuflein Asche übrig blieb. Durch das geöffnete Tor fegte ein Windstoß und zerstob seine Reste in alle Richtungen. Dieser Staub verteilte sich über die ganze Welt, und wo er auf ein hartes Herz traf, da nistete er sich ein. Deshalb blieben bis heute für viele Helden und Heldinnen, Magierinnen und Zauberwesen noch viele Gelegenheiten, einzugreifen und Liebe, Mut und Hilfsbereitschaft immer wieder aufs Neue zu erproben.

Der tapfere Musiker aber dankte dem Wichtelpaar für seine Hilfe und Vertrauen. Ein Letztes blieb noch, nämlich die Zaubermaschinen abzustellen und aus dem See den unbekannten Klang zu bergen. Gemeinsam stiegen sie die Wendeltreppe hinab. Dort standen die Seelenlosen ziellos herum, denn niemand gab ihnen mehr Befehle. Der Steuerungskasten war schnell entdeckt und abgeschaltet. Mit Knirschen, Quietschen und Rattern brachen die Zaubergesellen in sich zusammen. Am Seeufer angelangt, zogen sie mit vereinten Kräften an der dort befestigten Kette und langsam tauchte die Truhe des versenkten Klanges auf. Ein wenig unsicher öffneten sie diese nur einen Spalt, denn keiner wusste, ob es ein Wohlklang oder vielleicht der Ton des Grauens war, der auf alle Zeiten im See versenkt bleiben sollte. Ein feines hohes Lied erklang, wunderschön anzuhören. Der Junge erkannte, dass es der Klang eines Frauenherzens war, das seinen wohl ergänzen konnte, doch nicht ersetzen. So barg er ihn wieder im Kästchen, er wollte die Magierin fragen, ob sie wisse, wem dieser Klang fehlte.

Seinen eigenen Herzenston hatte er in all seinen Zellen eingeschrieben, damit er ihn nie mehr im Leben suchen müsse. Er eilte zurück in die Ansiedlung, öffnete des Zauberers Tabakdose und eine rosige Wolke bildete sich über dem Brotkorb. Alsbald standen vor ihm große und kleine Leute, die höchst verwundert umherblickten, weil sie sich alle im selben Raum aufhielten, wo doch jeder in seinem eigenen Haus oder im Stall oder auf dem Feld zu arbeiten hatte. Die Magierin erklärte ihnen, was geschehen war, dankte dem Jungen herzlich und schenkte ihm einen Pokal, in dem viele Melodien aufbewahrt waren, die er bei den richtigen Gelegenheiten zum Wohle aller Zuhörenden erklingen lassen konnte. Doch wessen Klang im See verborgen gewesen war, wusste auch sie nicht zu beantworten. Nur dass er, wenn es ihnen beiden bestimmt sei, die Sängerin, der er entwendet worden war, schon zur rechten Zeit erkennen würde.

Zum Abschied feierten sie noch ein kleines Fest, der Junge erprobte gleich einige der magischen Lieder, da waren alle noch viel fröhlicher, denn das gute Leben würde sich in dieser Gemeinschaft weiterhin heimisch fühlen.

Zurückgekehrt brachte er seinem Lehrer den Klang des Herzens zu Gehör, da erhellte ein Leuchten dessen Gesicht, denn er wusste, dass nun auch weitere Generationen von dieser ausgewogenen Leichtigkeit getragen würden. Und damit die Melodien der Magierin auf Hochzeiten, Taufen, Begräbnissen oder zu anderen Anlässen für den rechten Ton sorgen konnten, leitete er noch mehr Schüler an, damit immer einer am Turm den Stunden Klang verlieh und andere andernorts die klangvolle Stimmung herbeibliesen.

Überall im Land erzählten sich die Leute von der Stadt der herzerwärmenden Melodien, und viele reisten dorthin, um diesen heilsamen Klängen zu lauschen. Vielleicht war unter ihnen auch das Mädchen, das den seinen suchte. Doch das ist eine andere Geschichte.

Morgendliches Konzert und Hypnopompie

Tatsächlich singen vor allem die männlichen Exemplare unserer gefiederten Freunde, weil sie damit ihr Revier verteidigen und die Weibchen anlocken. Der schönste Gesang sichert die prachtvollste Braut. Was Vögel als schön oder prachtvoll empfinden, entzieht sich allerdings unserer menschlichen Wahrnehmungswelt. Auch dieser Rest von Geheimnis ist ein kleines Wunder, das die Demut uns als solches zu erkennen verhilft.

Die Wissenschaftlerin *Ille Gebeshuber* erzählte mir, dass die Kenntnis der Funktionen in der Natur ihr deren Wunder nur noch mehr veranschauliche. Je mehr wir vom Funktionieren der Welt herausfinden, desto staunenswerter erscheint uns ihr Wesen.

Während ich diese Zeilen schreibe ertönt ein Zwitscherkonzert der Meisen als Begleitmusik. Es beglückt mich, just in diesem Moment mir über ihre Gesänge Gedanken gemacht zu haben.

Vögel sind wohlorganisiert, auch zwischen den Arten. Jede Vogelart hat ihre eigene Zeit, sowohl des Monats als auch des Tages, zu der sie ihre Balz- und Reviergesänge aussenden. So kommen sie sich nicht in die Quere und wir Menschen werden über Monate hindurch mit ihren Gesängen erfreut.

Wer bis in die frühen Morgenstunden arbeitet oder schon vor der Dämmerung erwacht, der kann den Wechsel von nächtlicher Stille zum ersten Vogellaut genießen und weiter lauschen, wie ein Klang um den anderen den Tag herbeisingt, nach exaktem Zeitplan. Es erfahren zu dürfen, kann ein erster Punkt sein auf einer Liste von Dingen und Erfahrungen, die Freude in Ihr Leben bringen, der erste Sonnenstrahl ein nächster. Wenn es regnet, horchen Sie auf die Musik der Regentropfen. Sammeln Sie so viele Glücksmomente wie möglich, führen Sie ein Freudetagebuch. Wenn Sie einmal unglücklich sind, unzufrieden mit sich und ihrem Leben, lesen Sie doch darin, es bringt Sie auf andere Gedanken. Doch vielleicht ist das dann gar nicht mehr nötig. Denn durch die Gewohnheit, sich die glücklichen, freudvollen Ereignisse des Alltags zu notieren, beziehungsweise die erfreulichen Seiten einer Störung (denn wer vom Vogelgesang geweckt wird, ehe der Wecker klingelt, ist zunächst vielleicht verärgert), wandelt sich ganz automatisch Ihre Wahrnehmung. Sie bemerken zunehmend die kleinen Freuden, Missgeschicke oder Ärgernisse hingegen verlieren an Gewicht, sie werden als Teil des Lebens angenommen. Auch mit dieser Wandlung von Bewertungen entspannen Sie Ihre Gedankenwelt. Anstatt missmutig oder sorgenvoll sich schlaflos im Bett zu wälzen, gelingt es Ihnen dann, voll freudiger Erwartung eines neuen Tages sich den Stunden der Erholung hinzugeben. Ich drehe häufig voller Neugier auf neue spannende Träume das Licht aus, um möglichst schnell in diese andere Welt hineinzuschlafen. Wenn mich kein Termin zwingt, mich mit Hilfe des Weckers aus Morpheus Armen zu reißen, lasse ich am Morgen die Augen gerne noch eine Weile zu und sinne den Traumbildern nach. Denn während dieser Aufwachphase, in der Fachsprache *Hypnopompie* genannt, was so viel bedeutet wie *am Ausgang des Schlafes*, wachen Thalamus und Großhirnrinde beide nur gemächlich auf. In dieser Zeit sind unsere Reaktionen und unsere Konzentration reduzierter aktiv als nach 24 Stunden Schlafentzug. Die Gefühlswelt allerdings ist höchst rege, ebenso das Zentrum für Selbstwahrnehmung und Willensfindung, das *Cingulum*. Es vermittelt zwischen Verstand und Gefühl und wägt diese gegeneinander ab. In diesem Zustand der dämmernden Bewusstheit können Gefühle besonders wahrgenommen werden und Ihnen wertvolle Erkenntnis über sich selbst noch vor dem Aufstehen liefern, erläutert *Tobias Hürter* in seinem Buch *Du bist, was du schläfst.* Der Wechsel vom nur mit sich selbst beschäftigten Gehirn zum auf Umweltreize reaktionsfähigen Wachzustand ist ein fließender und bleibt, ähnlich wie die nie ganz fassbare Traumwelt, der Wissenschaft bis heute rätselhaft. Bisher konnte nicht bestimmt werden, wann genau das Aufwachen stattfindet. Die Botenstoffe, die dafür verantwortlich sind, reichern sich über mehrere Stunden an, allen voran Cortisol, das ergänzt wird mit Noradrenalin, Dopamin und Hypocretin. Wieso es aber zum Beispiel Schlafenden gelingt, zu einer beliebigen Zeit, die sie sich vorgenommen haben, aufzuwachen, bleibt ein Rätsel.

In dieser Zeit wechseln wir leicht vom bewussten Wahrnehmen unseres Daseins zurück ins Traumerleben. Deshalb gelingen in dieser Zeit Klarträume besonders leicht. Aber auch Menschen, die unter posttraumatischen Belastungsstörungen leiden, werden besonders in dieser Phase von Alpträumen gepeinigt. Kreative Menschen wiederum haben in diesem halbbewussten Zustand oft Eingebungen, die sie hinterher begeistert weiterführen.

Von schweren Fragen und klugen Antworten

In vielen traditionellen Märchen werden Werbenden schwere, meist nur mit märchenhafter Wunderkraft lösbare Aufgaben gestellt, oder Fragen, deren Beantwortung nicht offensichtlich, dennoch ganz einfach ist. Gelegentlich schreiben sich auch solche Geschichten aus meinem Unterbewusstsein heraus. Beziehungsweise dient mein Denk- und Schreibvermögen meiner Vermutung nach dazu, immer schon existente Weisheiten aus dem unendlichen Raum des Weltgedächtnisspeichers in Worte zu fassen. Es erstaunt mich jedes Mal aufs Neue, mit welcher Leichtigkeit die jeweiligen Fragen und Antworten sich Buchstabe für Buchstabe aneinanderreihen. Würde ich darüber nachdenken, wollte ich besonders originell oder gar weise sein, nur aus mir heraus, ich denke, es läse sich eher wie ein Gestammel, wie eine besserwisserische Konstruktion. Im Schlaf sind üblicherweise alle Ego-Manipulationen ausgeschaltet, es ist der Zeitraum, in dem wir unverfälscht *ganz ich* sind. Deshalb wirken manche Trauminhalte verstörend. In den vielen Jahren, in denen ich mich mit diversen Theorien und Weissagungen unsere kosmische Zukunft aber ebenso Vergangenheit betreffend, beschäftigte, kam ich zur Überzeugung, dass wir alle Erfahrungen dessen, was jemals existiert hat, aber vermutlich auch dessen, was jemals sein kann, in uns gespeichert haben. Das ist meine Erklärung, warum manche Menschen auch von künftigen Ereignissen träumen. Genauso ist mir vorstellbar, dass Menschen und Abläufe, die im Traum auftauchen, durchaus auch Informationen aus sogenannten Vorleben in unser Bewusstsein bringen.

Die Tiefe, das Licht und das Wunder

Es waren einmal ein Bauer und seine Frau. Sie gebar drei Söhne. Der erste bekam einen Paten, der war aus dem Brunnen gestiegen. Als Geschenk brachte er den Schlamm des Brunnens, der dafür sorgte, dass das Wasser immer rein und klar blieb.

Die Bauersleute bedankten sich anständig, denn sie wussten, Wasser war der Quell des Lebens. Den Schlamm füllten sie in eine Schüssel und bewahrten ihn sorgfältig auf, als Mahnung, dass nicht alles so ist, wie es zu sein scheint.

Der Junge wuchs schnell und es zeichnete ihn aus, dass er wahr von falsch klar unterscheiden konnte. Seine glockenhelle Stimme erinnerte an klares Wasser. Vor Gefahren schreckte er nicht zurück, denn er wusste, aus der Tiefe kam auch das, was das Leben nährt.

Der zweite Sohn wurde von einem Elfen zur Taufe begleitet. Das war wohl eine Seltenheit, aber der Pfarrer duldete den ungewohnten Paten, da er die Bauersleute als rechtschaffen anerkannte.

Vom Elf erhielt der Sohn eine leuchtende Kugel, die in jeder Finsternis den Weg weisen konnte. Auch im Haus der Familie war es dadurch nie ganz dunkel, sodass sie einander immer erkennen konnten.

Der Sohn hatte leuchtende Augen und die Menschen waren glücklich, ihn zu sehen, denn ihr Tag verlief dann froher als alle davor.

Der dritte Sohn war das Nesthäkchen, er war auch der Zarteste der drei, wohl deshalb war es diesmal eine Waldfee, die ihn zu ihrem Patenkind erkor. Ihr Geschenk war für die Zukunft: Sollte er je in Bedrängnis geraten, brauchte er nur ihren Namen rufen, sie würde ihm zu Hilfe eilen oder einen tauglichen Helfer entsenden.

Er wurde ein feingliedriger, zart besaiteter Mensch, der die Künste liebte, aber für die Feldarbeit nicht taugte. Die Mutter setzte ihn an den Webstuhl, wo er feinste Gespinste webte.

Nun war Markttag, und das feine Gewebe, das für grobe Arbeit viel zu empfindlich war, sollte den Städtern angeboten werden. Die Mutter ging damit zum Markt, ihr Jüngster begleitete sie.

Es begab sich, dass die Königstochter heiratsfähig wurde und für die Tage der Brautwerbung eingekleidet werden sollte. Die Hofdamen wurden geschickt, das richtige Tuch zu finden.

Da kam ihnen das feine Gewebe des jungen Bauernsohnes gerade recht. Als dieser erfuhr, für wen es sein sollte, wollte er keinen Lohn, aber bedang sich aus, die Ware selbst der Prinzessin anpassen zu wollen. Da solches Gewebe zuvor nie gesehen worden war, wussten die Hofdamen auch nicht den Schneider dafür und dachten, dass es wohl das Beste sei, den Jungen gewähren zu lassen. Als dieser nun die Prinzessin erblickte, entbrannte er in heißer Liebe zu ihr. Er meinte, sein Gewebe sei viel zu grob für das Mädchen, da ihm nicht das rechte Garn zur Verfügung gestanden sei. Hätte er aber Seidenfaden zur Verfügung, könne er ein Gespinst herstellen, das noch nie zuvor gesehen ward.

Die Prinzessin konnte es kaum erwarten und kam täglich, den Fortschritt der Arbeit zu kontrollieren.

So plauderten die beiden immer auch ein Weilchen, sie erfreute sich an seinem leichten, fröhlichen Wesen und war erstaunt über seine natürliche Klugheit, die nicht von höfischem Reglement verkünstelt und eingeschränkt war.

So gewannen sie einander lieb, und als der große Tag schon sehr nahe gerückt war, bangten die beiden um ihre Verbundenheit.

Da bat die Prinzessin ihre Amme um Hilfe. Diese schlug vor, jeder Werber solle drei Aufgaben gestellt bekommen. Nur wer diese erfüllen könne, sollte die Prinzessin als Braut heimführen können.

Als erste Aufgabe sollten die Werber das Kostbarste bringen, das doch gleichzeitig für jedermann zugänglich war.

Die Prinzen, die mit allerlei Geschmeide und anderen Schätzen angereist waren, blieben ratlos, denn all ihre Schätze waren nur für die Oberschicht erschwinglich, das gemeine Volk aber konnte diese höchstens von Weitem bestaunen.

Der Junge aber lachte und sagte: »Nichts leichter als das«, holte einen Eimer klares Brunnenwasser und sagte: »Niemand könnte leben ohne dieses kostbare Nass, aber jeder kann es sich holen, ohne auch nur einen Heller dafür geben zu müssen.« Die Prinzessin klatschte vor Begeisterung in die Hände, und auch der König und die Königin sowie der ganze Hofstaat erstaunten kopfwackelnd ob der Klugheit des schlichten Jünglings. Manche erschreckte sie aber auch.

Die zweite Aufgabe war, herauszufinden, welches Paar sich immer wieder begegnet, nur um sich gleich wieder zu trennen.

Erneut rätselten die gebildeten Prinzen, die zwar viel wussten und viele kluge Menschen kannten, aber wenig über die einfachen Dinge des Lebens nachgedacht hatten.

Der Junge, dessen Elternhaus dieses besondere Licht barg, das den Tag in die Nacht hineinreichen ließ, wusste alsbald, was gemeint war. Er sprach: »Schönste Prinzessin, es ist der Tag, der der Nacht begegnet und die Nacht, den Tag begrüßt, und jeder nimmt gleichzeitig Abschied vom anderen. So, wie auch wir uns begegnet sind, und doch, so kein Wunder geschieht, Abschied nehmen müssen, weil unsere Welten einander nur berühren, aber nichts gemein haben.

So viel Unverblümtes erregte Unmut bei den Höflingen, und der König, dem die Offenheit und Klugheit des Jungen unheimlich wurde, befahl, den Jungen wegen Zauberei zu verbannen, ehe er die dritte Aufgabe lösen konnte und Bräutigam seiner Tochter würde. All die Günstlinge und dumm aussehenden Prinzen stimmten dem Spruch erleichtert zu und der Junge wurde noch am selben Tag der Stadt und des Landes verwiesen.

Die Königstochter aber weinte bitterlich und wandte sich ab von ihren Eltern, die ihr Glück dem Ansehen geopfert hatten. Sie rügten sogar die Tochter, sich mit so einem eingelassen zu haben. Das erzürnte das Mädchen so sehr, dass sie heimlich ein paar Kleider von ihrer Zofe borgte, sich als diese verkleidete und aus dem Schloss und der Stadt schlich, um den Jungen, den sie liebte, zu suchen.

Der indes, der das erste Mal in seinem Leben Traurigkeit kennengelernt hatte, gedachte der Fee und rief ihren Namen. Sie erschien auch gleich, und da Feen Liebende besonders gern beschützen, schickte sie alle ihre Helfer aus, um herauszufinden, wie den beiden geholfen werden könne. Bald entdeckten ein paar Vögel das Mädchen, das auf ihrem Weg in einem hohlen Baum Unterschlupf gefunden hatte. Die Fee eilte, die Geliebte zum Jungen zu bringen, der in einer fernen Hütte ein karges Zuhause eingerichtet hatte.

Die beiden erhielten den Segen von den Tieren des Waldes und dessen geistigen Bewohnern.

Als sie ihr erstes Kind geboren hatte, entsandten die beiden eine Taube als Botin zu den Eltern. Nach der langen Zeit, in der niemand gewusst hatte, ob die beiden noch lebten, waren alle glücklich zu erfahren, dass ihre Kinder wohlauf waren.

Der König und die Königin, die ihren Fehler eingesehen hatten, luden zu einem großen Fest, zu dem auch alle Bauern der Umgebung geladen waren. Die Eltern des Jungen und seine Brüder kamen, und auch deren Klugheit und Geschick ward allseits bewundert.

Das war der Beginn eines Reiches, in dem die Schranken zwischen Arm und Reich abgerissen wurden und jeder für das geschätzt und anerkannt war, was er konnte und nicht für den Stand, dem er angehörte.

Die beiden und auch seine Brüder bekamen eine große Kinderschar, von denen viele auszogen, um diese Weisheit in die Welt zu tragen. Nicht überall wurden sie gleichermaßen gehört, aber doch begann sich einiges zu verändern.

Der Brunnenmann, der Elf und die Fee sahen wohlwollend zu und freuten sich über die Wandlung, die so ihren Lauf nahm.

Trinken oder nicht trinken – keine Frage

Dass Wasser für alle gleichermaßen kostenlos zugänglich ist, ist längst nicht mehr so selbstverständlich wie in der Zeit, da Menschen an Märchen glaubten. Und das nicht nur in heißen Zonen, in denen Wasser immer schon seltenes und damit kostbares Gut war. Genießen Sie jeden Schluck, beziehen Sie es in das abendliche Einschlafritual ein. Denn unser Körper hat einen zeitgesteuerten Mechanismus, der einem Austrocknen während der relativ langen Schlafperiode vorbeugt. Forscher in Montreal stellten dies an Hand von Ratten und Mäusen, die uns in dieser Hinsicht ähnlich sind, fest, als sie entschlüsseln wollten, warum viele Menschen vor dem Einschlafen plötzlich noch mal Durst verspüren, selbst wenn sie kurz zuvor etwas getrunken haben. Der Botenstoff *Vasopressin* wird von den Zellen der inneren Uhr ausgeschüttet, und löst im Durstzentrum das Durstgefühl aus.

Neben meinem Bett stehen immer einige Flaschen Wasser, auch mir fiel auf, dass ich besonders in den ersten Nachtstunden daraus viel trinke, meist mehr als unter Tags. Ebenso greife ich nach dem Aufwachen sofort »zur Flasche«. Dass sie verschließbar ist, hat zwei Gründe: einerseits kann sie nicht durch Umstoßen auslaufen, andererseits nimmt das Wasser nicht die Informationen meiner Träume auf, denn dieses Wasser müsste ich am Morgen wegleeren, statt es zu trinken. (s. S. 87)

Während des Schlafens verliert ein Schlafender ca. einen halben Liter Wasser, es können bis zu zwei Liter werden, durch Schwitzen und Atmung. Der menschliche Körper besteht zu etwa 70 Prozent aus Wasser, das Gehirn, das während des Schlafens hochaktiv ist, sogar zu 85 Prozent! Die ausreichende Versorgung des Gehirns mit Wasser hat erstaunliche Leistungssicherungseffekte zur Folge. Zu Ende des folgenden Kapitels lesen Sie mehr zur entsprechenden Studie.

Von den Elementen und Himmelskörpern

Urgewalten sind unsre Gefährten, der Himmel ist unser Zelt, die Erde unsere Zuflucht, so heißt es in meinem Märchen *Die Wilden Weiber,* aus *Raunächte. Über Mythen, Wünsche und Bräuche.* Das folgende entstand für das zitierte Buch, musste damals aber der begrenzten Seitenzahl weichen. Auf meiner Homepage *creativestories.eu* war es immer zu lesen, dort bleibt es auch, für alle, die einen ersten Eindruck meiner Märchen erhaschen wollen. Ich mag es sehr, deshalb freut es mich, dass diese ungewöhnliche Liebesgeschichte nun dazu beitragen darf, Lesende ins Schlummerland zu begleiten.

Master the Art oder: das Spiel der Elemente

Er war ein Steinblock. Lehmig umschmeichelt ragte er aus der Erde, seiner Gefährtin. Beide warteten geduldig, dass jemand sie finden und sich in sie beide verlieben würde. Denn sie waren schon eins und untrennbar miteinander verbunden. So zumindest dachte der eine von der anderen und die andere vom einen. Sie stütze seine Basis, die tief in den Berg hinabreichte, beide wurden umspielt von der Luft. Er hatte den Überblick, seine Erdhülle erfuhr diesen durch ihn. Sie beschützte und wärmte ihn, er bot ihr Halt. Die Luft war ständige Freundin und brachte Kunde von fernen Gestaden. Meist lispelnd, gelegentlich ein wenig weinerlich oder heftig klagend, dann und wann angetrieben von Tosen und Brausen. Sie wirbelte Blätter und Samen auf, die, nachdem sich alles wieder beruhigt hatte, auf der beständigen Gefährtin zur Ruhe kamen. Von diesen Fallresten nährten sich kleine Tiere, Pilze überwuchsen die toten Gehölze bis sie, zersetzt, wieder Erde waren. So vermehrte sich der Erdmantel und wuchs immer höher, vom glatten, weißen und harten Kern blieb Jahr um Jahr ein winziges Stück weniger sichtbar.

Eines Tages hob im Inneren des Berges ein mächtiges Grollen an, ein Beben ging durch die Erde, der Stein vibrierte. Die Gefährtin hielt ihn sicher umschlungen, so geriet er nicht ins Wanken. Mächtig heiß wurde ihm, die Hitze drang durch all seine Poren und Kristalle, er meinte zu glühen, doch es war die Glut um ihn herum, die in mächtigem Strom den Berg hinab raste. Der Berg bebte, die Erde herum zerbarst, glühende Lava ergoss sich in ihre Spalten und überzog alles mit ihrer feurigen Masse. Die Luft schien zu zittern, auch sie wurde hitzig, wo sie mit der Glutmasse zusammentraf, schienen tausende kleine Flammenzünglein die Luft zu verbrennen. Ein Sirren begleitete das planetare Aufbegehren, eine seltsame Musik der Ewigkeit. Ein weiteres Grollen durchlief den Berg, der in etliche Teile zerbarst. Der Stein wurde durch die Luft geschleudert, seine erdige Hülle zurücklassend. Ein mächtiger Schmerz erfasste die beiden, Stein und Erde, denn nun erfuhren sie ihre Trennung. Erneut bewegte eine gewaltige Eruption das so verlassen liegen gebliebene Erdreich und schleuderte es in alle Richtungen. Kleine Teile von ihr landeten auf ihrem Freund, dem Stein, ein wehmütiger Versuch der Wiedervereinigung, der größte Teil des Steines jedoch blieb nackt. In ungewohnter Position war er zu liegen gekommen, in einem tiefen Tal, weit weg vom Muttergestein, ohne die so lange gewohnte Aussicht.

Zunächst galt es, sich selbst wieder zu spüren, sich ganz zu fühlen. Bisher war die Erde seine Grenze gewesen, nun aber drangen unterschiedliche Elemente auf ihn ein. An manchen Stellen war es die vertraute lehmige Masse, an anderen klebte erkaltete Lava, einige Gesteinsbrocken lagerten auf seiner Breitseite, die jetzt zuoberst war. Unter sich spürte er etwas Neues, Kühles, sich Bewegendes, das herumsäuselte und ihn kitzelte. Auch die Luft war wieder da, hier aber fühlte sie sich anders an, etwas wärmer, etwas sanfter, etwas träger. Sie kannte die Welt, von ihr wollte er erfahren, was dieses ungewohnte Säuseln unter ihm bedeutete. Die Luft wisperte: »Das ist das Wasser, es ist beinahe so viel herumgekommen wie ich, und manche Tiefen kennt nur dieses flüssige Element, aus ihnen dringt es hervor: aus den Schichten deiner Brüder und deiner Gefährtin, der Erde. Es formt dich sanft, macht dich geschmeidig, findet immer einen Weg. Durchtränkt es die Erde, können Samen, die in ihr schlummernd auf die wärmenden Strahlen der Sonne hoffen, keimen. Aus ihnen wachsen zarte Geschöpfe, die sich bis zu mir emporarbeiten und weiter hinauf, durch mich hindurch. Aus manchen werden Bäume, die viele Jahre wachsen, das Wasser erhält sie alle am Leben. Andere dieser Pflanzenwesen verzweigen sich, kaum dass sie die Erdoberfläche durchstoßen haben und bedecken diese mit einem weit verwurzelten Geflecht. Sie sorgen dafür, dass die Erde nicht austrocknet und weitere Samen keimen und gedeihen können. In ihnen leben viele kleine Lebewesen, die beitragen, den ewigen Kreislauf der Natur aufrechtzuerhalten. Einige der Samen bergen eine duftende Botschaft in sich, die sie sorgsam behüten und hinauf in den Stängel entlassen, der sich der Sonne entgegenreckt und eine Knospe bildet. Ist sie groß genug geworden, öffnet und entfaltet sie sich in alle Richtungen. In vielfältigen Farben erstrahlt dann die Wiese, die der Erde entwächst und sie schützend bedeckt. Der Blumen duftende Kelche verlocken fliegende Tiere, man nennt sie Bienen,

Hummeln, Schmetterlinge, Libellen und unzählige mehr. Sie trinken den köstlichen Nektar, an ihre Körper heftet sich Blütenstaub, den sie als fliegende Helferinnen transportieren, um andere Blüten zu bestäuben, als Liebesboten der Pflanzenwelt. Diesem Liebesflug entstammende Kinder werden Früchte genannt. Manche von ihnen sind herrlich saftig und süß, andere bitter und giftig, in richtiger Dosis jedoch oft Heilmittel. Einige sind klein, andere groß, hart oder weich, viele sichern köstliche Nahrung für Tiere. Eines dieser selbstlaufenden Wesen ist anders, es kommt auf zwei Beinen. In Behältnissen sammeln sie die Früchte, manche davon lagern sie über den Winter ein, viele von ihnen, die sich so ganz anders benehmen als alle übrigen Lebewesen, ernährend.«

Der Stein hatte aufmerksam zugehört, nun wollte er wissen, wie so ein Zweibeiner beschaffen sei – war er hart und standhaft so wie er, oder weich und formbar wie seine ehemalige Gefährtin? War er leicht und beweglich wie seine Lehrmeisterin die Luft, oder hitzig wie das Element, das ihn hierher befördert hatte? Kroch er in alle Ritzen und nutzte er alle Wege, wie das neu erlebte Element Wasser, das ihn kühlte und schliff?

Die Luft antwortete: von allen hat er etwas, doch nicht immer gleich verteilt. Manche von ihnen sind hitzig und eruptiv, andere eher luftig und leicht unterwegs wie ich, manche sind schwer und beständig wie Mutter Erde, wieder andere sind flink und geschickt wie das Wasser. Bei vielen wechselt es, mal sind sie das eine, mal das andere.

Von so viel neuem Wissen war der Stein müde geworden, er wollte ruhen und fiel in einen langen traumlosen Schlaf. Als er erwachte, war um ihn eine prachtvolle Wiese erblüht, bunte Schmetterlinge und summende Bienen, sirrende Mücken und brummende Fliegen schwirrten umher. Seine Freundin, die Luft, war warm und schmeichelnd, selbst das Wasser war längst nicht mehr so kühl, aber auch nicht mehr so sanft. Es war recht angeschwollen und bewegte sich mit großer Eile unter ihm hinweg. Die Gefährtin von einst konnte er zwar fühlen an manchen Stellen, aber sehen konnte er kaum etwas von ihr, sie war bedeckt von allerlei Grün in unterschiedlichsten Schattierungen. Über sich erblickte er eine strahlende Sonne, sie hüllte alles in goldenes Licht und die Blüten der Wiese reckten sich gierig in ihre Richtung.

Der Stein staunte – wie war die Welt auf einmal farbig und lebendig geworden! Es dauerte nicht lange, da bewegte sich etwas auf ihn zu: zwei klobige Ungetüme, aus denen heraus zwei Stämme wuchsen, ebenfalls beweglich, den Schritten der zwei Klumpen, die Erde und Wiese zerstampften, folgend. Er bemerkte je ein Gelenk, das diese Stämme sich biegen ließ, immer an derselben Stelle, nicht wie die Bäume und Pflanzenstängel ringsum, die sich an jeder Stelle ihres Körpers biegen konnten, um dem Wind auszuweichen. Weiter oben wuchsen die Stämme zusammen, gerade verkehrt herum, als wären die Äste unten und der Stamm oben. Dieser dickere Teil des merkwürdigen Wesens, das sich unaufhörlich näherte, war biegsam, konnte sich seitlich, vorwärts, aber auch rückwärts beugen, ja der Stamm war sogar ganz nach unten faltbar, parallel zu den beiden dünneren Stämmen. Eine haarige Kugel krönte dieses Konstrukt, oberhalb zweier beiderseits herauswachsender Wurzeln, ebenfalls durch drei Gelenke in unterschiedliche Richtungen bewegbar. Je fünf winzige Verzweigungen an deren Enden ließen sich so geschickt biegen, dass sie Beeren und Früchte umfassen und von ihren Ästen reißen konnten. Der Stein gedachte der Luft: »Dies muss jenes zweibeinige Wesen sein, von dem mir erzählt wurde, bevor ich ermattet einschlief.« Ein weiteres Geschöpf, dem ersten ähnlich, eilte diesem hinterher. Beide gaben eigenartige Geräusche von sich, keinen Vogel, kein Insekt hatte er je so tönen gehört.

Er selbst war tonlos, mit seiner Gefährtin der Erde, aber auch mit der Luft war er gewohnt, sich über das Fühlen zu verständigen. Und er musste bewegt werden, selbst kam er nicht von der Stelle. Deshalb war er sehr aufgeregt, als die beiden Zweibeiner immer näher kamen.

Bei ihm angelangt, setzten sie sich auf seine breite Seite und er spürte eine ungekannte Last. Er konnte nicht mehr viel erkennen, aber es schien, als würden sie die gesammelten Früchte in die haarige Kugel zuoberst ihres Körpers stecken und den Rest untereinander aufteilen.

Nach einer Weile ließ die Last nach, denn die beiden hatten sich wieder erhoben. Er spürte ein Streicheln auf seiner glatten Oberfläche, da war ihm ganz wohlig zumute. Er wurde hin und her bewegt, so lange, bis seine Unterseite, die bisher im Wasser gelegen hatte, sich der Sonne zuwandte. Danach wurde ihm richtig schwindlig, denn einmal war die eine, dann wieder die andere Seite zuoberst – er wurde über die Wiese gerollt. Stämme wurden unter ihn geschoben, das Rollen wurde schneller, und ihm schwanden die Sinne.

In einer gänzlich ungewohnten Umgebung kam er wieder zu sich. Himmel und Sonne waren verschwunden, auch keine Wiese wuchs um ihn, und das Element Wasser wurde so reichlich über ihn geschüttet, dass die letzten Reste seiner Gefährtin von ihm geschwemmt wurden. Rundherum war es düster, doch bemerkte er eine Lichtquelle. Sie erinnerte ihn an den Beginn seiner Reise, denn sie strahlte ein wenig von der Hitze aus, die er von der gleißenden Lava her kannte. Diese Flamme flackerte, wurde kleiner und wieder größer, aber blieb am selben Ort.

Und dann durchfuhr ihn ein Schmerz. Und noch einer. Wieder schienen ihm fast die Sinne zu schwinden. Er widerstand dem Drang, ohnmächtig zu werden, diesmal wollte er bewusst erleben, was ihm geschah. In unregelmäßigen Abständen schlug es auf ihn ein, ein Schmerz, dann flog ein Teil von ihm ab. Die verkehrten Wurzeln des bewegten Stammes, der ihn von der Wiese geholt hatte, hielten mit ihren Verzweigungen zwei Eisen, mit dem einen hämmerten sie auf das andere, wodurch Teile seines Körpers absprangen – die Ursache seiner Schmerzen. Nach einer Weile hörte es auf, er spürte ein Schaben auf seinen Verletzungen. Zu scharf für ein Streicheln, zu weich, um ihn zu brechen. So ging es eine Weile und in ihm geschah etwas Merkwürdiges. Als käme er beständig mehr zu sich, sein Empfinden wurde klarer, er begann, sich selbst zu erkennen, fühlte Kraft und nahm die neue Form wahr, als drücke sie aus, was er tief in seinem Innersten schon immer gespürt hatte. Er fühlte sich jung und schön, ein ungekanntes Gefühl durchströmte ihn, es machte ihn selbstbewusst und energiereich. Er bemerkte, dass die Farbe seiner Oberfläche intensiver geworden war und glänzte. Stolz stand er da, in diesem Raum, der ihn umgab. Ein tonloses Lied klang durch all seine Poren, ein neues Lied der Ewigkeit.

Etwas sehr Weiches umhüllte ihn, er wurde erneut bewegt, geschüttelt, gehoben und schließlich aufgestellt. Um ihn herum hörte er Stimmengewirr und Musik, die Hülle wurde herabgezogen. Über ihm wölbte sich der Himmel. Die Sonne bestrahlte ihn, sein Glanz blendete die ihn bewundernden zweibeinigen Wesen. Sie ließen die Enden ihrer seitlichen Äste aufeinander klatschen, viele viele Male, was einen ohrenbetäubenden Lärm verursachte. Er verstand es nicht ganz, doch fühlte er, dass sie sich mit ihm freuen. Und unter sich spürte er lange Vermisstes, seine geliebte Gefährtin, sie trug ihn, und auf ihr wuchsen Gräser und Blumen. Erneut war er in seinem Element, schöner als je zuvor.

Noch heute steht er an dieser Stelle und viele Tausend Menschen sind bewundernd an ihm vorbeigezogen.

Tief schlafen und gelassen sein

»… war der Stein müde geworden, er wollte ruhen und fiel in einen langen traumlosen Schlaf«, lese ich in meinem

Märchen. Viele Menschen meinen, sie träumten nie. Dem widerspricht die Schlafforschung, wir träumen alle, bloß erinnern wir uns nicht immer daran, manche Menschen eben gar nicht. Wir träumen sogar viel mehr, als noch vor Kurzem angenommen. 1953 entdeckten Wissenschaftler der Chicago University die REM-Phasen, die *Rapid-Eye-Movement-Perioden*, in denen nicht nur die Augen sich hin und her bewegen und Theta- sowie Alpha-Wellen den Hirnscan bestimmen, sondern auch unser Blutdruck steigt, die Atmung intensiver und unregelmäßiger wird, das Herz schneller schlägt. Insgesamt etwa 20 Prozent, das heißt, zwei Stunden der Nacht sind wir in dieser Verfassung, bei Kindern sind es sehr viel mehr, bis zu neun Stunden. Bei Säuglingen dominiert der REM-Schlaf, sie brauchen etwa vier Monate, bis sie eine Schlafstruktur entwickeln. Neugeborene durch Wachhalten zu längerdauernden Schlafperioden zu animieren, klappt also nicht.

Die schnellen Augenbewegungen ließen Forscher darauf schließen, dass wir inneren Bildern folgen, also träumen, von Klarträumenden wurde es bestätigt. Zumeist sind es diese, vor allem in der zweiten Nachthälfte stattfindenden Schlafperioden, deren Geschichten wir am Morgen am ehesten in Erinnerung haben. Auch werden die Träume gegen die Morgenstunden hin länger und detailreicher, die ersten Träume seien eher in der Gegenwart angesiedelt, in der Früh scheinen Erinnerungen an die Kindheit vorzuherrschen, sagen Traumforschende. In den meisten Träumen ist der jeweils träumende Mensch die Hauptperson, nur in zehn Prozent der untersuchten Traumerzählungen in beobachtender Rolle. Ich erinnere mich, einmal einen echten Krimi geträumt zu haben, der war durchaus schlüssig, also quasi logisch, außerdem richtig spannend, und ich war nicht Teil des Geschehens. Da dieser Traum völlig anders war, als sonst gewohnt, habe ich es mir gemerkt, leider jedoch nicht seinen Inhalt.

Auch während *non-REM*-Sequenzen träumen wir, wie bereits erwähnt beschreiben Wissenschaftler diese als eher gedankenartig, Bilderfluten sind hingegen Bestandteil der Träume während der REM-Phasen. Blind Geborene kennen keine Traumbilder, während später Erblindete noch lange im Traum Bilder sehen, erst allmählich verblassen diese. Dennoch erfahren beide Gruppen den Traum in vergleichbarer Weise wie Sehende, nur eben über die anderen Sinne. Doch auch Sehende können zum Beispiel Gerüche und Klänge im Traum erleben, diese Sinneswahrnehmungen sind allerdings seltener.

Tiefschlafperioden sind in den ersten Stunden des Schlafens vorherrschend. Die erste Tiefschlafphase, die etwa 30 Minuten nach dem Einschlafen beginnt, ist die tiefste und längste. Theta- und Alpha- werden von Delta-Wellen abgelöst, in dieser Zeit werden im Gehirn Reinigungs- und Reparaturmechanismen durchgeführt, denn die Zirbeldrüse schüttet das Wachstumshormon Somatotropin aus, und zwar die größte Menge des Tages. Es regt den Fettabbau an, repariert Zellen und sorgt für Erholung des Gesamtorganismus und damit auch für Verjüngung. Bei einem Test in den USA behandelte man Veteranen mit dem Hormon, tatsächlich wurde deren Haut dicker und somit glatter, die Muskeln kräftiger, sogar Haare wurden wieder schwarz. Wer jetzt jubelt und so eine Behandlung zur Verjüngung anstrebt, den warnt der Schlafforscher. Es kann riskant sein, denn gleichzeitig wird das Wachstum von Tumorzellen angeregt.

Auch unser Immunsystem nützt diese Tiefschlaf-Reparaturphasen. Deshalb heilen Wunden rascher und wir werden schneller gesund, wenn wir viel und tief schlafen. Alle Außenreize werden in dieser Zeit ausgeschaltet, das Gehirn muss sich ganz sich selbst und einer Vielzahl von Aufgaben widmen, deshalb ist es kaum möglich, jemanden aus dem Tiefschlaf zu wecken. Ähnlich wirksam wie die erste Tiefschlafphase der Nachtruhe ist die eines

Schläfchens unter Tags, weshalb die Wissenschaft fordert, dass auch bei uns die Nachmittagsruhe zur Normalität wird. Der *Powernap* ist in Japan und den USA bereits salonfähig, in südlichen Ländern bleibt die Siesta unangetastet, wiewohl viele Menschen dennoch in dieser heißesten Zeit des Tages arbeiten müssen. Klimaanlagen nehmen das Hitze-Argument weg, dass die Leistungsfähigkeit dennoch enorm gesteigert oder zumindest erhalten bleibt, wenn Mitarbeitende den Leistungsabfall mit einer Ruhepause ausgleichen, hat sich leider erst in wenigen Unternehmen als Argument durchgesetzt. Die Lufthansa beispielsweise verpflichtet ihre Piloten sogar dazu. Einer bleibt wach, der oder die andere schläft 40 Minuten, alle zehn Minuten kontrollieren Flugbegleiter, ob der andere wach geblieben ist, zusätzlich sorgt ein Wecker für Flugsicherheit.

Der Tiefschlaf verbessert außerdem unser Erinnerungsvermögen. Wer Vokabel lernt und anschließend schläft, erinnert diese auch noch nach Monaten wesentlich besser. Wer viel lernt, schläft anschließend tiefer, körperliche Anstrengung hat denselben Effekt. Wer während des Lernens einen Duft einatmet – Lübecker Forscher nutzten Rosenöl in der Duftlampe – und von diesem während des Tiefschlafes ebenfalls umduftet ist, steigert die Merkquote um 13 Prozent. Das kann das Ergebnis von Tests um eine ganze Note verbessern!

Insgesamt selektiert das Gehirn in dieser Phase neue Informationen. Was stärker emotional besetzt ist, wird eher in den Langzeitspeicher übernommen, ebenso neue Informationen, die zu bereits angelegten Wissenskomplexen zugeordnet werden können. Je älter wir werden, desto stärker wirkt dieser Effekt, deshalb ist es im Alter zum Beispiel wesentlich schwieriger, eine bisher unbekannte Sprache zu lernen, wohingegen Expertinnen und Experten Inhalte, die ihrem Fachgebiet entstammen, sich eher merken als Studierende, für die das Thema eher neu ist. Der Tiefschlaf-

Merkeffekt kann umgekehrt genützt werden: Wer ein traumatisierendes Erlebnis hatte, beispielsweise einen Unfall, soll trachten, danach möglichst lang wach zu bleiben, um andere Lebensereignisse abspeichern zu können. Damit verringert sich das Risiko, eine posttraumatische Belastungsstörung zu entwickeln.

Ausreichende Wasserversorgung unterstützt sowohl Merkfähigkeit als auch Fettverbrennung, der *Rosbacher Trinkstudie* zufolge ist die ideale Menge 2,5 Liter pro Tag. Der Arbeitsspeicher des Gehirns nimmt sogar um 15 Prozent zu, ergaben die sehr umfangreichen und differenzierten Messdaten dieser Studie.

Gefühle regen nicht nur den Merkeffekt an, nach Schlafentzug ist das Wachbewusstsein verstärkt emotional angereichert. Wer also zu starken Gefühlsausbrüchen neigt, wie Wut oder Angst, der sollte darauf achten, ausreichend zu schlafen, wer gut geruht hat, ist offenbar gelassener.

Gefühle werden mit dem Mond in Verbindung gebracht, vielleicht weil sie mit dem Traumgeschehen und damit der Nacht, in der der Mond den Himmel ziert, zusammenhängen, vielleicht aber auch, weil die Mondfrau, wie im folgenden Märchen beschrieben, ihres dazu beiträgt? Kurz vor dem Einschlafen, wenn wir über die Zeilen lesen und dazwischen immer wieder einnicken, vermischen sich die inneren und äußeren Bilder. Wer weiß, vielleicht taucht irgendwo dazwischen eine Traumgestalt auf, die sich uns in diesen Momenten zu erkennen gibt?

Die Farben des Fühlens

Eines Tages hatte der Mond beschlossen, auf Wanderschaft zu gehen. Genaugenommen war es die Frau im Mond, die den

Mann im Mond ein wenig satthatte. Schon so lange Zeit war es immer dasselbe mit ihm. Tag für Tag, ewige Zeiten schon, ging es rundherum um die Erde, diesen blauen Planeten, der so nah schien und doch unerreichbar blieb. Es war ein eintöniges Dasein, immer im selben Trott. Langeweile übertönte beinahe alle anderen Empfindungen ihres gefühlsbetonten Wesens, sie sehnte sich nach Abwechslung.

Und tatsächlich, eines Tages landeten merkwürdige Wesen auf dem Mond, sie steckten einen Stab mit einem Stofffetzen daran in die Mondoberfläche, sammelten Mondstaub und Gestein, nach einigen Tagen bestiegen sie wieder das merkwürdige Gestell aus dem sie gekrochen waren und flogen davon. Die Hälfte des Gestells ließen sie auf dem Mond zurück, etwas später fiel dann auch die andere Hälfte aus dem dunklen Raum rund um den Mond auf diesen hinunter und zerschellte in viele Einzelteile. Interessiert untersuchte die Frau im Mond diese Trümmer, konnte aber nichts für sie Brauchbares an ihnen entdecken. Sie blickte dem oberhalb rund um den Mond kreisenden Gefährt nach, in dessen Richtung die beiden Fremden geflogen waren. Nach einigen Malen, bei denen das Gefährt immer wieder vorbeikam, entfernte es sich vom Mond und verschwand in Richtung des blauen Kreises, dem Ort ihrer Sehnsucht. Sie grübelte eine Weile über diese merkwürdigen Gestalten, die ihren Abfall so unverfroren auf fremdem Boden hinterließen, gleichzeitig erwachte in ihr der Wunsch, mehr über deren Welt zu erfahren. Sie dachte bei sich: ›Vielleicht kommen sie irgendwann wieder, dann nütze ich die Gelegenheit und wandere aus.‹ Und wirklich, nach einiger Zeit landete erneut so ein sperriges Gefährt auf ihrem Zuhause! Ihre Habseligkeiten hatte sie schon lange gepackt – viel war es ja nicht, denn der Mond hatte wenig zu bieten. Ein Mäntelchen aus Sternenstaub, falls sie sich irgendwo zeigen wollte sowie einen Umhang aus Mondlicht, für alle Tage. Mit dem Mann im Mond hatte sie erst kurz zuvor gestritten, weil er immer so stumpfsinnig herumsaß, beständig seinen Umhang wechselnd, in einem festgelegten, sich fortwährend wiederholenden Rhythmus. Mal schwarz, dann fast schwarz mit ein wenig Silber, für die weiteren Tage gab es genau abgestufte Variationen mit mehr Silber und weniger Schwarz. Dann, für den Feiertag, lag ein durchgehend silberner bereit. Danach legte er wieder die anderen an, nur in umgekehrter Reihenfolge. Ihre Aufgabe war, die Umhänge immer sauber und in Ordnung zu halten, damit der Mann nur danach greifen musste, ohne nachdenken zu müssen. Seine Dumpfheit war es, die ihr besonders zu schaffen machte. Einer mit ein wenig mehr Esprit, so einen wünschte sie sich als Gesellschaft. Nun endlich wurde es Zeit, dieser Langeweile zu entkommen, die Gelegenheit käme womöglich nie wieder. Sie hatte die Umhänge schön ordentlich vorbereitet. Er musste sie danach nur in der richtigen Reihenfolge wieder ablegen, dann würde er sein Wechselspiel schon geordnet weiterführen können. Zur Unterhaltung brauchte er sie ohnedies nicht, er sprach ja kaum etwas mit ihr.

Noch einmal blickte sie sich um, sehr leid tat es ihr nicht um die karge Landschaft um sie herum, dennoch verabschiedete sie sich gebührlich von dem Ort, der ihr so lange Heimat gewesen war und wo sie, mangels Ablenkung, das Wechselspiel ihrer Gefühlswelt intensivst kennengelernt hatte. Sie fühlte große Dankbarkeit, sogar ein wenig Wehmut, doch nun war es Zeit für neue Erfahrungen. Hinter einem der fremden Wesen schlüpfte sie hinein in das mondfremde Gefährt. So lange sie nicht gesehen werden wollte, konnte sie durchsichtig bleiben, die blinde Passagierin fiel also keinem der Fremden auf. Sie fand die Unsichtbarkeit ratsamer, erst wollte sie das Ziel der Reise erkennen. Bald erreichten sie ein zylinderförmiges Fluggerät mit einem kegelförmigen Aufsatz, das den Mond umrundete. Die beiden Männer wechselten aus ihrer Mondfähre in das Raumgefährt, und die Frau jetzt-nicht-mehr im Mond heftete sich gleich an die beiden, um nur ja nicht zurückzubleiben. In dem um einiges größeren Raumschiff war es weniger beengt, allerlei Geräte und Schaltflächen waren an den Wänden, in die auch kleine Fenster eingelassen waren, damit die Sicht auf die Außenwelt möglich blieb.

Für die Mondfrau war das alles sehr neu, sie verstand auch gar nicht, in welche Welt sie soeben eingedrungen war, aber sicher wusste sie, dass hier die Abwechslung begann, nach der sie sich immer gesehnt hatte. Sie beobachtet die Männer, die im Inneren des engen Raumes ihre klobigen Anzüge auszogen und ganz vernünftig aussahen, mit zwei Beinen, zwei Armen und einem Kopf, das stellte die Frau, die jetzt weg vom Mond reiste, beruhigt fest. Sie erkundete die neue Umgebung, in der die beiden, mit denen sie mitgekommen war, einen Dritten begrüßten. Alle drei schwebten durch den Raum, und nun merkte auch sie, dass der Boden unter den Füßen woanders war als ihre Gehwerkzeuge. Das erzeugte ein etwas mulmiges Gefühl in ihr, doch nun war es zu spät, die Luke war dicht, das leere Mondtransportgefährt segelte mondwärts durch den Raum, gleichzeitig steuerte das Raumschiff weg von ihrer Heimat. Nun gab es kein Zurück mehr, fort ging es, in unbekannte Welten, in ein unahnbares Dasein. Etwas verunsichert, voll einander widersprechender Empfindungen, kauerte sie sich in eine Nische, wo sie sich an einem Haltegriff mit dem Gürtel ihres Umhangs festband, um nicht schwerelos durch den Raum zu schweben. Eine Kollision mit einem der Astronauten – dass diese so hießen erfuhr sie erst viel später – wollte sie unbedingt vermeiden.

Die Sprache der Männer war eine andere als die, in der die wenigen Worte zwischen ihr und dem Mann im Mond gewechselt waren. Doch sie entdeckte in sich die Fähigkeit, den Inhalt des Gesprochenen zu begreifen. Es waren vor allem die Gefühle, auf die ihr Mondwesen reagierte. Sie nahm große Freude wahr, ein herzensprengendes Gefühl des Triumphes über das geglückte Abenteuer. So ähnlich würde es sich anfühlen, wenn sie mit dem Raumschiff auf dem blauen Planeten landen würde, daran glaubte sie ganz stark, und die Begeisterung der Männer lebte in ihr weiter, in Vorfreude auf die ersehnte Ankunft. Dass es der blaue Planet sein würde erfuhr sie aus den Gesprächen und der Aussicht aus den Fenstern, die nun die Sicht auf das Reiseziel eröffneten.

Glücklichsein erfüllte die Mondin, endlich würde sie das Wunderding kennenlernen. Tag für Tag hatte sie es bestaunt, sich allerlei darüber ausgemalt, woher dieses Blau käme und welche Wesen dort wohl hausen mochten. Nun betrachtete sie die drei Männer genauer, denn offenbar kamen sie von dort, und wenn es andere Lebewesen dort geben sollte, sahen diese wohl so ähnlich aus. Da sie eine Frau war und das andere Wesen auf dem Mond ein Mann, vermutete sie, dass es auch auf der Erde Unterschiede dieser Art geben könnte. Ihre Annahme wurde bestätigt, als auf einem Bildschirm sprechende Gesichter erschienen, mit denen die Männer sich unterhielten. So erfuhr sie, dass es sowohl Männer wie Frauen auf der Erde geben musste. Doch dann sah sie etwas Neues, es gab auch kleine Exemplare von ihnen, die zu den Astronauten an Bord »Dad« sagten, anstatt, so wie die anderen, sie beim Namen zu nennen. Ja, auch das hatte die Mondfrau begriffen, weil die drei Männer sich untereinander ebenfalls mit diesen ansprachen. Jedenfalls schienen diese gesprächiger zu sein als ihr nun allein gebliebener Mondgefährte. Das war zwar nicht schwierig, denn viel weniger als der Mann im Mond hätten die drei kaum reden können, dennoch, es vermehrte ihre Vorfreude.

Viele Stunden vergingen, sie dachte an ihren verlassenen Gefährten und dass er inzwischen einige Male seinen Umhang gewechselt haben musste, und dann, ganz plötzlich, leuchtete es aus allen Fenstern blau ins Innere des Raumschiffes und hektische Betriebsamkeit bewegte die drei Raumfahrer. Sie hatten sich im vorderen, kegelförmigen Teil zusammengedrängt, die immer noch unsichtbare Mondfrau mit ihnen. Es gab einen Ruck und hinein fielen sie in die Erdatmosphäre. Hektische Stimmen mischten sich mit ruhigen Kommandotönen aus den Bildschirmen, die nach kurzer Dunkelheit wieder Gesichter zeigten. Und dann gab es einen Aufprall, dem heftige Bewegungen des Transportgefährtes folgten. Sie wurden kräftig geschüttelt, denn nun schwebte keiner von ihnen mehr schwerelos umher, im Gegenteil, die Mondfrau fühlte sich fast wie angewachsen, nur mit größter Anstrengung konnte sie die Füße vom Boden heben. Dann flog eine Box, von der sie später erfuhr, dass es eine Filmkamera gewesen sei, quer durch den beengten Raum und verletzte einen der Männer an Bord. Rundherum hörte sie es gurgeln, bis sich die Kapsel wieder emporwand und auf und ab schaukelte. Kurze Zeit danach öffnete sich die Ausgangsluke, die Astronauten entstiegen etwas unsicheren Schrittes ihrer Kapsel und die Mondin beeilte sich, um nur ja nicht zurückzubleiben. Doch erneut spürte sie, dass ihre Bewegungen anders als gewohnt abliefen. War sie gerade noch herumgeschwebt, konnte sie sich nun nur mit höchster Willensstärke und Kraftaufwand weiterbewegen. Während ihre Fluggefährten rasch der Kapsel entstiegen, hatte sie große Mühe, ihnen zu folgen. Doch schließlich war sie draußen und sah sich umgeben von einem ihr bislang völlig unbekannten, bewegten und sie alle schaukelnden Element. Es war tiefblau mit weißen Schaumkronen, rundum flogen seltsame Lebewesen, die kreischende Geräusche von sich gaben und vor ihnen befand sich ein auf dieser schwankenden Fläche liegendes Gefährt, in das die drei Männer nun einstiegen. Etwas verunsichert kletterte sie nach, es galt, die Reise fortzuführen, auch wenn sie allen Mut und alle Kraft zusammenraffen musste. Ein wenig sehnte sie sich nach der heimatlichen Kraterlandschaft, doch rasch verwarf sie diesen Gedanken. Sie hatte sich entschlossen, Neues zu erkunden, ihrem Herzenswunsch wollte sie weiterhin treu bleiben.

Darüber, wie sie überhaupt zurückkehren hätte können, vergaß sie nachzudenken.

Über ihren Köpfen flogen nun Riesengeräte, von denen Seile mit Körben hinuntergelassen wurden. Jeder der Männer kletterte in einen dieser Körbe, wurde von dem Fluggefährt durch die Luft geführt und anschließend auf ein monströses, ebenfalls auf der blauen Fläche schwankendes Gebilde geflogen. Sie klammerte sich außen an einen der Körbe, denn die drei Männer waren das einzige ihr Bekannte auf dem Planeten, das gab ihr etwas Sicherheit, von ihnen wollte sie nicht getrennt werden. So landete auch sie auf dem Schwimmgefährt, doch als die Astronauten, ohne irgendeinem anderen Menschen begegnet zu sein, in Röhren verschwanden, ahnte sie nichts Gutes, und wie sie später verstand, wäre sie noch viele Tage mit ihnen in einem von aller Welt abgeschlossenen Raum verblieben. Alles rundum war doch viel verlockender, diese neue Welt wollte sie nun erkunden! Wenn es nur nicht so anstrengend gewesen wäre, sich fortzubewegen!

Vorerst erledigte das Gefährt, das die Menschen um sie herum Schiff nannten, diese Aufgabe. Durch die blauen Wellen hindurch näherte es sich schließlich einer anderen Fläche als der blauen, nachgebenden rund um das Schiff. Ein klein wenig erinnerte der Anblick die Mondfrau an ihre Heimat, zumindest an den Rändern. Gleichzeitig bot sich ihr ein völlig unbekanntes und aufregendes Panorama. Besonders die Fülle der unbekannten Farben versetzte sie in freudvolle Unruhe. Auf diesem Teil Erde standen schmale Gebilde, die hoch in die Luft ragten, dazwischen und davor aber standen wesentlich kleinere Objekte mit grünen Häuptern, die ihr nach ihrer Erkundung der Gegend und dem Sammeln von Erfahrungen als Bäume bekannt wurden. Als sie näher kamen, entdeckte sie weitere Menschen, in vielerlei farbige Umhüllungen gekleidet. Sie dachte an ihren silbernen Sternenmantel und schämte sich, nichts Prächtigeres zur

Auswahl gehabt zu haben. Sie war nun bestärkt, auch weiterhin unsichtbar zu bleiben, und die fremde Welt erst richtig gut kennenzulernen, ehe sie aktiv mit den Erdbewohnern und Erdbewohnerinnen in Kontakt treten wollte.

Nun war das Schiff der bunten Ansicht sehr nahe gekommen, kleinere Schiffe kamen ihnen entgegen, in die die Menschen an Bord umstiegen, mit ihnen entschwanden sie in Richtung der Szenerie, die die Mondfrau nach wie vor gebannt beobachtete. Noch war sie in ihrer mondstämmigen Hülle abgeschirmt, was um sie geschah, nahm sie wahr, doch ihr Gefühlsempfinden lief nur gedämpft mit. Sie ahnte, die Empfindungen der vielen Menschen, die auf dem festen Land versammelt waren, wären zu wuchtig, eine Flut der Gefühle würde auf sie hereinstürzen und in sie einströmen. Bis hinauf auf ihre Mondheimat hatte sie es empfunden und bereits allerhand damit zu schaffen gehabt. Dies hatte sie nicht bedacht, in ihrem Überschwang von Reiselust. Schließlich sah sie aber keine andere Möglichkeit, einmal begonnen, war es durchzustehen, wollte sie das Leben auf der Erde wirklich kennenlernen. Mit einem der kleineren Schiffe kam sie also mit, unbemerkt von all den freudig erregten Männern und wenigen Frauen, die ebenfalls ans Ufer wollten. Diese Gefühle der Freude stärkten die Mondin, sie ließen sie leicht und ebenfalls fröhlich werden, dadurch gelang ihr die Fortbewegung auch schon viel besser.

Nun war es so weit, sie betrat die Erde, das bisher unbekannte Wesen, das sie so oft in der Ferne bewundert hatte. Die Menschen, die mit ihr an Bord gewesen waren, wurden von anderen begrüßt, umarmt, fragten einander, wie es ihnen ergangen war, erzählten ihre Erlebnisse. Auch viele von den kleineren Menschen waren darunter, es gab sie in allen Größen, die kleinsten wurden auf dem Arm getragen oder in Wägen geschoben, und die redeten auch nicht, doch gelegentlich schrien sie aus Leibeskräften. Dann gab es große, die sie zu beruhigen bemüht waren, mit unterschiedlichem Erfolg. Wenn es gelang, ertönte ein Lachen, wie es nur aus diesen kleinen Kehlen dringen konnte und die Mondfrau erfuhr einen Moment der Leichtigkeit, der ihr das Leben auf der Erde erst so richtig möglich machte. Die Ausgewachsenen wiederum waren ebenfalls nicht nur unterschiedlich groß, sie zeigten sich in verschiedenen Haar- und Hautfarben, und diese ihre Gestalt umspannende Schutzschicht war bei vielen ganz glatt, bei manchen aber auch in tiefe Furchen gefaltet wie ein verkleinerter Ausschnitt der Mondoberfläche. ›Lauter kleine Monde‹, dachte die Mondin, und fühlte sich gleich ein wenig mehr zu Hause.

Viele Jahre später, als sie die Gefühle der sie umgebenden Menschen zu deuten gelernt hatte, als sie wusste, dass die kleinen Kinder genannt wurden, nachdem sie noch viele weitere Teile der Erde kennengelernt hatte, dachte sie gelegentlich an diesen ersten Moment zurück, als die Flut von Empfindungen in ihrem ganzen Sein herumschwirrte und sie sich in sich selbst so verloren fühlte. Sie hatte ihre Grenzen nicht mehr spüren können, auch das Festzurren ihres Mondmantels rund um sich half ihr kaum, sie empfand sich als ein grenzenloses Gemenge von Freude, Scham, Trauer, Wut, Erregung, Euphorie, ja sogar ein wenig Langeweile mischte sich darunter. Und an manchen Stellen sandte Neid seine stechenden Strahlen aus, gepaart mit Ignoranz und Begierde. Nahe den Kindern fühlte sie sich am wohlsten, da kamen klare Gefühle, egal ob Schmerz oder Freude, Zorn oder Neugierde, sie waren unverfälscht und deutlich. So hatte sie gelernt, die einzelnen Emotionen voneinander zu unterscheiden. Und es waren auch Kinder, denen sie sich als Erste offenbarte. Kurz bevor sie zu Bett gingen, da wartete sie bei deren Schlafstätten, und wenn die Erwachsenen gegangen waren, legte sie ihr Mäntelchen ab und erzählte ihnen Mondgeschichten, bis diese in den Schlaf glitten und die Geschichten fertig träumten. Und als diese Kinder größer wurden, da erinnerten sich manche an die Mondfrau und erkannten sie wieder. Nicht alle, denn wenn sie es den Eltern erzählt hatten, schüttelten viele von denen den Kopf und meinten, das seien Kinderphantasien, und weil sie ja möglichst schnell erwachsen werden wollten, vergaßen sie die Mondin und ihre Erzählungen und lachten ihre kleineren Geschwister aus, zu denen diese noch auf Besuch kam. Doch die, die ihre Kindheitserfahrungen im Herzen bewahren konnten, freuten sich, als sie selbst Kinder hatten und setzten sich dazu, um neue Mondgeschichten zu hören oder an die bekannten sich erinnern zu können.

So lebte die Frau vom Mond viele Jahre unter den Menschen und erlebte Freudenfeste ebenso wie Trauerfälle, litt, wenn sich Menschen im Hass entzweiten und lebte auf, wenn sich zwei in Liebe begegneten. Leider musste sie allzu oft erfahren, dass dieses sich ihr in wunderschönen Pastelltönen begegnende Gefühl mit den Jahren wandelte. Die Farben verblassten zusehends, bis sie so grau wie der Mond wurden oder sich in schrilles Rot und finsterstes Schwarz wandelten oder sich zu einem schmutzigen Braun vermengten. Häufig mischte sich dazu die trübblaue Verzweiflung der Kinder, deren Eltern sich entzweit hatten und die beiden lichte Farben der Liebe sandten, die jedoch allzu oft an den Erwachsenen abprallten, weil diese so verstrickt waren in ihre dumpfdunklen Emotionsballungen. Doch am schlimmsten war es der Mondfrau, wenn sich düstere Farben über Kinder ausbreiteten, wenn Erwachsene all ihr Unglück, ihren Hass auf die Welt, ihre Begierde oder andere Düsternis gegen die richteten, die ihnen schutzlos ausgeliefert waren. Da wusste die Mondin nicht weiter und war selbst am Verzweifeln. Manchmal gelang es ihr, die Achtsamkeit anzufachen in einem der Herzen der sie umgebenden Menschen. Dann legte sie noch ein Schäufelchen Mut darauf, auch Tapferkeit war eine hilfreiche Zutat, um ein Menschenkind aus so einem Unverhältnis zu lösen. Danach brauchte es noch andere, die sich mit den pastelltönigen Gefühlen und viel Geduld dieser gemarterten Wesen annahmen, damit wieder Zutrauen und Freude in ihnen gedeihen und die Oberhand der Gefühlswelt erobern konnte. Wenn sie über die Erde wandelte, dort, wo viel Grün war und bunte Blüten noch wachsen durften, wo eine farbenreiche Sonnenschläfrigkeit den Himmel prächtig malte, wo sanfte Gewässer oder wilde Bäche die Landschaft abwechslungsreich gestalteten, erholte sie sich ein wenig. Gleichzeitig kam sie ins Grübeln, warum die Menschen diese doch so schöne Welt so wenig behüteten. Hatten sie nichts aus ihren Mondspaziergängen gelernt? Sahen sie nicht, wie grau und öd ein Land werden konnte? Oder dachten sie, der Erde könne man nichts anhaben? Wie wenig wussten diese Erdenbewohner doch von dem Planeten, der sie beschenkte, der sie ertrug und alles mitmachte, was man ihm zumutete.

Sie liebte diese Plätze, wenn sie hier weilte, wusste sie, warum sie einst den Mond verlassen musste. Nein, Heimweh nach der verlassenen Ödnis verspürte sie keine. Gelegentlich dachte sie an den Mann im Mond, und ob er nun, da sie ihn verlassen hatte, ebenso hässliche Gefühle gegen sie hegte, wie sie viel zu viele Menschen gegeneinander nährten. Ein wenig tat er ihr schon leid, ihr Zwiegespann, der weiterhin Nacht für Nacht seinen Dienst versah. Doch dann dachte sie an ihre Gefühlsarbeit auf der Erde und stellte fest, dass er es erneut bequemer getroffen habe als sie. Doch sie beklagte sich nicht, ihr Dasein machte so viel mehr Sinn, auf dem Mond war sie sich schon recht nutzlos vorgekommen.

Danach ging sie gestärkt ihrer abendlichen Arbeit erneut nach, säte gefühlvolle Geschichten in Kinderherzen, in der Hoffnung, dass sich so die Achtsamkeit und Empfindsamkeit auf Erden vermehren würde und künftige Generationen freundlicher und fröhlicher miteinander umgehen würden.

Wenn sie bei dir einkehrt, heiße sie willkommen, lausche ihrer Weisheit und achte auf das Farbenspiel deiner Gefühle. Deine Träume sind wie das Einsagen in der Schule, was dir gerade nicht einfällt, wird dir auf diese Weise geschenkt.

Achtergehen und Mondgedanken

Wer weiß, vielleicht lebt seit der Mondlandung tatsächlich die Mondin unter uns, verbirgt sich vor den Erwachsenen und freut sich mit den Kindern? Vielleicht hat sie auch Ihnen schon eine Geschichte erzählt?

Während einer Kurzkur nützte ich den von Morgentau benetzten Rasen für eine Übung, die ich seit vielen Jahren kenne und gerne nütze, um ins eigene Zentrum zu kommen, das *Achter gehen*. Auch in Seminare habe ich es schon eingebaut, unter anderem für angehende Erwachsenenbildner_innen. Allen, die in Stresssituationen Ruhe bewahren wollen, die ein einfaches Mittel brauchen, um wieder klare Gedanken fassen zu können, kann ich es nur wärmstens empfehlen. Die Überraschung anlässlich meiner zehnminütigen Gehübung war aber folgende: Ich nutzte die im Kurhaus angebotene Möglichkeit, meinen Blutdruck gleich am Morgen zu messen. Gleich danach ging ich meine Achterschleifen, danach überprüfte ich meine Werte. Sie waren bemerkenswert niedriger als zuvor! Auch an den drei weiteren Tagen konnte ich es feststellen. Somit empfehle ich es allen, die zu Bluthochdruck neigen, ein Versuch kann nicht schaden. Ich kann mir aber ebenso vorstellen, dass es geeignet ist, um vor dem Einschlafen zu Ruhe und Gelassenheit zu finden, vor allem zur Klärung der Gedankentornados, die uns mitunter nicht zur Ruhe kommen lassen. Es ist wirklich einfach, denken Sie sich eine am Boden liegende Acht, auf deren Linie sie dann entlanggehen. Wechseln Sie dabei auch einmal die Richtung, das dient dem Perspektivwechsel. Das Denken darf währenddessen weiterlaufen, bleiben Sie, wenn möglich, aber eher in der beobachtenden Position, unterlassen Sie komplizierten Denksport. Lassen Sie es fließen.

An einem schönen Sommertag fiel mir während dieser Übung ein: Ein Märchenbuch für guten Schlaf, und keine der Geschichten handelt vom Mond? Das kann nicht sein, dass der Himmelskörper, der so viel Romantik heraufbeschwört, angeblich bis zu drei schlaflose Nächte bewirkt, wenn er voll wird und dessen Phasen auch sonst allerlei Zu- und Umstände zugeschrieben werden, sich dem Erzählen entzieht. Also machte ich mich ans Werk, und es sollte eine lange Geburt werden. Denn die Mondlandung hatte sich hineingeschummelt und nun musste ich doch einiges recherchieren, da war das intuitive Schreiben immer wieder unterbrochen. Doch auch das kann gelingen, kaum war ein Detail abgeklärt, schon schrieb sich der nächste Absatz.

Ich erinnere mich lebhaft an die ersten menschlichen Schritte auf dem Mond, jedenfalls an den Moment, zu dem darüber berichtet wurde. Denn ich sah damals keine Fernsehbilder. Gemeinsam mit meiner Mutter verbrachte ich Ferientage in einem Fischerdorf an der Ostküste des Peloponnes, eine Straße dorthin war erst zwei Jahre zuvor errichtet worden, somit erreichten die zweifelhaften Errungenschaften der Zivilisation diesen Ort nur Stück für Stück. Tatsächlich wurde während unseres Aufenthaltes mit Pomp und Trara ein Fernseher den Strand entlang durch den Ort transportiert, ein Kaffeehausbesitzer hatte diesen, offenbar extra für das erwartete Ereignis, erstanden. Den ersten im Dorf, im Jahr 1969. In der Taverne, in der wir zu Abend aßen – insgesamt gab es nur zwei in diesem Ort – kündete lediglich ein Radio vom Erfolg des amerikanischen Unternehmens. Ein wenig Griechisch verstanden wir, *Kosmos* war klar, *Selina*, hatten wir erfahren, war der Mond, εντάξει (entáxei) – in Ordnung – verstanden wir schon lange. Begeistert fasste der Wirt es mit dieser Kurzform für uns zusammen, vom »*großen Schritt für die Menschheit*« erfuhr ich erst sehr viel später, damals genossen wir unseren griechischen Salat und das Meeresrauschen.

Viele Menschen schreiben den wechselnden Mondphasen Einfluss auf ihre Schlafqualität zu. Doch bisher bestätigte keine Studie die sich hartnäckig haltende Meinung. Also bemühte ich mich, Erfahrungsberichte einzuholen, dabei erhielt ich eine sehr bedenkenswerte Überlegung einer Wissenschaftlerin:

»*Einen anteiligen Einfluss NUR von Mondphasen herauszufiltern, und dies bei uns, erscheint mir von den methodischen (Un-) Möglichkeiten her nicht sehr aussichtsreich. Es müssten alle anderen Einflusspunkte für den Zeitpunkt der Untersuchung möglichst auf NULL gestellt werden. Wie soll das gehen?*« Sie meint damit die nicht abschaltbaren gleichzeitig einwirkenden und möglicherweise den Schlaf beeinflussenden Faktoren Wetter, Gefühlslage, Essverhalten, Erleben und vieles mehr. Jede einzelne Komponente wirkt mit, für eine valide Studie wird die Möglichkeit benötigt, einen einzigen Faktor – in diesem Fall müsste es die entsprechende Mondphase sein – zu isolieren und als einzige Wirkkraft zu messen. Ihr Gedanke, dass dies in Naturgesellschaften gelingen könnte, ist interessant, aber selbst diese Menschen sind unterschiedlichen Einflüssen gleichzeitig ausgesetzt. Die jeweilige Konstitution der Einzelperson spielt ebenfalls eine Rolle. Es bleiben uns also nur die persönlichen Erfahrungen, und vielleicht hilft es ja, den Mond als Verursacher schlechten Schlafes zu orten, denn das bedeutet für das Bewusstsein, dass sich die nächtliche Unruhe oder auch die schlechte Laune unter Tags auf wenige Tage im Monat reduziert. Das innere Programm weiß dann: Heute ist aufgehender oder abnehmender Mond, also schlafe ich gut. Kinder sind von eingefahrenen Zuordnungen noch unbeeinflusst, sie reagieren auf die Umstände unmittelbar. Eine Mutter berichtete mir, dass ihre Tochter ein paar

Tage vor dem Vollmond unruhiger schlafe als sonst, eine ihr befreundete Krankenschwester bestätigt das insofern, als sie an diesen Tagen, aber auch bei Vollmond, regelmäßig mehr Schlafmittel austeilen muss als sonst. Natürlich kann das auch mit der Erwartungshaltung zusammenhängen: »Heute ist Vollmond, da schlaf ich schlecht, also brauch ich ein Schlafmittel.« Persönlich machte ich nur die Erfahrung, dass die Helligkeit des vollen Mondes, der durch mein Dachflächenfenster scheint, mich mitunter vom Schlafen abhält.

Chemische Schlafhelfer sollten jedenfalls wirklich nur im Notfall eingenommen werden, vor allem, weil sie die REM-Phasen unterdrücken, die aber einen wichtigen Beitrag zur Erholung leisten. Menschen, die auf diese Mittel angewiesen sind, klagen oft darüber, dass sie sich nach dem Aufwachen eher erschlagen fühlen.

Abgesehen von den auf Seite 27 bereits erwähnten Kräuterhilfen habe ich noch andere Tipps für weniger invasiv wirkende Helferlein gesammelt. Weil Baldriantropfen ihr zu stark betäubend wirkten, erinnerte sich eine Bekannte an ihr Lavendelwasser. Dieses sprüht sie auf das Kopfkissen, während des Zähneputzens verflüchtigt sich der starke Duft, der eventuell kontraproduktiv sein könnte, übrig bleibt die entspannende Wirkung, die ihr den Schlaf eines Babys schenkt, wie sie schildert. Eine andere Erfahrene verwies mich auf ein homöopathisches Mittel, *Solum Öl* der Firma *Wala*. In der Beschreibung steht, dass es gegen Wetterfühligkeit einsetzbar sei, das könnte mit der schlaffördernden Wirkung zusammenhängen, die in der Produktbeschreibung nämlich nicht zu lesen ist.

Im Buch *Endlich wieder gut schlafen* der Aachener Entspannungstherapeutin *Gabriele Rossbach* lese ich den Tipp, vom Arzt die *Vitamin-B*-Versorgung überprüfen zu lassen und gegebenenfalls mit entsprechenden Präparaten den Mangel, besonders an B12, auszugleichen. Denn auch für die

Schlafbotenstoffe und das Nervensystem allgemein ist dieses Vitamin wichtig. Ebenso erwähnt sie *Magnesiummangel* als mögliche Ursache. Letzterer kann mit einer Blutuntersuchung leicht festgestellt werden, bei Vitamin B12 ist es komplizierter, wenden Sie sich daher an einen Spezialisten. In den Quellenangaben finden Sie eine Webseite, die detaillierte Angaben zum Thema Vitamin B12 auflistet, über deren Wahrheitsgehalt kann ich allerdings nichts sagen, wirkt aber sehr glaubwürdig, weil studienkritisch.

Einen mir sehr sinnvoll erscheinenden Tipp geben Schlaflabor-Experten: Sorgen Sie für allabendliche Rituale vor dem Schlafengehen. Diese sollen dazu beitragen, dass die Anspannung des Tages abflauen kann. Beruhigende Musik, ein erbauliches Buch – zum Beispiel Märchen – eine Tasse Kräutertee, ... Ihrem Einfallsreichtum und Ihren Vorlieben sind kaum Grenzen gesetzt. Als Tee empfehle ich Orangenblüten, sie schmecken köstlich, wer es mag, mit etwas Honig, danach schlafen Sie ebenfalls entspannt ein. Auch Kakao und Honigmilch wird ähnliche Wirkung nachgesagt, erproben Sie selbst, was für Sie am besten verträglich und wirksam ist. Denn jeder Mensch funktioniert individuell, und es gibt immer Ausnahmen von der Regel, deshalb müssen sämtliche Empfehlungen persönlich verifiziert werden.

Vor Fernsehkonsum wird bei Schlafschwierigkeiten jedenfalls dringend abgeraten, da es das Bewusstsein eher aufwühlt. Dazu kommt das von Bildschirmen ausgesandte blaue Licht, das, wenn nicht künstlich verursacht, nur tagsüber vorkommt und deshalb die üblicherweise mit Einsetzen der Dämmerung steigende Melatoninproduktion unterdrückt. Das klassische gelbe Licht elektrischer Beleuchtung stört diese nicht, ein Blick in Feuer oder Kerzenflammen fördert sogar Entspannung und damit unsere Einschlafbereitschaft.

Übrigens ist die Zirbeldrüse offenbar nicht der Hauptlieferant des berühmten Botenstoffes, wie *Gerald Hüther* auf seiner sehr umfangreichen Webseite anmerkt, sondern der Darm. Dort entsteht offenbar auch das laut Forschung unter anderem für unsere Glücksempfindungen zuständige Serotonin.

Vermieden werden sollte auch zu spätes oder schweres Essen, denn unsere Verdauung arbeitet sonst auf Hochtouren. Tatsächlich können Naturheiler auf Organstörungen schließen, je nach einer sich allnächtlich wiederholenden Aufwachzeit. Jedes Organ hat eine bestimmte Uhrzeit, zu der es hauptsächlich arbeitet. Wer dann erwacht, dessen Organ leistet möglicherweise Schwerstarbeit.

Eine Facebook-Freundin schrieb mir diese nette Variante: »Man kann an ein angenehmes, beruhigendes Erlebnis denken. Ich habe viele Jahre gegenüber eines Bauernhofs mit Gänsen geurlaubt ... der Gänsemarsch jeden Abend hat mir sehr gut gefallen! Ich habe immer mitgezählt ... das mache ich auch, wenn ich einmal nicht einschlafen kann.«

Gänse kommen häufig in Märchen vor, der Koch in Dornröschen rupft eine, als alles und alle in den hundertjährigen Schlaf fallen. Mir diktierte der Fokus auf das zu schreibende Buch der Einschlafgeschichten eine Version des bekannten Märchens aus der Sicht des Prinzen. So erfahren Sie im folgenden Märchen, wie es ihm ergangen und nach dem alles verwandelnden Kuss weitergegangen sein könnte.

Von weisen Frauen und Heilerinnen

Der Prinz und die Dreizehnte

Durch das Dickicht hatte er sich mühsam hindurchgearbeitet. Es war ein breiter dichter Streifen voll Gesträuch und Geflecht, den zu zerschlagen wohl gelegentlich ein Hieb versucht hatte, doch erbärmlich stecken geblieben war. Warum es ihm gelang, hindurchzukommen, war ihm ein Rätsel, die Zweige hatten sich vor ihm zurückgezogen, doch auch gleich wieder hinter ihm geschlossen. Zurück führte also kein Weg, er musste wohl oder übel weiter vorwärts. Er schalt sich für seine Neugier, was konnte ihn schon erwarten hinter einer so dichten Hecke? Und würde er jemals wieder hinausgelangen, wenn er sie schließlich durchquert haben würde? Zweig für Zweig dehnte sich platzschaffend, doch schnellte zurück, sobald er den Schritt vorwärts weitergelangt war. In der Luft lag eine Stille wie ein Raunen, ein stummes Lied aus uralter Zeit. Kein Ton war zu hören, kein Vogel sang, keine Grille zirpte. Nicht einmal seine Schritte erzeugten ein Knacken, der Grund auf dem er schritt, schien wie Samt, ein über endlose Zeiten hindurch angewachsener Teppich aus abgestorbenen Ästen und Laub. Schicht für Schicht hatte sich aufeinandergelegt, ungestört von Lebewesen, die sich in ihm bewegt hätten. So waren die Blätter geblieben, eines aufs andere gelegt, weicher und weicher werdend, wartend auf den einen, der über sie würde schreiten können, den einen, der zum richtigen Zeitpunkt erscheinen, dem die Zweige Platz machen, den die Dornen nicht zerreißen würden.

Diese Stille erzählte von denen, die vor ihm da gewesen, die, ebenso wie er ihrer Neugier folgend, eingedrungen jedoch stecken geblieben waren. Sie erzählte von Stolz, Verzweiflung, Habgier und was so manche der vermeintlichen Helden dennoch nicht ablassen, sie weiterkämpfen ließ, bis das Dickicht sie verschlungen hatte.

Tiere hatten sich hierhin nie verirrt, sie fühlten den Bann, den dieser Gewächsgürtel um ein unbekanntes Reich geschlungen hatte. Hier war alles erstarrt, Leben war zum Stillstand gekommen.

Doch ihm war es gelungen, er hatte den Weg bestanden, und nun stand er vor einem Tor, das, hölzern vermodert, das Wachstum der Pflanzen aufgehalten hatte und den Jüngling einließ in den Hof eines langsam zerbröckelnden Gemäuers, das wohl einst ein Schloss genannt wurde. Wie lange mochte es schon vor sich hin altern, so unbelebt, allen Wettern ausgesetzt? Hier wuchsen Gräser zwischen den Ritzen der Steinplatten, auch sie hatten einen dichten Teppich gewebt, aus nach den heißen Sommern vertrockneten und jahrdarauf wieder nachgewachsenen Halmen. Er dämpfte den Hall seiner Schritte, der in der leblosen Umgebung sonst von den Wänden zurückgeworfen worden wäre. Die Stille hatte in diesem umschlossenen Freiraum, in dieser Halle ohne Dach noch mehr Terrain gewonnen, sie war so mächtig in ihrem nicht-Sein, dass ihm sein Trommelfell auf das Äußerste gespannt zu sein schien. Er eilte weiter, dieser Unerträglichkeit der Abwesenheit von Geräuschen zu entkommen. Eine winzige Tür bot ihm Einlass in einen Turm, gerade breit genug, um eine steinerne Wendeltreppe aufzunehmen, die gerade genug Platz einräumte, damit eine Person hinauf oder hinunter gelangen konnte. Kleine Schlitze im Mauerwerk sorgten für Schlaglichter, die den Weg hinauf in ein fremdes Turmreich wiesen als hätten sie auf ihn gewartet. Etwas zögernd nahm er die ersten Stufen, schließlich konnte ihn die Spiralenwindung in ungeahnte, auch gefährliche Sphären führen. Und tatsächlich, jede Stufe ließ ihn tiefer in sich hineinblicken. Was er an Abstand vom Fundament gewann, das zog ihn tiefer in die Abgründe seiner Seelenwelten hinab. Eine Last der Traurigkeit und Einsamkeit drückte ihn mit jedem Schritt schwerer, alle Leichtigkeit war abgefallen, er sehnte sich nach der Einfachheit der Dornenhecke zurück, sie war ein Kinderspiel gewesen gegen die nun in ihm aufsteigenden Bilder der Ausgrenzung, des Aussatzes, des Nichtdabei-Seins. Das Leid der ganzen Welt schien sich bei ihm versammelt zu haben, nur mit äußerster Willensanstrengung konnte er dagegenhalten und einen Fuß vor den anderen setzen.

Doch auch hier konnte er nicht zurück, sein Geist kannte nur ein Ziel, seine Füße bestimmten sein Weitersteigen. Und dann war er angekommen. Er erahnte seine Bestimmung in dem Moment, als die Treppe in eine Turmstube mündete. Im spätabendlichen Goldlicht nahm er einen Spinnrocken wahr, an dem eine Hand hing, die von verwelkten Spitzen umgeben sich unbewegt am Garn festzuhalten schien. Es war eine feingliedrige Hand, faltenlos zartrosa schimmernd. Sie passte nicht zu einer Spinnerin, diese Hand war andere Tätigkeiten gewohnt als die mühselige Arbeit des Fädenziehens, das oft schon zarte Mädchenhände zerschnitt, die schließlich von Schwielen und Hornhaut überzogen waren. Er war bezaubert von ihr, als streichle sie über seine Seele, ihre Sanftheit berührte ihn im tiefsten Inneren, am verborgensten Ort seines Mannseins, der verwundbarsten Stelle seines Herzens, die ihn mitfühlend machte. Ohne sie konnte er niemals zum Helden wachsen, und doch war er ängstlich darauf bedacht, sie niemandem zu offenbaren. Doch hier, in der Stille der Einsamkeit, war er hilflos, er spürte den Schmerz in der Brust, als stäche eine Nadel ihn mitten hinein. Langsam näherte er sich, er war ängstlich, ohne zu wissen wovor, mit jedem Schritt brannte der Schmerz sich tiefer hinein. Sein Herz war ein Brandherd und ohne dass sein Verstand eine Entscheidung getroffen hätte, nahm er die Hand in die seine und umschloss sie, um sie zu wärmen. Da spürte er Leben in sie zurückkehren, zaghaft näherte er sie seinen Lippen und hauchte einen Kuss darauf. Da bewegten sich die Finger, zaghaft, aber unübersehbar. Erstmals nahm er den Arm wahr, der zu dieser Hand gehörte und schließlich das gesamte Wesen, dessen Ausdruck sich in ihr verdichtet hatte. Er sah ein ebenso zartes Gesicht, umwallt von goldbraunen Locken, in dem sich ein kaum wahrnehmbares Lächeln abzeichnete. Zaghaft beugte er sich darüber, und er, der höfische Sitten gelehrt worden war, warf alle Gebote über Bord und küsste diesen zauberhaften Mund.

Da ging ein Beben durch diese Lippen, breitete sich von diesen aus, füllte die Wangen mit sanftem Rosa und ein Zittern, als streife der Frühlingswind darüber, lief durch die Augenlider. Die Brust des Zauberwesens begann, sich zu heben und zu senken und der Hauch dieses Atmens entkam kaum spürbar ihrer zierlichen Nase. In dem Moment, als das Leben in diesen noch nicht vollends erwachten Körper zurückkehrte, war die Stille entschwunden. Ferne Geräusche drangen durch die Lichtöffnungen des Turmes ein und ließen geschäftiges Treiben erahnen. Noch aber war er in der Wolke der Verzauberung gefangen. Der Schmerz war einem freudvollen Sehnen gewichen, dass sich mit Unsicherheit und Ängstlichkeit paarte. Noch war die Maid nicht erwacht, noch kannte sie den Eindringling nicht, noch konnte sie sich über seine Unverfrorenheit nicht empören. Und einen kurzen Moment lang wollte er sich nicht entscheiden, ob er bevorzugte, sie weiterhin in diesem träumenden Zustand vor sich zu haben, um in stiller Bewunderung sein Glück zu spüren, oder ob er das Risiko auf sich nehmen wollte, ein höchst lebendiges, waches weibliches Wesen vor sich zu sehen, ohne die geringste Ahnung, wie er ihr begegnen solle. Das Leben nahm ihm die Entscheidung ab, das Mädchen schlug die Augen auf und strahlte ihn verwundert an. Es schien ihm eine köstliche Ewigkeit, in der sie versunken blieben in dieses stumme Augengespräch. Noch einmal schien die Zeit stillzustehen, doch diesmal entstand ein völlig anderes Gefühl in ihm. Jeder kleinste Teil seines Körpers schien in Schwingung wie ein Musikinstrument, sphärische Klänge umwoben das Paar und hüllten es in eine Blase des Augenblicks, der nie mehr zu enden schien.

Da wurde diese Elegie des Ineinander-versunken-Seins durchbrochen durch eine Horde jubelnder Kinder, die die Treppe heraufgeeilt waren und riefen. »Prinzessin, wir wurden geschickt, dich zur Feier deines fünfzehnten Geburtstages zu holen. Es ist Zeit, alle Gäste warten, zwölf weise Frauen stehen bereit mit ihren Gaben, du darfst dich nicht verspäten!«

Da landeten die beiden mit einem Ruck in der Wirklichkeit, die gleichzeitig unwirklich war. Doch nur der Prinz wusste von dieser Merkwürdigkeit, alle anderen benahmen sich, als wäre nichts gewesen und das Leben ohne Unterbrechung geblieben. Doch das Mädchen sah den Jüngling an und wusste, etwas war anders als zuvor, denn ihn hatte sie nie zuvor gesehen und die Weite und das strahlende Gefühl in ihrem Innersten waren gänzlich neu für sie. Sie nahm ihn an der Hand und zog ihn hinterher, die Treppen hinunter, über den Hof, der sich nun völlig verändert zeigte. Die Gräser waren eingesogen worden vom Erdreich, die Rosenhecken hatten sich manierlich an Rankengitter gelehnt, die Gemäuer waren geflickt und strahlend. Und der Platz war ausgefüllt mit Menschen, die freudig bereitstanden, die Tochter ihres Königs zu feiern. Auf dem Balkon stand das strahlende Königspaar im Festgewand, ihre einzige Tochter zum Festbankett erwartend.

Da entdeckte die Königin den Jüngling an der Seite ihres Kindes und eine graue Wolke schien sie zu verschleiern. Sie hatten keinen Prinzen geladen, das Kind schien ihr zu jung, um bereits das Heim zu verlassen. Wer war dieser junge Eindringling und wieso hielt die Prinzessin ihn an der Hand? Das Leuchten, das sie umgab, entging der Mutter nicht, auch sie war einst verliebt gewesen und wusste um seinen Ursprung.

Der Prinz wiederum, der vor wenigen Augenblicken noch im selben, aber verlassenen und totenstillen Hof gestanden war und nun vom schönsten Mädchen der Welt an der Hand geführt wurde, hatte das Denken sein gelassen. Es schien ihm zu gefährlich, er fürchtete, wie aus einem Traum zu erwachen und sich in der Dornenhecke wiederzufinden. Also ließ er sich durch die jubelnde Menschenmenge ziehen, manch anerkennendes Schulterklopfen über sich ergehen lassend, bis beide durch ein mächtiges Tor eine breite Treppe hinaufschritten, dem Königspaar entgegen, das die Tochter freudig umarmte, ihn jedoch argwöhnisch beäugte.

In all der Zeit hatte das Mädchen ihn nicht losgelassen, wie festgeklebt waren ihre Hände und es schien ihm, als würden ihrer beider Körpersäfte ineinanderfließen, einen gemeinsamen Kreislauf bildend.

Die Königin musterte ihn kritisch, gleichzeitig wohlwollend, in ihr balgten sich zweierlei Gefühle um die Vorherrschaft. Er war ein schmucker Junge, und ihre Tochter hing entschlossen an ihm. Doch ihr Mutterherz wollte das Kind noch nicht in den Ernst des Lebens entlassen, noch sollte sie sich unbeschwert erproben können. Schließlich führte sie die beiden in den Saal, in dem, nebst zahlreich erschienenen Ehrengästen, zwölf weise Frauen des Reiches ihre Patentochter huldvoll erwarteten.

Das Fest war im vollen Gange, Musiker spielten zur Begleitung, als eine der Zwölf den Jüngling beim Arm nahm, um ihm zu bedeuten, sie habe ihm etwas mitzuteilen. Und nun erfuhr der junge Prinz, auf den ebenfalls ein Reich wartete, von ihm regiert zu werden, was es mit der Dornenhecke, der undurchdringbaren Stille und dem plötzlichen Wechsel zur Lebendigkeit, als wäre nichts gewesen, auf sich hatte.

Er erfuhr vom Fehler des Königs, der die Harmonie des Gedecks auf dem Tisch für wichtiger befunden hatte als die weisen Frauen selbst, und nur zwölf von ihnen eingeladen hatte, als das Mädchen geboren war und sie ihre Taufgeschenke bringen wollten. Dass die dreizehnte, die übergangen wurde, deshalb verärgert war, könne er sich wohl denken. Sie habe das Mädchen verflucht, dass es in seinem fünfzehnten Jahr sich an einer Spindel stechen und tot umfallen solle. Glücklicherweise hatte die zwölfte ihren Segen noch nicht gesprochen gehabt und konnte den Fluch zwar nicht wegzaubern, jedoch umwandeln. Ein hundertjähriger Schlaf sollte sie und den gesamten Hofstaat sowie alle Tiere aus dem Lauf der Zeit schneiden. Er sei just an dem Tag zur Dornenhecke gelangt, an dem die hundertste Wiederkehr dieses fünfzehnten Geburtstags anstand, sein Kuss sei der Auslöser des Erwachens gewesen. Er erfuhr auch, dass es im ganzen Reich keine Spindeln gegeben habe, damit der Fluch sich nicht erfüllen könne, aber missachtete Frauen fänden Mittel und Wege.

Der Prinz hatte aufmerksam zugehört. Er blickte in die Runde der Feiernden und fragte die weise Frau: »Wo ist denn nun die Dreizehnte, wurde sie wieder ausgeladen?« – »Nein, sie war verärgert, weil ihre Rache unvollständig blieb, deshalb blieb sie der Feier fern.« War die erklärende Antwort.

Der Prinz erkannte die Bedrohung, und er konnte mitfühlen, dass die Verschmähte, wenn auch mit groben Mitteln, nur Zuwendung erreichen wollte. Weil sie diese nicht bekommen hatte, verdammte sie all jene, die ihr diese entzogen hatten. Er war ein empfindsamer Junge und konnte den

Schmerz der Zurückgewiesenen in allen Zellen spüren. Er fühlte sie in sich, diese Frau, die kostbare Gaben in sich verbarg, weil sie meinte, dass die anderen diese nur ablehnten. Er sah sie einsam vor sich hin zürnen, warum das Schicksal sie so sehr verdammt hatte, dass niemand haben wollte, was sie zu geben hatte. Er beschloss, diesen Geheimnissen auf den Grund zu gehen, den Schatz im Schrecken zu entdecken, den Schmerz aufzubrechen, um die Liebe freizulassen. Er, der an diesem Wundertag so mit Liebe aufgefüllt worden war, dass es überging, wollte auch das Herz der von allen »die Böse« Genannten erreichen.

Er bat die Weise, die ihm die alte Geschichte erzählt hatte, ihn zu begleiten, um dieser letzten der weisen Frauen einen Besuch abzustatten. Denn er wusste wohl, dass sein und der Prinzessin Glück erst vollkommen wäre, wenn auch sie an der Tafel sitzen und ihre Weisheit teilen durfte.

Seine Begleiterin war die Fünfte derer, die einst die Neugeborene mit den besten Gaben beschenkt hatten. Von ihr hatte das Mädchen Erkenntnisfähigkeit empfangen. Deshalb verstand sie gut, was den gerade zum Helden erwachenden Jüngling bewegte, deshalb besänftigte sie innere Unruhe und Furcht und willigte ein, ihn zu begleiten.

Die Tafelgesellschaft war so mit Feierlichkeiten beschäftigt, niemand bemerkte, dass die beiden sich entfernten. Nur die gefeierte Prinzessin suchte den jungen Mann, der eben erst Teil ihres Lebens geworden war, doch immer wieder lenkten Vater und Mutter sie mit ihren Liebkosungen ab oder eine der verbliebenen elf, die ihre Gaben erneuerten und sich gegenseitig lobten für das gelungene Ergebnis. Sie schienen den Schrecken des zwölften Wunsches ganz vergessen zu haben, so wie alle anderen auch, die feierten, als wären hundert Jahre nie verflossen.

Der Prinz und die fünfte der Weisinnen stellten sich in die Mitte des Schlosshofes, die Frau murmelte einen Zauberspruch, worauf ein Wirbelsturm die beiden durch die Lüfte entführte, hin zum hochgelegenen Hort der Dreizehnten. Auf einem spitzen, eisüberzogenen karstigen Berggipfel landeten sie, Eiswind pfiff um ihre Ohren und die Sonne schien sich hinter dem Mond zu verstecken, nur düsteres Dämmerlicht ließ sie ein seltsames Gebäude erkennen, das sich in dieser Unwirtlichkeit am Fels anzuklammern schien. Über mehrere Stockwerke verteilt türmten sich kleine Kammern übereinander, jede für sich, und doch bildeten sie eine Einheit. Unwillkürlich begann der Prinz diese Teile zu zählen und endete bei dreizehn. Verwundert blickte er die Fünfte der weisen Frauen an, die ihm traurig zunickte.

»Einst lebten wir Schwestern in einem gemeinsamen Schloss, jede hatte ihre Kammer, in einem großen Saal trafen wir einander täglich, um das Land zu überblicken und zu erkennen, wo unser Segen benötigt wurde. Mal war es Schönheit, mal meine Erkenntnis, dann wieder Fruchtbarkeit oder Gedeihen. Und auch Tod war da und dort nötig, dann rückte meine dreizehnte Schwester aus, um ihr Werk zu vollbringen. Weil wir alle unsere Gaben hier vereint hatten, konnten sie miteinander wirken, es war ein fruchtbares Land, auch hier auf der Bergspitze war es hell und mild. Doch als der König meine Schwester nicht zum Geburtsfest einlud, und erst recht, weil ihre andere Schwester ihr, der Tödin, den Fluch verdorben hatte, verbannte sie uns alle und lebt hier seitdem ganz alleine. Sie treibt ihr Wesen nicht mehr im Einklang mit den Gaben von uns anderen, deshalb entstehen Seuchen, Katastrophen und ähnliche Ereignisse, bei denen Massen sterben müssen. Dann wiederum lässt sie alle Arbeit ruhen und niemand kann sterben, Kranke leiden vor sich hin und fallen den Lebenden zur Last, und viel Arbeit bleibt ungetan. Es ist kein Rhythmus mehr im Land, kein schöner Zustand, der nun seit hundertfünfzehn Jahren herrscht. Wir wollen daher das unmöglich Erscheinende versuchen, um meine Schwester zum Einsehen zu bringen.

Sie nahm den Jüngling abermals an der Hand und führte ihn durch einen Spalt im Fels in verschlungene Gänge, die den Berg durchzogen. Verwitterter Wandschmuck zierte die Wände, bald erkannte der Prinz die Zuordnungen, jede der Schwestern war hier mit ihren Gaben abgebildet, kaum mehr erkennbare Wandbilder zeigten die Ergebnisse der jeweiligen Geschenke. Schließlich verengte sich der Pfad im Inneren des Berges und führte sie in den höchstgelegenen Raum. Hier hatten sich die Schwestern versammelt, als sie noch eine Einheit gewesen waren, und wachten über die Geschicke des Landes. Am anderen Ende des Saales wartete eine schwarze Türe, sie stand einen Spalt breit offen, als wollte sie sagen: »Ich bin verschlossen, doch hoffe ich, dass jemand mich öffnen möge, um Licht einzulassen in mein finsteres Gemach.«

Die beiden fassten sich ein Herz und stemmten sich gegen die schwere Holzbarriere, die Angeln hatten sich lange nicht bewegt und ächzten, nur langsam nachgebend. Als der Spalt weit genug war, schlüpften die beiden hindurch. Ein weiterer schmaler Gang führte sie abwärts, in einen anderen Teil der Bergspitze. Immer tiefer ging es hinab, Finsternis umgab sie, nur ein Glimmer im Gewand der Weisen der Erkenntnis ließ sie den Weg erkennen. Schier endlos schien es abwärts und gleichzeitig hin und her zu gehen. Doch dann sahen sie einen rötlichen Schimmer, der stärker wurde, während sie sich darauf zubewegten. Näher gekommen sahen sie einen dunklen Schatten, umrahmt vom rötlichen Licht einer Kerze. Und dann wurde deutlich, dass dieser Schatten eine in sich versunkene Gestalt war und die Fünfte erkannte ihre Schwester, die Tödin.

Sie schien in einer anderen Welt, bemerkte die beiden Ankömmlinge nicht, die nun bereits neben ihr standen. Vorsichtig legte die fünfte Schwester der anderen ihre Hand auf die Schulter, es war ihr daran gelegen, sie nicht zu erschrecken. Es dauerte eine lange Zeit, zunächst ging kaum merkliche Bewegung durch den Körper, schließlich richtete die entfremdete Schwester der Weisen Frauen ihren Körper auf und wandte ihr den Blick zu. »Was willst du von mir, nach so vielen Jahren? Habt ihr euch endlich untereinander entzweit und du suchst nun eine neue Verbündete? Mit mir brauchst du nicht zu rechnen, ich komme hier gut alleine zurecht, brauche niemanden und will von niemandem gebraucht werden.« Die andere blickte nur betrübt zurück, diesen Moment der Stille nutzte der Jüngling, all seinen Heldenmut zusammenballend: »Wir kommen von einem Festmahl, bei dem du fehlst, die Freude ist erst vollkommen, wenn wir auch dich in der Runde haben. Deshalb sind wir hierher gereist, um dich zurück zu bitten. Einst wurdest du verkannt, von denen, die es nicht besser verstanden, doch ich möchte es wiedergutmachen. Das Leben hat Anfang und Ende, dazwischen kann jeder Mensch die Gaben deiner Schwestern nach Gutdünken nützen. Doch ohne die Ermahnung des Geschenkes, das du zu geben hast, würden wir diese Zeit vielleicht ungenützt verstreichen lassen. Nur weil das Leben auch wieder ein Ende hat und keiner weiß, wie bald dieses erreicht wird, bemühen wir uns, die Zeit, die uns an Leben geschenkt ist, bestmöglich auszufüllen. Manche wohl mehr als andere, ich jedenfalls soll ein ganzes Reich regieren und wünsche mir Gelingen, mit der Frau meines Herzens an meiner Seite. Ihr Jahresfest soll auch dich ehren. Vor hundertundfünfzehn Jahren hast du deutlich gemacht, dass dich niemand missachten darf, nun soll es alle Welt begreifen. Deine Schwester und ich werden deine Ankunft vorbereiten und für deinen ehrenvollen Empfang sorgen.«

Sehr langsam wandte sich die Weise der Dunkelheit ihm zu, ihn mit durchdringendem Blick musternd. So jung noch und doch klüger als König und Königin, in deren Land sie zwar geduldet, aber nicht geachtet worden war, erschien er ihr, der vom Empfang ihres Geschenks noch weit entfernt war. Wohl war er in Begleitung ihrer Schwester, der Erkenntnis, das hatte wohl geholfen, doch nur wenige wussten deren Gabe so klug zu nutzen. Tatsächlich blickte auch diese überrascht und gleichzeitig zufrieden auf den jungen künftigen Herrscher, sie sah vor sich sein Volk und wusste, mit diesem König würde es ein glückliches Land sein können.

Die einst Verschmähte sah ihn an und gleichzeitig durch ihn hindurch. Vor ihrem inneren Auge sah sie die vergangenen Jahrzehnte vorüberziehen. Sie sah Hungersnöte, Seuchen, Katastrophen und Kriege, sie sah Menschen vor sich hin leiden, die meinten, der Tod hätte sie vergessen. Und dann das Schloss, in dem ein Fest gefeiert wurde. Von zwölf goldenen Gedecken aßen zwölf weise Frauen. Wieso waren ihre Schwestern dieser Einladung gefolgt, wieso hatten sie nicht abgelehnt, ohne ihre dreizehnte Schwester an der Tafel Platz zu nehmen? Der Groll empörte sich aufs Neue in ihr, und ihre Gestalt verfinsterte sich erneut. Die Erkenntnis bemerkte diese Verdüsterung. »Wir haben dir sehr Unrecht getan, liebe Schwester, und es gibt auch keine Erklärung für unseren Fehler. Wir hatten uns der Herrschergewalt gefügt und uns gar nicht weise verhalten. Um deiner selbst willen, um Frieden zu finden, und damit wir wieder zu der sinnhaften Einheit werden, die wir davor gewesen, bitte ich dich, uns zu vergeben.« Nun wandte sich die Dunkle der anderen zu, blickte lange in ihre Augen, in denen sie Trauer, Betroffenheit und Liebe lesen konnte. Und dieser Funken Wärme, den die Liebe aussandte, erreichte schließlich ihr Herz. Es erwärmte ihr Inneres und ließ sie fühlen. Sie spürte die Trauer der Verlassenen, den Schmerz der Siechenden und die Angst des Elternpaares, das um die Tochter bangte. Und sie entschied, dass es genug war. Doch sie wusste, dass König und Königin die Strafe verschlafen hatten und sich ihres Fehltritts nicht bewusst waren. Dies deutlich zu machen, würde die Aufgabe ihrer Schwester sein.

Prinz und Erkenntnis versprachen, die Geschichte zu erzählen, damit alle verstünden, dass keine der weisen Gaben ausgelassen werden durfte, sollte der Fluss des Lebens nicht ins Stocken geraten. Sie wollten alles für den Empfang der Dreizehnten vorbereiten, damit auch sie an der Tafel der Jubilarin einen Platz habe.

Als die beiden Gesandten zurückkehrten, war für die Festgesellschaft nur ein Augenblick vergangen. Doch aufmerksam lauschten sie den Ausführungen, König und Königin seufzten ein wenig, hätten sie der dreizehnten Gabe doch gern entsagt, aber sie verstanden, dass ohne sie der Fluss im Auf und Ab des Lebens gestört bliebe.

Deshalb wurde die einst Ausgeladene feierlich empfangen und wie alle anderen bewirtet. Man tat sich nicht leicht mit ihr, auch sie selbst fühlte sich fremd in dieser Welt der ausgelassenen Lebendigkeit, an der sie nicht teilzunehmen wusste. Es gefiel ihr aber, dabei zu sein und sie versprach, mit ihrer Gabe die beiden Jungverliebten erst zu beschenken, wenn diese selbst sich danach sehnen würden.

Nach einer angemessenen Zeit, als die Königin bereit war, ihre Tochter ziehen zu lassen, führte der Prinz seine Braut an den Hof, an dem er einst zu herrschen gedachte. Bei diesem Hochzeitsmahl waren alle dreizehn geladen sowie danach jedes Mal, wenn den beiden ein Kind geboren wurde. Dem Wappen der beiden Reiche wurde ein Dornenrahmen hinzugefügt. Er sollte auch die folgenden Generationen, die über die beiden vereinigten Reiche herrschen würden, erinnern, den Wert der bitteren Gaben zu schätzen, denn alles hatte seine Zeit.

Die Zahl 13 und die Tödin

Immer wieder lese ich Geschichten oder Romane, sehe Filme und denke mir am Ende: Jetzt erst wird es interessant. Was wird aus dem Paar nach den dramatischen Liebesschwüren, wie gelingt es ihnen, den Alltag zu meistern ...

In diesem Sinne hat sich die vorangegangene Geschichte auf die Seiten entwickelt. Sie erzählt, was das bekannte Märchen offenlässt, es ist eine Version, die sich zeigen durfte. Wie schaut Ihre aus? Erzählen Sie diese einander, tauschen Sie sich aus, wie sieht Ihr Partner, Ihre Partnerin den Prinzen, die Prinzessin? Welche Gefühle bestimmen Ihre Gedanken zur dreizehnten Weisen? Welche Gabe, welches Geschenk fürchten Sie am meisten, weshalb Sie es gar nicht auspacken wollen?

Auch Ihre Träume können Ihnen darüber Auskunft geben, Ihr Traumtagebuch ist dafür wertvolle Begleitung. Denn Sie üben auf diese Weise nicht nur das Erinnern der Träume, sondern erhalten mit der Zeit einen Überblick über wiederkehrende Themen. Und je besser Sie sich erinnern, desto eher verankern sich Ihnen unangenehm erscheinende Traumbilder im Wachbewusstsein. Damit gewinnen Sie die Chance, Schattenseiten zu erkennen und deren Potenzial wahrzunehmen.

Die Zahl 13 steht für diese Doppelgesichtigkeit. Der Aberglaube hat sie ins Unglückeck verbannt, geradeso wie die ausgeladene dreizehnte der weisen Schwestern. Doch beide bieten Wertvolles an. Was passiert, wenn die Tödin verbannt wird, lasen Sie im Märchen, wer die Kraft der 13 erkennt, wird ihre verwandelnde Kraft schätzen lernen. Die 13 steht für das Loslassen, immer und immer wieder. Die Natur macht es uns vor, der Kreislauf von wachsen bis verderben, sich zersetzen, auflösen bietet Nährstoff für beständige Erneuerung.

Im Schlaf lassen wir allerlei los, tagsüber gesammelte Eindrücke ebenso wie Giftstoffe. Zunächst aber sorgen diese dafür, dass wir müde werden. Einer davon, das *Adenosin*, ist sogar ein Haupttreibstoff, denn es dockt an einen Rezeptor an, der den Schlafimpuls einleitet. Mit Coffein wird dieser blockiert, mit dem Wachbleiben wird leider auch der Abbau des Giftes verhindert.

Emotionen werden beim Träumen einsortiert, damit wir im Wachzustand von ihnen nicht über die Maßen beeinflusst sind. Neu Gelerntes wandert ins Langzeitgedächtnis, zuvor wurde im Gehirn unwichtig Erscheinendes aussortiert, also vergessen. Für all diese kleinen Tode steht die 13, die ihr zugeordnete Farbe ist schwarz, die Nacht ist also ihr Revier. So wie der Schlaf sorgt diese Energie für Erneuerung, neue Sichtweisen, neue Kraft. Über etwas eine Nacht lang zu schlafen verhilft meist zu vernünftigeren Entscheidungen, der emotionale Druck wurde weggeschlafen, wir betrachten eine Fragestellung mit anderen Augen.

Die Zahl 5 wiederum steht für Erkenntnis, das Wesentliche ist ihr Fokus. Deshalb begleitet die fünfte Weise den Prinzen. Sie symbolisiert starke Emotionskraft, die durch die 13 gewandelt wird. Und die Fülle an Lebendigkeit in all ihren Facetten, somit ist die fünfte Weise quasi der Gegenpol zu ihrer sich dem Lebensende widmenden Schwester.

In der heimischen Sagenwelt ist die Tödin ebenso zu finden wie der Sensenmann. Sie recht hinter ihm her, ihr wird nachgesagt, sich bei Mondschein zu den Wäscherinnen zu gesellen und immer größer und größer zu werden, und am Sonntag solle man das Wäsche waschen überhaupt unterlassen, denn sonst wasche sie mit. Doch da sie mit einem Fetzen bewaffnet ist, hieß es, dass sie noch nie jemand mit diesem erschlagen habe. Doch ein über Nacht hängen gebliebenes Hemd kann dem Burschen, der es anzieht, den Tod bringen. So wie die in meinen Raunachtsbüchern beschriebenen, der Percht geschuldeten Regeln, sorgen auch solche Warnungen dafür, dass Arbeiten rechtzeitig erledigt, gleichzeitig arbeitsfreie Ruhezeiten eingehalten werden.

Erni Kutter verweist darauf, dass Hebammen meist auch Leichenwäscherinnen waren. Denn so wie das Leben langsam aus dem Leib gleitet, entfernt es sich ebenso wieder aus ihm hinaus. Deshalb wirken heute erneut *Sterbeammen*, sie begleiten Menschen auf ihrem letzten Gang. Die Hamburger Sterbeamme *Claudia Cardinal* wünscht Sterbenden auch mal »Guten Rutsch«. Zwei Tage bevor ich das Videointerview mit ihr ansah, startete meine Enkelin ihren Weg ins Erdendasein. Eine Freundin stieß mit mir auf einen »Guten Rutsch« an. Was wir einander zum Jahreswechsel wünschen, ist sichtlich gleichermaßen für Geburt wie Sterben geeignet. Denn jedes Mal geht es ums Verabschieden und einen neuen, noch unbekannten Seinszustand. Das neue Jahr ist uns ebenso Mysterium wie die Zeit nach dem Tod oder der weitere Lebensverlauf eines Neugeborenen. Der Wechsel vom Wachzustand in den Schlaf ist ein täglicher Abschied, verbunden mit dem Wechsel in eine geträumte Wirklichkeit, von der wir meist nur eine verschwommene Ahnung bewahren. Jeden Abend aufs Neue brauchen wir Mut, uns in einen Zustand zu begeben, über den wir keine Kontrolle haben, ohne sicher sein zu können, dass wir am Morgen wieder erwachen. Mein Vater ist nach seinem letzten Einschlafen nicht mehr erwacht. Es war die Variante des Sterbens, die er sich immer gewünscht hatte. Wer in der Früh (gesund) erwacht, hat bereits einen ersten Grund, den Dank dafür im Freudetagebuch festzuhalten.

Die ägyptische Göttin der Gestirne, Nut, verschluckt abends die Sonne (den Gott Re) und spuckt sie morgens wieder aus. Dieses Symbol empfindet die Theologin *Andrea Martha Becker* trostspendend, sie bildet Seelenfrauen aus. Auch diese gab es im Mittelalter, sie begleiteten Sterbende, nähten Leichenhemden, stimmten Klage an. Mit der Zeit wurde das Geschäft von Männern übernommen, und technisch abgewickelt. Möglichst schnell und sauber sollten die Verstorbenen verschwinden. Der Prozess des Trauerns fand kaum mehr Platz im Tagesgeschehen der Produktionsgesellschaft. Zumindest nicht im Abendland. Der Orient kennt die Klageweiber bis heute. Becker meint:

»Es sind die Frauen, die maßgeblich dazu beigetragen haben, dass sich Sterbebegleitung, Trauerfeiern und Beerdigungen verändern. Sie gehen mit Sterben und Tod anders um als Männer.«

Die alten Griechen sahen den Schlaf als den Bruder des Todes, die heutige Wissenschaft betont, dass diese irrten und unser Organismus auch während des Schlafes höchst lebendig ist. Dennoch gibt es einen Zustand, der dem Erwachenden todesähnlich vorkommen kann. Die während der REM-Phasen uns eigentlich schützende Schlafparalyse wirkt bei manchen Menschen nach. Sie sind wach, können aber nicht einmal ein Fingerglied bewegen, sich auch in keiner anderen Art mitteilen. Wer das erlebt, empfindet es als extrem beängstigend, auch wenn die Schlafforscher beruhigen, dass man gelassen abwarten könne, bis auch die Muskulatur erwacht sei. Eine, die ich dazu befragen konnte, erzählte mir: »Das ist mir in der Pubertät öfter passiert und hat mir irre Angst bereitet, bis mich eine Neurologin aufgeklärt hat, dass es manchmal passieren kann.«

Zwar nicht tödlich, aber dennoch ungemütlich ist der *Pavor Nocturnus.* Die Tochter einer Bekannten »*hat sich im Bett aufgesetzt, immer exakt 20 Minuten nach dem Einschlafen, in einer unverständlichen Sprache (???Rückwärtssprache???) gesprochen, nicht reagiert... nicht ansprechbar... nach 15 Minuten war alles vorbei. Ziemlich gespenstisch.*« Auch das ist mit der Zeit vergangen.

Im folgenden Märchen geht es um die verdrängten Aspekte des Lebens, die wir gern die dunklen nennen. Für den Prozess, auch diese ins Bewusstsein zu rücken, mit ihnen Frieden zu schließen und damit zu wandeln, steht die Zahl 13.

Das dunkle Land hinter den Hügeln

Es war einmal eine Frau, die lebte hinter den Hügeln, dort wo es finster war und der Wald dicht. Sie lebte zurückgezogen und betrachtete die Rückseite der Hügel. Viele Jahre hatte sie diese, anderen Menschen unbekannte Kehrseite studiert, sie kannte jede Rille, jeden Höcker, jede Aus- und Einbuchtung. Jede Höhlenöffnung war ihr vertraut, jeder geheime Weg dorthin. Sie hatte Erblühen und Fruchtbringen erlebt und daraus ihren Nutzen gezogen, im Winter die nackten Sträucher und Bäume besucht und Holz für wärmendes Feuer gesammelt. Dabei unterhielt sie sich mit den Pflanzen und Tieren, sie erfuhr viele Geschichten und auch so manches von der bevölkerten Seite der Hügel und ihres Vorlandes, dort wo Könige und Königinnen lebten, wo Menschen Geschäfte trieben, Kinder aufwuchsen und mitunter auch Zwist herrschte oder gar Krieg ausgefochten wurde.

Sie wusste, dass das Geheimnis zur Befriedung auf der ihr vertrauten Seite verborgen war. Dass nur, wer beides kennt und achtet, wer dieser Art beide Seiten der Medaille des Lebens erfahren hatte, inneren Frieden erführe und frei sein konnte von Raffgier, Eifersucht, Neid und Gelüsten, andere zu beherrschen.

Aber nur allzu selten verirrte sich ein Wanderer, noch viel seltener eine Wanderin zu ihr auf die Schattenseite. Und nur vereinzelt drang einer davon bis zu ihrer Wohnstatt vor. Dann aber freute sie sich und lud den Gast herzlich ein, mit ihr Schutz und Nahrung zu teilen. Meist blieb der oder diejenige eine Weile, half ihr bei den täglichen Verrichtungen und lernte kennen, was ihm bisher verborgen geblieben war.

Das Leben war beschwerlich im düsteren Tal, kaum erhellte die Sonne die wenigen Wiesen, meist war es kühl und nur wenige Tiere hielten sich in dieser rauen Gegend auf. Freude war ein kostbares Gut, sie musste wie eine zarte empfindliche Pflanze gehegt und gepflegt werden, damit sie nicht erlosch und das Herz lebendig bleiben konnte.

Das wusste die Frau hinter den Hügeln – sie selbst hielt ihr Herzenslichtlein achtsam am Glühen, es erwärmte ihr Inneres und ihre Gedanken, doch das hatte der Übung und vieler Anstrengungen bedurft – deshalb sandte sie ihre Schülerinnen und Schüler nach längstens einem Jahr wieder zurück auf die Sonnenseite, nicht ohne sie zu ermahnen, das Wissen über den inneren Frieden dorthin mitzunehmen. Getreulich befolgten ihre Eleven diesen Auftrag, doch nur sehr wenige Menschen mochten zuhören – wer mag schon an das Dunkle, Feuchte, Finstere denken, wenn er in der Sonne steht, sich wärmt und was zu lachen hat? Und wenn die Menschen mal nichts zu lachen hatten, dann gedachten sie noch viel weniger der Mahnungen der anderen Seite. Es war einfacher, rasch einen Prügelknaben als Schuldigen zu benennen für das Elend, das man doch selbst verursacht hatte. Wenn so einer dann ausgepeitscht und an den Pranger gestellt worden war, fühlten sich die Menschen für kurze Zeit erleichtert, sie meinten, die Ordnung sei wiederhergestellt, die Gerechtigkeit habe gesiegt, das Böse bestraft usw. Sie bemerkten nicht, dass sie sich nur tiefer in ihr Ungemach hineinverstrickten. Stattdessen schimpften sie erneut über ein ihnen übel mitspielendes Schicksal, beäugten argwöhnisch das Wohlergehen ihrer Nachbarn, misstrauten einander und ertränkten ihren Missmut in berauschenden Flüssigkeiten oder beschwichtigten sich mit anderen Ablenkungen. Hauptsache nichts und niemand hielt sie ab, das Immer-schon-so-Getane weiter zu tun, sie pflegten ihre Gewohnheiten so wie ein Gärtner eine mickrige Pflanze immer noch gießt, obwohl aus ihr doch nie was Rechtes werden kann. So wie er hofft, auch sie könnte vielleicht doch eines Tages erblühen, hofften auch die Menschen, ihr Glück würde wiederkommen, gerade so wie die Sonne jeden Tag aufs Neue emporstieg, der Regen regelmäßig ihre Felder bewässerte, die Jahreszeiten für Fruchtfolge sorgten, Kinder geboren wurden und alte Menschen starben. Dieses Leben schien ihnen richtig und das einzig mögliche, denn sie hatten es nicht anders gelernt.

Bis eines Tages ein Sänger im Sonnental umherzog, reich und fremd gekleidet, er kam aus einem fernen Land und hatte unterwegs auch bei der Frau hinter den Hügeln Station gemacht.

Begleitet von seiner Laute, die er lieblich zu schlagen verstand, sang er, was er von ihr erfahren hatte. Diese Geschichten, die Bilder, die so vor den Augen der Zuhörenden entstanden, sie erreichten die Herzen.

Eines Abends hatten sich wieder viele Menschen um den Sänger geschart, und weil sie so andächtig lauschten, ja manch einer sang schon leise mit, entstand rund herum eine eigene, sich nach und nach verdichtende Stimmung. Die Bilder wurden immer deutlicher, auch sie verdichteten sich immer mehr, Bildpunkt für Bildpunkt reihte sich aneinander, bis die Wesen, von denen gerade noch gesungen worden war, tatsächlich vor ihnen standen, tanzten, lachten, weinten, sich unterhielten, oder womit sie sonst noch in der Geschichte zu Gange gewesen waren.

Zuerst dachte jeder bei sich, es sei die späte Stunde und das eigene Hirngespinst, rieb sich die Augen, blinzelte, schüttelte den Kopf, doch als die Figuren noch immer unter ihnen weilten, schielte jeder zunächst verholen zur Nachbarin, sah deren verwunderten Ausdruck. Sie tauschten sich aus, und schließlich wussten alle, sie waren tatsächlich in der Geschichte oder die Geschichte bei ihnen, so genau war das nicht auszumachen.

Und nach und nach nahmen auch die Geschichtengestalten die Menschen des Ortes wahr, wandten sich ihnen zu und begannen, sich mit ihnen zu unterhalten.

Manch einer war dann sehr erstaunt – die einen darüber, wie wenig diese Menschen von den Geheimnissen und verborgenen Quellen des Lebens wussten, die anderen, wie viel von dem, wofür sie frühere Wandersleute belächelt, verachtet oder gar gescholten hatten, sie nun auch von diesen erzählten Wesen hörten, wie eindringlich diese ihnen Vorhaltungen machten, sich nicht schon längst darum bemüht zu haben, die beiden Seiten der Medaille zu sehen, um das Ganze verstehen zu können.

Dabei war es einfach: Ohne die Nacht wüssten sie die Sonne wohl kaum zu schätzen, auch könnten sie die erholsame Abkühlung nicht genießen, ohne die Finsternis ihren Schlaf nicht nutzen um wieder zu Kräften zu kommen, auch wüssten sie Gut nicht von Böse zu unterscheiden. Wäre alles eins und hätten sie nie von anderen Ländern erfahren, hielten sie nur ihr Tal für belebt. Warum also wollten sie nichts von dem wissen, was hinter der Scheidewand lag, warum die Wirklichkeit des Schattens verdrängen? Wie erholsam konnte ein Schatten doch sein, zur Mittagsstunde eines heißen Sommertages! Und welche Heldentaten gäbe es zu berichten, wenn nicht mutige Jungen und Mädchen sich aufmachten, um finstere Mächte und wilde Kreaturen zu bezwingen? Was wäre der Prinz ohne die gerettete Prinzessin, was der Hüterjunge ohne seine List, mit der er all die eitlen Freier verblüffte, deren dunkle Gedanken und die Gier nach Reichtum und Einfluss ihr Hirn für einfache, aber gewitzte Lösungen verschlossen hielt? Welches Mädchen könnte zur weisen Frau erwachsen, ohne getreu bei der Babajaga in die Lehre gegangen zu sein? Was wären die Feiertage ohne den Alltag, wer könnte Musik genießen, ohne die Stille zu kennen?

Die Menschen waren sehr nachdenklich geworden, jeder hatte seine Geschichten-Figur an der Seite und war ins Zwiegespräch versunken. Es war spät geworden und eine nach der oder dem anderen wanderten sie nach Hause, begleitet von ihrer Märchengestalt, die Führer und Führerin werden sollte, damit ihr Geist wach bliebe und Zusammenhänge verstehen lerne.

Der Sänger aber war verschwunden, seine Aufgabe war erfüllt und eine weitere Gemeinde sollte seine Geschichten hören, um zu erwachen und das Helle und das Dunkle gemeinsam und doch getrennt voneinander wahrnehmen und schätzen zu lernen und an der Weisheit von Geschichten und ihren Gestalten teilnehmen zu können.

Drachenweisheit

Die Nacht, der dunkle Teil des Tages – in früheren Zeiten begann dieser immer mit ihr, er wurde von Sonnenuntergang an gewertet. Sie steht symbolisch für die verdrängten, die dunklen Anteile des Lebens. Im Dunkel der Nacht leben viele Menschen innere Zwänge aus, die sie vor den anderen verborgen halten. Freud deutete die im Dunkel der Nacht erscheinenden Traumsequenzen als tabuisierte, verdrängte Begierden. Die moderne Traumforschung entdeckte anderes. Diese, in einer Zeit der extrem lustfeindlichen, moralisierenden Gesellschaft entstandene Sichtweise, als gleichzeitig ehebegleitende Liebschaften üblich waren, Männer sich duellierten wegen einer Bemerkung, nur um eine heute nicht mehr nachvollziehbare Ehre zu wahren und alle sich nach Krieg, also dem Töten von Menschen sehnten, ist heute zumindest viel zu einseitig.

Die hedonistische *Fun*gesellschaft allerdings meidet die andere Seite der Hügel heute ebenso wie seinerzeit. Tod findet viel zu oft einsam statt, wir preisen unsere Vorzüge und trachten, unsere unbequemen Charaktereigenschaften vor den anderen zu verbergen. Wer sie zeigt, wirkt irritierend, emotional gesteuertem Verhalten wird ein Name und Medikamente dagegen gegeben. Dennoch steckt das Leben in unserer Zeit voll Hass und Wut, es wird gemordet, Menschen, die Schutz suchen, als Bedrohung betrachtet, weshalb Zäune und Mauern gebaut werden und die,

die dennoch in unser kleines Europa kommen, in Lager gepfercht und daran gehindert, in ein erhofftes besseres Leben weiter zu ziehen.

Die Schlafforschung teilt die Menschen in Morgen- und Abendtypen ein, wobei diejenigen, die der dunkelheitsbedingten Melatoninausschüttung widerstehen und erst nächtens so richtig in Fahrt kommen gleichzeitig als vermehrt depressionsgefährdet eingestuft werden. Dafür seien sie kreativer. Das ist das Dilemma wissenschaftlicher Forschung: Aus allen Ergebnissen wird eine Summe und daraus ein Durchschnitt erstellt. Das Individuum mit seinen vielen Facetten geht dabei verloren. Ich denke nicht, dass ich die einzige Ausnahme bin. Ich arbeite am besten nachts, schlafe nur selten vor Mitternacht ein, dafür aber wunderbar und tief, selbst bei Licht, und lasse mir von meinen Klientinnen die Depression schildern, weil ich keine Vorstellung davon habe, wie sie sich anfühlt. Aber bis heute hält sich die Meinung, dass nur unglückliche Menschen schöpferisch sein können, quasi »je verzweifelter desto genialer«. Ich halte das für groben Unfug.

Wenn Sie jetzt denken: Die hat gut schreiben, wenn sie keine Ahnung vom Unglücklich-Sein hat – das habe ich sehr wohl, fokussiere mich aber auf die schönen Dinge, halte mir glückliche Momente bewusst vor Augen, freue mich jeden Tag über das, was er mir bringt. Was misslingt, ist Teil des Ganzen, ich schenke ihm keine übermäßige Beachtung, verdränge es aber auch nicht. Idealerweise kann ich die Ursache klären, um Ähnliches ein andermal zu vermeiden. Beide, die Freude und der Schmerz, sind Teil unseres Erfahrungsschatzes. Diese Akzeptanz trägt enorm zur Seelengesundheit bei und damit auch zur körperlichen. *Henry Fraser*, vormals Rugby-Spieler, wurde durch einen Schwimmunfall mit 17 Jahren vom Hals abwärts gelähmt. In seinem Buch schreibt er: *Die Vergangenheit ist geschehen und kann nicht verändert werden; sie kann nur akzeptiert werden. Das Leben ist viel einfacher und viel glücklicher, wenn du immer darauf schaust, was du machen kannst, statt darauf, was du nicht kannst. Jeder Tag ist ein guter Tag.*

Um nicht missverstanden zu werden: Depression ist eine entsetzliche Belastung und hängt mit Störungen der komplizierten Abläufe im Gehirn zusammen. Doch auch dafür hält die Schlafforschung eine Reihe durch Studien erprobte Hilfsprogramme bereit. Besonders interessant fand ich die mit biologisch aktivem Licht erzielten Ergebnisse. Warum es gelingt, erklärt Saletu damit, dass unser Leben vermehrt in oft künstlich beleuchteten Innenräumen abläuft, der Mangel an Sonnenlicht führe zu »*Schlafstörungen, chronobiologischen Störungen und Verstimmungszuständen*«. Behandlungen mit einer dem Tageslicht entsprechenden Ausleuchtung normalisierten den Schlafrhythmus und damit das Tagesbefinden.

»*Nicht die Glücklichen sind dankbar. Es sind die Dankbaren, die glücklich sind*«, wusste schon Francis Bacon. Testreihen haben ihn bestätigt: Wer drei Monate lang sich einmal wöchentlich bedankt, fühlt sich danach messbar glücklicher, gleichzeitig verbessern sich Bluthochdruck, Schlafstörungen, Depressionen oder Schmerzen und Beziehungen. Und das hält an! Sie sehen, glücklich sein ist ebenso lernbar wie sein Gegenteil. Alles nur eine Frage der Übung.

Sowohl der Moment vor dem Einschlafen wie der des Aufwachens sind geeignete Zeitpunkte, dieses Danke zur Routine werden zu lassen. Ein Tagebuch, in das Sie täglich drei Dinge notieren, über die Sie sich freuen, für die Sie dankbar sein können, trägt dazu bei, dass sich Ihre Wahrnehmung der Wirklichkeit wandelt. Dass wir mit unserer Erwartungshaltung Einfluss auf unser Erleben nehmen, bestätigen mittlerweile die Erkenntnisse der Gehirnforschung, das alte Sprichwort vom Wald, aus dem zurückschallt, was wir hineinrufen, sagt uns nichts anderes.

Just als ich obiges Märchen erneut korrekturgelesen hatte, erreichte mich *Gudrun Binders* Seminar-Ankündigung: *Leugnen oder bekämpfen wir unsere Dämonen, also unsere Ängste, Krankheiten, negativen Gefühle, wie Unzufriedenheit, Hass oder Selbstzweifel usw., dann werden sie nur noch stärker. Wenn wir sie nähren, dann lösen wir sie durch Annehmen und Zuwendung auf und sie verwandeln sich in Weisheitsenergie. Das Dämonenfüttern befreit die Dämonen und schenkt zugleich Einsicht in die unbeschreibliche Kreativität des Geistes und des Unbewussten.*

Ich denke, meine Dämonen sind wohlgenährt. Dennoch nützte ich die Chance der via YouTube angebotenen Meditation – eine erhellende Erfahrung! Ängste, Krankheiten oder ungeliebte Eigenschaften zu Verbündeten zu machen und ihre Kraft in Weisheitsenergie zu verwandeln, lege ich allen ans Herz, die das Ungemütliche, Unbequeme, gesellschaftlich Abgelehnte nicht länger verdrängen, sondern dessen Potential nützen wollen.

Eines meiner Lieblingsbücher seit Kindheitstagen ist Michael Endes *Jim Knopf und Lukas der Lokomotivführer*. Die beiden besiegen auf ihrer weiten Reise die Drachenfrau *Frau Mahlzahn*, die geraubte Kinder an Schulbänke angekettet hält. Auf ihrer Rückfahrt auf dem Fluss durch das Gebirge »Krone der Welt« folgt sie im Schlepptau bis nach China, in späteren Ausgaben umbenannt in Mandala. Des Kaisers Tochter, von Frau Mahlzahn zuvor gefangen gehalten, kehrt zurück. Die Drachin landet in einem Pavillon. Dort sinkt sie in langen Schlaf und erwacht als wunderschöner golden schimmernder *Drache der Weisheit*. Vielleicht hilft Ihnen dieses Bild, um ihre inneren Drachen anzunehmen, damit diese sich verwandeln können. Das Buch empfehle ich Ihnen wärmstens als Lektüre, für Sie selbst oder zum genussvollen Vorlesen. Meine Kinder liebten es ebenso wie ich, ich wiederum freute mich allabendlich auf die

Vorlesefortsetzung. Und danach auf den Folgeband, *Jim Knopf und die Wilde Dreizehn*.

Um Verwandlung geht es auch im folgenden Märchen, aber lesen Sie selbst:

Golddaumen oder die Weisheit des Tages

Es war einmal ein Mädchen, das hatte einen goldenen Daumen. Was sie damit berührte, verwandelte sich – nicht in Gold, sondern in das allerbeste seiner Art. Die Menschen wussten meist nicht, was das Allerbeste einer Art wäre, nicht immer war es offensichtlich. Deshalb erhielt das Mädchen häufig Schelte, denn was sie mit ihrem Daumen berührte, blieb nicht dasselbe wie zuvor.

Aber eine der Frauen, die tagtäglich auf den Markt gingen, um das wenige, was sie entbehren konnten, feilzubieten, und damit sicherstellten, dass die hungrigen Mäuler zu Hause gestopft werden konnten, beobachtete das Mädchen schon lange. Und sorgsam behielt sie im Auge, was durch ihre zufällige Berührung gewandelt worden war.

Der Erste, der die Wirkung des goldenen Daumens erfahren hatte, war ein alter Mann gewesen. Tagtäglich mühte er sich, auf seinen Stock gestützt, auf den Markt. Er schnitzte kleine Pferdchen und andere Spielwaren, hoffend auf Wohlhabende, die ihren Paten- oder Enkelkindern eine Freude machen wollten. Kinder, die im Schlepptau der geschäftigen Erwachsenen auf dem Marktplatz herumliefen, liebten diesen Stand, und der Alte ließ sie auch gerne ein Weilchen spielen, denn sie waren seine besten Mittler. Wenn sie nur lange genug dem Paten schmeichelten, dann würde sich dieser vielleicht erweichen lassen, oft genug hatte er es erlebt. Außerdem mochte er die Kleinen, sie verstellten sich noch nicht, sie lachten, wenn sie Freude erfüllte und weinten, wenn ein Schmerz sie quälte. Und wenn so ein kleines Menschlein, das vielleicht gerade gefallen war, drauflos heulte, lenkte er es gerne ab mit seinen Pferdchen. Darüber vergaß das Kind, warum es unglücklich gewesen war. Seine Spielwaren sicherten ihm ein karges Auskommen, vor allem aber verging sein Tag, ohne dass er allzu viel über die Fehler, die er in seinem Leben bedauerte, gegrübelt hatte und er war müde genug, um abends, nach einem schlichten Mahl, seine Liegestatt aufzusuchen, um in eine Traumwelt zu tauchen, die so völlig anders war als sein schlichter Alltag.

In dieser Welt war er ein stolzer Reiter, der hoch zu Ross durch die Lande streifte, manch Abenteuer bestand und oft mit reicher Beute auf sein Anwesen zurückkehrte. Dort warteten Weib und Kinder, zahlreiches Gesinde sorgte für die Pflege des Wohlstandes. In den Wäldern, die er durchritt, begegneten ihm Gnome und Elfen, Zwerge und Riesen. Auch wilde Tiere waren in seinen Träumen zugegen, aber anders als im wirklichen Leben waren sie zutraulich und verrieten ihm so manche Weisheit. Des Morgens erwacht, bevor sein Denken gänzlich in die Alltagswelt abglitt, griff er nach einem kleinen Buch, das immer bereitlag, nahm den Federkiel zur Hand, tauchte ihn ins Tintenfass und notierte sich, was er sich gemerkt hatte. So manche Weisheit konnte er derart bewahren, doch wollte er sie mit niemandem teilen. Er dachte, die meisten würden ihn belächeln oder sogar beschimpfen. Waren es doch meist Hinweise, wie die Menschen ihr Leben besser gestalten könnten, im Einklang mit der Natur, was allerdings bedeutete, auf vieles zu verzichten, das bequem war oder persönlichen Gewinn oder Ruhm einbrachte. Ermahnungen dieser Art hörten die Leute nicht gerne, das hatte er recht bald erfahren, als er anfangs, beseelt vom nächtlich Offenbarten, seine Mitmenschen einweihen wollte. Deshalb behielt er die nachtgeschenkten Offenbarungen für sich. Doch schrieb er sie auf kleine Stoffstreifen, um sie in den

Bäuchen seiner Spielzeugtiere zu verbergen. Jedes Tier trug eines dieser Geheimnisse über ein friedvolles Miteinander mit sich, fest verschlossen durch einen verleimten Pfropfen, der nur dem sehr geübten Auge auffallen würde. Die eiligen Erwachsenen verwandten keine Aufmerksamkeit auf dieses Detail, sie wollten nur ihrer Pflicht als Gabengebende nachkommen. Die Kinder wiederum wollten spielen, eine kaum sichtbare Naht in der Oberfläche ihres Spielgefährten war ihnen unbedeutend und schien einfach dazuzugehören. Doch wenn sie mit seinen Tieren spielten, dann war es wohl anders als mit irgendeinem anderen ihrer Spielzeuge. Es erfüllte jedes Kind mit besonderer Freude, war eines traurig, half das Holztier beim Trösten, und Kinder, die miteinander spielten, ließen sich durch keinen Streit darin stören und erfanden gemeinsam wundersame Geschichten.

Dem alten Mann genügte es, zu wissen, dass jedes seiner Tierchen ein wenig Glück und Frieden in manch ein Haus brachte, und jeden Abend freute er sich auf eine neue Weisheit, um sie in künftige Schnitzereien zu verpacken. Im Grunde waren es ähnliche Inhalte, doch immer wieder in neue Formulierungen gekleidet, sodass ihm jeder Morgen aufs Neue eine kleine Überraschung schenkte.

An einem dieser Tage, an denen er, die Weisheit des Tages in sich tragend, seinen Marktstand aufbaute, lief das Mädchen an ihm vorbei. Sie achtete nicht auf die wohlgestalteten Holztierchen, sie eilte, um Medizin für die Großmutter zu besorgen, die sehr geschwächt in ihrem Bettkobel lag und schon mehr in einer anderen Welt zu sein schien. Sie liebte die Großmutter inniglich, so viele Geschichten hatte ihr diese schon erzählt, von Zauberblumen und heiligen Wäldern, von einem verwunschenen Mädchen, das einen gebrandmarkten Finger verbergen musste und in einen Baumstamm verbannt stumm sein Dasein fristete, bis schließlich ein mutiger Reiter sie erlöste, von stolzen Königinnen, die kleine Buben zu Eis gefrieren ließ, bis eine mutige Maid sie liebend auftaute und noch manch weitere wundersame Geschichten von Errettung aus Not und Pein. Die meiste Zeit ihres Kindseins hatte sie mit der tattrigen Alten verbracht, Geschwister waren ausgeblieben und die Eltern waren mit Tagesgeschäften ausgelastet, da blieb wenig Zeit für die Tochter. Nun aber war die Großmutter erkrankt, deshalb bangte das Mädchen um sie und wollte alles tun, damit sie wieder zu Kräften käme. Im Vorbeihasten stolperte es über eines der Holzpferdchen und stieß es um. Weil sie gelernt hatte, dass anderer Leute Eigentum nicht Schaden nehmen durfte, hielt sie einen Moment inne und stellte das Pferdchen wieder auf und an seinen Platz. Kaum bei der Sache, berührte sie versehentlich das Spieltierchen mit ihrem Daumen, den zu benutzen sie die Großmutter eindringlich gewarnt hatte. Die Alte wusste um dessen besondere Fähigkeit und dass es ratsam war, diese zu verbergen.

Nun aber war es geschehen und nicht mehr rückgängig zu machen. Und was denkt ihr, war wohl das Beste des geschnitzten Reittieres? Richtig, die Weisheit, sorgfältig vom Alten verborgen, damit sie wirken könne, ohne entdeckt zu werden. Bewegung war in das Tier gekommen, es spannte seine Sehnen und wieherte die Weisheit in alle Welt hinaus. »Wenn du vorwärts willst, bleibe stehen.«

Dass ein Holzspielzeug plötzlich Stimme hatte und sich bewegte, war schon Wunders genug, die Umstehenden achteten daher gar nicht auf den Spruch und so blieb das Geheimnis bewahrt. Beinahe, denn die Marktfrau hatte ihn wohl gehört und in ihrem Herzen verwahrt. Dass es das Mädchen war und ihr besonderer Daumen, verstand sie jedoch erst viel später. Doch um die Weisheit der Holztierchen wusste sie nun Bescheid, beobachtete sie aufmerksam. Sie bemerkte deren Wirkung auf die spielenden Kinder und gelegentlich schenkte sie dem Alten ein Stück Kuchen oder ein Kräutersträußlein, dessen Duft ihn kräftigen sollte, zum Dank. Sie lächelten einander an, in stiller Eintracht, voller

Freude, dass sich ein wenig Weisheit durch die Kinderstuben in der Stadt ausbreiten durfte.

Das Mädchen hatte den Spruch nicht mehr gehört, es war weitergelaufen und hatte die Medizin zur dahinsiechenden Großmutter gebracht. Die schlug die Augen auf und sprach: »Wenn du vorwärts willst, bleibe stehen.« Danach fiel sie in einen langen heilsamen Schlaf, diesmal war sie Gevatter Tod noch von der Schaufel gesprungen. Ihre Enkelin brauchte noch Begleitung, das hatte sie während des Schlafes dem Sensenmann abgerungen, dass sie das Mädchen in den Gebrauch seines besonderen Werkzeugs würde einführen können.

Lange blieb die Enkelin neben der Alten sitzen, beobachtete ihr Atmen, streichelte ihre Hand und wiederholte den Satz immer und immer wieder. Welch seltsamen Worte! Sie hatte ein eiliges Vorwärtskommen hinter sich, und es schien auch zu helfen. Nun ja, ein Pferdchen hatte sie umgeworfen, aber sie hatte es sorgsam wieder aufgestellt. Hätte sie irgendwo stehen bleiben sollen? Sie kam zu keinem vernünftigen Schluss, nahm sich aber vor, die Großmutter zu befragen, nachdem diese wieder zu Kräften gekommen wäre.

Doch schnell ging das nicht mit dem Gesundwerden, das Mädchen musste sich schon gedulden. Die Mutter kochte eine kräftigende Suppe, die flößte das Mädchen der Alten Löffelchen für Löffelchen mit aller kindlichen Liebe tagtäglich ein, und jeden Tag ging es der Kranken ein klein wenig besser. Doch sie zu befragen war diese noch zu schwach, und weil das Kind nicht immer bei ihr wachte, sondern auch anderen Geschäften nachging, hatte sie den Spruch dann doch vergessen.

Es war eine ihrer Aufgaben, täglich frisches Gemüse für die Suppe aus dem Garten zu holen. Sie wusste nichts von der Gabe des goldenen Daumens, und weil sie ja nur für die Alte pflückte, achtete sie nicht, ihn auszulassen. So weckte sie die besten Heilkräfte jeder Pflanze und die Lebendigkeit kehrte in die Adern der geliebten Großmutter zurück, schließlich war sie kräftig wie schon lange nicht mehr.

Viele Jahre waren ins Land gegangen, die Enkelin hatte das Geheimnis ihres Daumens erfahren und wie sie damit sorgsam umgehen sollte. Dennoch passierte es gelegentlich, dass sie etwas ohne Absicht berührend dessen Kräfte weckte. Manches Obst schmeckte dann besonders köstlich, die Marktfrau bat das Mädchen ab und an, ihre Heilkräuter besonders wirksam werden zu lassen und einmal verwandelten sich ein Paar Schuhe in die besten Tanzsohlen einer Wäscherin, die sich daraufhin kaum wehren konnte vor lauter Anträgen und schließlich eine gute Partie machte und nie mehr selbst Wäsche waschen musste. Als das Mädchen fast erwachsen war und gelernt hatte, mit ihrem Talent bewusst umzugehen, gab ihr die Großmutter den Segen und verabschiedete sich von dieser Welt. Nach einer angemessenen Trauerzeit richtete sich das Mädchen in der Stube der Alten neu ein, als Anlaufstelle für Hilfesuchende. Denn es hatte sich doch langsam herumgesprochen, dass die junge Frau einiges vermochte, was kein Bader schaffte. Doch weil niemand so recht wusste, wie sie es anstellte, wurde viel gemunkelt. Und natürlich musste der Teufel mit im Spiel sein, denn damals hatten nur die Pfarrer das Recht, Wunder zu wirken. Während ihr Ruf sich bald im ganzen Land ausbreitete, wurde in der Ratsstube ein Komplott gegen sie geschmiedet.

Die Würdenträger der Stadt hatten sich versammelt, Weibsleute gab es keine unter ihnen, denn in dieser Zeit hatten nur Männer ein Stimmrecht. Sie hörten die Klage eines Apothekers und des studierten Mediziners, denen beiden die Kunden wegblieben. Und dann war da noch ein recht ärmlicher Mann mit Hinkebein, den hatten die Ehrenbürger der Stadt bezahlt, damit er gegen das Frauenzimmer aussage, bei der die Kranken, aber auch andere Hilfesuchende, aus und ein gingen. Er murmelte, dass er, seit er bei ihr gewesen war, sein Bein wieder benutzen konnte, wenn auch nur schleppend. Er habe allerlei Glasgefäße mit Flüssigkeiten in allen Farben gesehen und eine schwarze Katze sei auf dem Tisch gesessen, und das wisse ja jeder, dass diese Tiere mit dem Teufel gut Freund seien. In einem großen Pokal auf dem Schrank würde sie bestimmt die Seelen nach vereinbarter Zeit hineinlegen und dem Teufel bringen. Nein, gesehen hatte er das nicht, aber ein Wimmern sei im Raum gewesen, das muss wohl von den eingesperrten Seelen gekommen sein. So redete er sich in einen frömmlerischen Eifer, und die Ratsherren wackelten bedächtig mit den Köpfen, denn wiewohl sie dem Klappermann nicht viel von seiner Rede glaubten, lieferte sie doch gute Gründe, um der jungen Hexe – so sprachen sie von ihr bereits – den Prozess machen zu können.

Schon schien ihr Schicksal besiegelt, doch unter den Ratsherren hatten einige selbst den besonderen Gaben der jungen Frau etwas zu verdanken. Denen war nicht wohl bei dem Gedanken an einen Hexenprozess, auch fürchteten sie, dass sich der Zorn des Volkes entladen könnte, wenn ihm die Helferin abhandenkäme. Deshalb sandten sie geheime Kunde zum Haus der Jungfrau, damit sie eilig ihre Habseligkeiten zusammenpacke und aus der Stadt flüchte.

Sie war gewappnet, wusste sie doch schon lange, dass ihre Gabe ihr nicht nur Freunde geschaffen hatte. Eine Tasche mit dem Nötigsten stand stets bereit, doch schweren Herzens trennte sie sich von dem Heim, in dem sie so viel Gutes hatte tun dürfen und von all den Menschen, die ab nun vergeblich an ihre Tür klopfen würden. Sie verschloss diese sorgsam und verbarg den Schlüssel in einer entlegenen Ecke des Gartens, damit niemand, der es nicht sollte, eindringen könne, ihr aber, sollte einst ein anderer Wind in der Stadt wehen, das zu Hause erhalten blieb.

Sie zog weit fort und ihre Gabe verbarg sie sorgsam. Am Rande eines Waldes, ein Stück eines ruhigen Dorfes entfernt, fand sie eine verlassene Hütte, dort richtete sie sich ein. Tiere und Pflanzen waren ihre Freunde, und durch sie wurde ihre Gabe auch den Menschen zuteil. Denn Zugtiere waren schneller und konnten länger durchhalten, Kühe, die sie streichelte, gaben bessere Milch und Hühner besonders große und reichhaltige Eier. Felder, an denen sie vorbeistrich, trugen doppelt so viel Frucht als üblich und Obstbäume und Sträucher ebenso. So verhalf sie den Dorfbewohnern zu Wohlstand, diese meinten aber, dass es ihrem Fleiß zu danken sei, keiner verdächtigte die junge Frau. Nur dass sie ganz alleine lebte, das fanden die meisten merkwürdig, aber nachdem kein Unheil über sie hereinbrach und die Jungmänner nächtens nicht dorthin entschwanden, sorgte sich niemand darum.

Indessen hatte die Marktfrau, die die Wunderkraft des goldenen Daumens als Erste erkannt hatte, sich mit dem Alten und seinen Holztieren zusammengetan. Er war schon recht gebrechlich, schnitzte immer noch seine Spielfiguren und schenkte ihnen weise Sprüche, doch auf den Markt konnte er nicht mehr gehen. Sie verkaufte dort seine Kunstwerke und teilte mit ihm den Erlös. Sie sorgte ein wenig für ihn, ihre Suppe hielt ihn bei Kräften. Die Kräuter aber, die das Mädchen so besonders wirksam gemacht hatte, gingen langsam zuneige und beide bedauerten, bald auf deren besondere Kraft verzichten zu müssen. Auch schienen die Menschen in der Stadt weniger fröhlich geworden zu sein. Es hatte sich bald das Gerücht verbreitet, dass der Apotheker erwirkt hatte, dass die Heilfrau sie verlassen musste und der Volkszorn schwelte. Nur die Angst vor Strafe hielt die meisten zurück, ihrem Unmut Luft zu machen.

Die Ratsherren waren die Einzigen, die zufrieden waren mit der bereinigten Situation, wie sie es nannten. Sie hatten sich einen aufwendigen Hexenprozess erspart, ebenso mögliche Unruhen, und ihre Geschäfte mit der Angst, Unzufriedenheit und Krankheit der Stadtbewohner und -bewohnerinnen liefen wieder blendend. Doch nach einiger Zeit stellten sie fest, dass sie dennoch nicht glücklicher oder zufriedener geworden waren. Zumindest diejenigen, die darüber nachdachten. Die meisten blieben in ihrem gewohnten Trott, dem Streben nach Ansehen und Reichtum. Es gab feste Regeln, wie man zu leben hatte, wie ein Tag ablaufen sollte, wie Kinder sich benehmen sollten, wie das Gesinde anzutreiben sei und so weiter und so fort. Was davon abwich, war aufrührerisch und damit beängstigend. Mit honorigem Eifer achteten die mächtigen Männer der Stadt, dass alles so blieb, wie es immer schon gewesen war. Doch breitete sich eine Langeweile aus, die schließlich zu großer Traurigkeit und Müdigkeit führte. Nur die Regeln, die einzuhalten sie bedacht waren, hielten den Ablauf der Tage aufrecht. Es wurde zur frühen Stunde gefrühstückt, danach das Geschäft geöffnet oder ein wichtiges Gespräch geführt. Dann gab es Mittagessen, das ein Heer an Küchenpersonal, deren Gesichter sie so wenig bemerkten, dass sie sie nicht hätten beschreiben können, zubereitet hatte. Eine kurze Ruhepause, eine Pfeife vielleicht, danach ging es erneut in das Geschäft, die Werkstatt oder welcher Tätigkeit man auch immer nachging. Abends wurde wieder sorgsam versperrt und ein Abendbrot verzehrt. Die Kinder wurden vorgeführt und sollten die Leistung des Tages berichten, wer von den Regeln abgewichen war, wurde bestraft. Je nach Vergehen gab es eine festgelegte Anzahl von Schlägen und schließlich die Anweisung, über den beanstandeten Regelbruch nachzudenken sowie die Mahnung, ihn nie wieder zu begehen.

Sie selbst hatten es auch nicht anders erlebt, so waren sie zu gesetzestreuen Bürgern der Stadt geworden, nun waren sie es, die die Macht hatten, andere anzuhalten, Vorschriften zu befolgen. Sie waren gesättigt und wohlbeleibt, im Geist wie im Körper, die Schwere ihrer Bedeutung hielt sie auf ihren Stühlen und sorgte für geringe Beweglichkeit. Das zeichnete andere aus, die nur überleben konnten, weil sie den Anweisungen der Reichen folgten. Wer unter ihnen sich hervortat, durch besonderen Fleiß, Geschick oder Muskelkraft, der hatte es ein wenig besser als die anderen, konnte in eine Position aufsteigen, in der er oder sie eine Schar von Schwächeren oder weniger Geschickten unter sich hatte und Befehle erteilen konnte. Sogar die Kinder übten dieses System. Wer besonders kräftig oder redegewandt war, hatte schnell das Sagen, scharte eine Vasallenschar um sich und lernte so die Macht über andere kennen. Meist waren es die Kinder der Ratsherren, die schon auf Grund ihrer Herkunft bei den anderen Kindern gefürchtet waren. Da wurde schnell mal gedroht, wer den Befehl nicht ausführe, dessen Mutter, Vater, Bruder, ... würde die Stellung verlieren, am Markt nichts mehr verkaufen dürfen oder als Hexe angezeigt werden. Es herrschte ein System aus althergebrachten Positionen, Regeln und Angst. Wer sich dagegenstellte, wer daraus auszubrechen versuchte, um Neues zu wagen, wurde gemieden oder gar bloßgestellt. Und oft genug breiteten sich Gerüchte aus, über eine Verbindung mit dem Teufel. So war es ja auch der jungen Frau geschehen, die für kurze Zeit etwas Freude und Erleichterung in die Stadt gebracht hatte. Es fanden sich also reichlich Gründe, warum viele, besonders die, die nicht Teil der herrschenden Schicht waren, sich die Rückkehr der heilwirkenden Frau wünschten.

Also schnürte die Marktfrau ihren Ranzen, in den sie auch eines der Holzpferde packte, und machte sich auf die Suche nach der Frau mit dem goldenen Daumen. Das Pferd war mit großer Sorgfalt gewählt – sie wusste ja um das in den Tieren verborgene Geheimnis –, um einen weisen Begleiter bei sich zu wissen. Sie ging zum Stadttor hinaus und folgte ihren Füßen – diese sollten den Weg wissen, denn einstmals hatte das Mädchen die Schuhe berührt, die die Frau nun trug (sie hatte sie für eine besondere Gelegenheit aufbewahrt). Diese Schuhe ließen sie nicht nur viel schneller vorwärtskommen, sie kannten auch den Weg zu derjenigen, die ihre Besonderheit einst geweckt hatte. Und die Freude, endlich zeigen zu können, was in ihnen steckte, tat ihr übriges.

Nach wenigen Tagen erreichte sie das Haus am Waldesrand. Die Frau, die sie schon als unbeschwertes Kind gekannt hatte, war nicht mehr jung, aber auch noch nicht alt. In der untergehenden Sonne band sie Kräutersträuße, als sie die Marktfrau heraneilen sah. Lang verdrängte Erinnerungen an eine ferne Zeit erwachten in ihr. Sie umarmten einander inniglich und erzählten, was jede in der Zeit des Getrenntseins erlebt hatte. Schließlich bat die Ältere, dass Golddaumen doch wieder zurückkehren möge, oder ihr zumindest einige ihrer Kräuter mitgeben solle, denn sie wollte die Jüngere keinesfalls den Schergen des Rates ausliefern.

Das war ein guter Vorschlag, Golddaumen packte eine große Menge der Kräuter, etliche Salben und Tinkturen in einen Tragkorb, mit dem die Ältere, von den schnellen Schuhen getragen, zur Stadt zurückeilte. Zum Dank ließ sie das Holzpferd bei Golddaumen. Diese freute sich, sie mochte die Spieltiere des Alten sehr gerne, hatte doch alles mit ihnen angefangen. Beim Anblick des Pferdchens tauchten in ihr Bilder auf, an die Großmutter und all ihre Ermahnungen, aber auch ihr Wissen, das sie an die Enkelin weitergegeben hatte. Sie wurde traurig und starkes Heimweh machte sich in ihrem Herzen breit. Dabei vergaß sie, ihren Daumen zu zähmen, der sanft über den Pferdehals strich. Alsogleich ging ein Zittern durch das Holztier, das an Größe zunahm und schließlich als schnaubendes Reittier vor ihr tänzelte. Es war ein edles Ross, das unruhig darauf wartete, loslaufen zu können.

Da bedachte die Frau sich nicht lange, packte ihre Sachen, schwang sich auf den Rücken des Wundertieres und schon waren sie beide am Horizont entschwunden, nicht ohne sich davor der richtigen Richtung zu vergewissern.

Über Stock und Stein ging es dahin und das Pferd wieherte seine innewohnende Weisheit: »Ein guter Rat kennt keine Grenzen« und Golddaumen wusste, dass es damit sowohl die Ratsherrengemeinschaft wie auch den Rat, der jemandem gegeben wird, meinte. Sie dachte nach, wer der *gute Rat* sein könnte, und erinnerte sich an den Metzgermeister, dem sie einst die Tochter ins Leben zurückgeholt hatte, bevor dieser vollends die Sinne geschwunden wären. Ja, der hatte ihr wohl zu danken, heimlich hatte er ihr auch immer wieder ein besonders schönes Stück Fleisch gebracht, damit sie eine kräftigende Suppe für ihre Patientinnen kochen könne. Er hatte sie damals gewarnt, weshalb sie noch rechtzeitig hatte entkommen können. Seine Tochter war bestimmt schon lange verheiratet, hatte vielleicht sogar Kinder und er freute sich seiner Großvater-Zeit. Manche der Ratsherren waren seitdem verstorben, das hatte sie von ihrer Freundin erfahren. Doch einer lebte noch, der gierige Apotheker, er war es wohl, der sie angekreidet hatte, denn nur bei ihm sollten die Leidenden kaufen. Er sorgte peinlich dafür, dass diese sich wohl ein wenig besser fühlten, aber doch nie so gesund wurden, dass sie nicht nach einiger Zeit erneut seiner Dienste bedürften. So riet er ihnen zu fettem Essen, das sie kräftigen solle und zu einem guten Krug Wein dazu, damit alles sich gut verteile. Den Frauen empfahl er Zuckerwerk und Liköre, damit sie guter Laune blieben.

Wenn sie also in ihrer Stadt erneut Heimstätte finden sollte, musste sie dafür sorgen, dass der Scharlatan entlarvt würde. Den Metzger wollte sie als Verbündeten werben und einige andere des Rates wohl auch, denn sie waren ebenfalls gelegentlich bei ihr gewesen, um Heilung zu erfahren. Ihre Diätempfehlungen waren andere, viel Gemüse und kräftigende Suppen, je nachdem, was der Körper zum Heilwerden bedurfte.

Sicherheitshalber suchte sie, sich unkenntlich zu machen. Sie stopfte sich ein Grasbüschel unter die Bluse, damit sie bucklig aussehe, ins Gesicht schmierte sie ein wenig Flussschlamm, um alt und wie ein Bettelweib zu erscheinen, ein Kopftuch zog sie tief ins Gesicht, wie eine alte Witwe. Als sie die Stadt von Weitem erkannte, stieg sie vom Ross, streichelte es dankbar und schon war es wieder ein kleines Holzpferdchen, das sie tief in ihrem Sack verbarg. So begab sie sich Richtung Heimat, und vergaß auch nicht, als sie in Sichtweite gekommen war, ein wenig zu humpeln. Unbehelligt kam sie durch das Stadttor und ging durch dunkle Gassen zum Haus, in dem die Marktfrau für den alten Schnitzer sorgte. Die wollte erst gar nicht öffnen, als sie die Bettlerin sah, streckte nur ein Brot hinaus und dachte, damit würde es gut sein. Doch dann stieß sie einen Jubellaut aus, denn sie sah den goldenen Daumen blitzen! Schnell bat sie die Freundin ins Haus und alsbald saßen alle drei um den Tisch und beratschlagten, wie am besten vorgegangen werden könne. Denn wenn auch Golddaumen nicht erkannt würde, wenn sie erst ihren Daumen arbeiten ließ, würde es sich bald herumsprechen und dann würden die Ratsherren Häscher ausschicken, um sie in allen Häusern der Stadt zu suchen. Die Marktfrau entschied, den Metzger zu besuchen und ihn ins Gespräch zu verwickeln, um herauszufinden, wie die Stimmung wäre.

Der jammerte gleich drauflos wie ein altes Waschweib. ›Kaum zu glauben, was Männer alles reden können, wenn man sie nur lässt!‹, dachte die Kundschafterin insgeheim. Er erzählte stolz vom Enkel, der jetzt schon das Schlachten lernen wolle, wohl, weil ihm die Würste so gut schmeckten. Aber der Frau, der ging es gar nicht gut. »Wenn doch die Maid mit dem goldenen Daumen noch in der Stadt wäre, da ging' es uns besser«, flüsterte er, denn man konnte nie wissen, ob nicht ein ungebetener Lauscher mithörte. »Ich war ja gegen die Hetze des Giftmischers, aber du weißt ja, wenn man sich allzu sehr einsetzt für Angeklagte, dann wird man schnell ebenso verdächtigt, mit dem Satan auf Du und Du zu sein. Also hab' ich nicht anders können, aber wenigstens getrachtet, dass sie am Leben bleibe. Du warst doch immer gut mit ihr, könntest du sie nicht zurückbitten?« – Das war Wasser auf die Mühlen der Dreierkonspiration! Aber noch wollte sie sich nichts anmerken lassen, nickte bedächtig, als würde sie zweifeln, ob die Maid noch lebte. »Wenn ich sie finden soll, dann musst du schon helfen, dass es auch gut geht. Der gierige Pillendreher lässt sie gewiss nicht in Ruhe, dem sollte ohnehin mal jemand das Handwerk legen. Er richtet mehr Unheil an als Heilung, das Einzige immer Gesunde ist sein Wohlstand.« Der Metzger pflichtete ihr bei, der Apotheker war ihm schon lange ein Dorn im Auge, denn er war es gewesen, der seiner Tochter damals die falsche Arznei gerührt hatte, worauf sie erst richtig siech wurde und nur mehr die Künste der Heilfrau helfen konnten. Er versprach daher hoffnungsvoll, sich umzuhören und die Stimmung unter den Ratsherren auszuloten.

Inzwischen hatten der Alte und Golddaumen eine List ersonnen, wie sie dem Quacksalber, wie sie ihn nannten – obwohl er ja ein studierter Mann war, aber sie zweifelten sehr daran, ob er im Studium überhaupt etwas von Medizin gelernt habe außer das Geld zählen –, sein Tun verleiden könnten, damit er gar nicht erst in Konkurrenz mit ihrer Freundin ginge. Hinaus in die weite Welt sollte er geschickt werden als Abgesandter der Medicinalkünste, um in fernen Landen möglichst viel zu erfahren und dort wiederum sein »Wissen« zu teilen. Sie wollten ihn also bei seinem Hochmut packen, mit Hilfe des Metzgers hofften sie, dies zu bewerkstelligen. Sie schrieben einen Brief im Namen eines Doktor Mercabäus aus dem fern gelegenen Land Luftikanien. Dort habe man eine höchst eigentümliche Furunkelart entdeckt, dessen Eiter sich in Perlen wandle. Nun wolle man aus allen Ländern, von deren Heilkundigen man bis nach Luftikanien gehört habe, die besten herbeiholen, für einen Gedankenaustausch über Ursache und Heilung der merkwürdigen Krankheitsentwicklung. Die Geschichte war wohl einem der Träume des Schnitzers entsprungen, doch sie rechneten mit der Geltungssucht und Gier des Pharmakus, sodass er es nicht anzweifeln würde.

Es musste nur recht echt aussehen, mit vielerlei Siegeln versehen und würdiger Schrift. Und natürlich mit einer ehrfurchtsvollen Anrede – »Dem hochverehrten Pharmakus des Landes ...«, begann das Schreiben. Und der goldene Daumen diente diesmal dazu, die Traumgeschichte recht echt wirken zu lassen. Denn es ist ja so, dass wir träumend uns nur in einer anderen Wirklichkeit aufhalten. Und wer könne schon sagen, welche der beiden Welten, die des Wachseins oder die des Schlafes, die wirklichere sei? Der Metzger sollte das Schreiben einem Boten übergeben, er habe es bei einer seiner Marktfahrten zur Viehschau ausgehändigt erhalten, mit dem Auftrag, es an die genau richtige Person weiter zu geben.

Wie geplant, war der Apotheker in höchster Aufregung und ließ alles für eine weite Reise bereiten. Niemand konnte ihm Auskunft geben, wo Luftikanien sei, also nahm er an, dass er erst in fernen Landen jemanden finden würde, der ihm den Weg weisen könne. Eifrig packte er seine Arzneibücher und Pillen und Wässerchen zusammen. Bei manchem schüttelte er kichernd den Kopf, denn er wusste wohl, dass oft keine wirkenden Arzneien darin enthalten waren. Dass manche dennoch gesund geworden waren, hatte ihn dann selbst gewundert. Jedenfalls war es zu seinem Nutzen, denn so glaubten die Leute wenigstens an seine Heilkünste und dankten es ihm reichlich. Und seit die Heilfrau nicht mehr in der Stadt war, liefen seine Geschäfte auch vorzüglich, und starb jemand, konnte er sich immer auf Gottes Willen ausreden. Der Pfarrer sekundierte ihm eifrig, dafür sorgte der Pharmakus mit einer regelmäßigen Gabe besten Kräuterlikörs. Er kannte sich schon recht gut aus in seinen Arzneibeständen, doch nutzte er es nur selten zum Wohle seiner Kundinnen, je reicher sie waren, desto eher rückte er mit einem echten Wirkstoff heraus, denn die ihn gut zahlten sollten ja recht lange am Leben bleiben, zum gegenseitigen Nutzen.

Das verschwörerische Trio aber beobachtet aus der Ferne die geschäftigen Vorbereitungen, alsbald hatte das Gerücht in der Stadt die Runde gemacht, selbst die Spatzen pfiffen es von den Dächern »weg, weg, der Doktor geht weg«. Die Zeit hatte Golddaumen genutzt, um den Alten wieder ordentlich munter zu machen, voller Tatendrang harrte er dem Tag entgegen, da der Pharmakus weit von der Stadt entfernt wäre und der Metzger sein Ansuchen um Urteilsrevision für die Frau mit dem goldenen Daumen würde stellen können. Der hatte in der Zwischenzeit schon heimlich Allianzen gebildet, doch sich gehütet Golddaumen auch nur zu erwähnen, um den Apotheker nicht argwöhnisch werden zu lassen. Vielmehr hatte er ganz allgemein die Vertrauten gefragt, ob sie schon mal jemanden gesehen hätten, der mit dem Teufel gemeinsame Sache mache, ob ein solches Verfahren jemals stattgefunden hätte und wie die Leute dazu stünden. Denn zu jener Zeit hatten die Menschen bereits unterschiedliche Ansichten und glaubten dem Pfarrer nicht mehr alles. Eigentlich wollten sie nur in aller Ruhe ihrem Tagwerk nachgehen können. Zur Kirche gingen sie sonntags, die anderen Tage gehörten der Welt und ihren Geschäften. Ja selbst der Pfarrer hatte so seine Zweifel, ob ein durch Folter erpresstes Geständnis glaubwürdig wäre. Natürlich galt es zuallererst, die beinahe verlorene Seele zu retten, dafür wäre wohl jedes Mittel recht. Aber dass jemand unschuldig sein könne und trotzdem gestehe, um die körperlichen Schmerzen nicht mehr leiden zu müssen, das hielt er doch für ein bedenkenswertes Risiko. Und er wollte sich nicht mit Schuld belasten, wenn ein Gotteskind ganz ohne Grund leiden oder sogar sterben sollte. Er verließ sich auf Gottesurteile, da musste er sich die Finger nicht schmutzig machen. In der Beichte hatte er so manches Geheimnis vernommen, weshalb er wusste, dass vieles, was dem Teufel in die Schuhe geschoben wurde, nur irdische Ursachen hatte. Umgekehrt hatte noch nie jemand gebeichtet, vom Teufel versucht worden zu sein, zumindest nicht von einem bocksbeinigen Wesen, das denjenigen verführen wollte. Doch ob sich der Teufel in menschlicher Gestalt daherschlich, um seine Pfründe einzutreiben, darüber konnte er nichts mit Sicherheit sagen. Dass aber so mancher Bischof sich und sein Bistum recht gut eingerichtet hatte mit den Hinterlassenschaften der Hingerichteten, das war ihm bekannt. Da auch er davon profitierte, dass ihn seine Schäfchen bei Laune halten wollten, sprach er davon nicht in der Öffentlichkeit, doch wenn der Messwein oder ein anderer gehaltvoller Tropfen seine Zunge lockergemacht hatte, dann räsonierte er gelegentlich so vor sich hin. Und wer da genau aufpasste, konnte sich schon einiges zusammenreimen.

So gelang es dem Metzger, Stimmung zu machen, er erwähnte da und dort, dass einst Golddaumen seine Tochter gerettet habe, andere erzählten ähnliche Geschichten und auch der Schnitzer und die Marktfrau sprachen von der heilbringenden Frau und dass es schade sei, dass sie durch böse Verleumdung gezwungen die Stadt verlassen habe. Die Leute waren ihrer Meinung, denn viele sehnten sich nach stärkenden Kräutern und schmerzlindernden Tinkturen. Und sie erinnerten sich, dass auch viel weniger Zwietracht unter ihnen geherrscht hatte. Mit ihrem goldenen Daumen hatte sie den Tisch, an dem alle gemeinsam aßen, berührt oder auch den Topf, in dem der tägliche Brei bereitet wurde. So einte der Tisch alle, die um ihn saßen, und aus dem Topf kam der beste Brei. Und wer satt ist, braucht sich nicht zu zanken.

Der Wunsch nach dieser hilfreichen Hand breitete sich aus und schließlich zogen die Leute zum Rathaus und forderten, das Verfahren gegen Golddaumen einzustellen. Die Ratsherren waren vom Metzger und einigen anderen, die ähnlich dachten, milde gestimmt worden, der Pharmakus war weit entfernt, also willigten sie schließlich ein. Auch sie hatten etwas davon, denn das Volk liebte es, wenn seine Wünsche erfüllt wurden und eine beliebte Stadtregierung konnte dann leichter anderes durchsetzen, wogegen sonst Widerstand aufgekommen wäre.

Danach entdeckte die Marktfrau ihren Mitmenschen, dass sie bereits Kontakt zu Golddaumen geknüpft hätte und gleich nach ihr senden würde. So hatte sie nicht mal gelogen, denn wie lange es dauern könne, bis diese ankäme, davon hatte sie ja nichts erwähnt. Inzwischen wurde ein großes Willkommensfest vorbereitet, ein nettes Haus, gleich im Zentrum der Stadt, damit alle Bedürftigen sie gut erreichen könnten, wurde freigeräumt, die Stadtkapelle übte ein Willkommenskonzert und eine Bühne wurde aufgebaut für die Begrüßungsreden der Ratsherren. Ein prächtiges Fest konnte gefeiert werden, wo alle gut zu essen bekamen, Verwandte einander wiedersehen und tüchtige Händler und Händlerinnen gute Geschäfte machen konnten.

Golddaumen hatte sich, erneut unkenntlich verhüllt, aus der Stadt begeben, um pünktlich am Tag des Festes heimzukehren. Nicht auf den ersten Blick wurde sie wiedererkannt, waren doch viele Jahre vergangen, doch dann sahen die Leute ihren Daumen, und wessen Mahlzeit sie berührte, die und der freuten sich über einen besonders schmackhaften Genuss.

So waren alle glücklich und zufrieden, die Ratsherren konnten in aller Ruhe die Geschicke der Stadt weiter bestimmen, der Pharmakus ging niemandem ab und der Pfarrer gab dem Ganzen seinen Segen.

Schlafplatzharmonisierung, Buchstabenmystik und ein Gebet

Die zu Beginn beschriebene, quasi geheime Information in den Holztieren hat in unserer Welt eine Entsprechung, um tiefen und erholsamen Schlaf zu unterstützen. Während meiner Zeit beim bereits erwähnten Radiästhesisten Erich

Strasky lernte ich die damals neu auf den Markt kommenden Produkte seines deutschen Kollegen, *Hellmut Volk*, kennen. Auch er hatte jahrelang die Ursachen schlechten Schlafens, aber vor allem darauffolgende Erkrankungen, erforscht. Zum Beispiel erzählte er mir von einem Ort, in dem alle Menschen, die auf der einen Seite der Straße lebten, erkrankten, während alle auf der anderen gesund geblieben waren. Im Teil des Ortes, in dem die Kranken wohnten, konnte eine Störzone festgestellt werden. Für Menschen, die keine Möglichkeit hatten, ihren Schlafplatz zu verlegen, suchte er deshalb nach einer praktikablen Lösung. Er entdeckte, dass Quarzmehl eine immens große Speicheroberfläche auf kleinstem Raum bietet. Mit einem selbst entwickelten Verfahren der Schwingungsübertragung gelang es ihm, darauf Informationen aufzuspeichern, die geeignet sind, vorhandene belastende Energien in positiv wirksame umzupolen. Anhand der *Geldrollenbildung* im Blutbild oder mithilfe von *Meridianmessungen* und *Kirlianfotografie* lässt sich deren Wirksamkeit darstellen. Besondere Helferlein der so entstandenen Produktserie sind energetisch informierte Plüschtiere. So ein *Pen Yang* Bär oder anderes Tier wie Hase oder Katze unterstützt das Einschlafen, wenn die Augen geschlossen werden, denn die Alpha-Wellen werden angeregt. Umgekehrt verstärken sich Beta-Wellen bei geöffneten Augen, das heißt, die Konzentration wird besser. Im Wiener Institut für energetische Testverfahren wurde dieser Effekt bestätigt. Ich selbst habe seit Jahren so einen Bären immer neben dem Kopfpolster – durchaus möglich, dass ich andernfalls viel schlechter schliefe. Jedenfalls erinnern mich die besonderen Eigenschaften der Holztiere im vorigen Märchen sehr an diese kuscheligen Schlafhelferlein. Denn ihr Prinzip ist, Schädliches zu verwandeln und Hilfreiches zu verstärken.

Traum und Wirklichkeit?
Zum Märchen über Golddaumen notierte ich auf meiner facebook-Seite – *creativelife & business*: »20. 5. – ein erstes Märchen ist fertiggeschrieben, fürs neue Buch. Die 20 lieferte die Inspiration für den Schluss, die 25 (20 + 5) passt zum Inhalt. Denn in dieser Geschichte geht es viel um das Helfen, sich selbst und gegenseitig. Auch, damit die Welt ein Stückchen lebenswerter wird. Wer eine 25 im Geburtstag hat, der hat hier einen besonderen Auftrag. Doch muss er oder sie erst unterscheiden lernen zwischen dem Lindern von Not oder dem sich Einmischen, wenn es weder gewünscht noch nötig ist. Wer anderen die Chance zur Selbsthilfe nimmt oder die Wahl, darf sich nicht wundern, wenn er oder sie statt Dank Unwillen erntet.

Dieser ›Geburtstag‹ meines Märchens bzw. die kabbalistische Analyse des Zahlenbildes deutet darauf hin, dass es wahrgenommen werden, dass es Licht in die Herzen der Lesenden scheinen wird. Und ihre Sinne schärfen, damit sie empfindsam werden für Ungesagtes. Wer sich damit in den Schlummer liest, erwacht danach zu einem neuen morgen. Märchen können dein Leben verändern, sie wirken!«

Auf meiner facebook-Seite veröffentliche ich nicht regelmäßig, aber immer wieder, Tipps, die ich auf Basis meiner numerologischen Kenntnisse vom jeweiligen Tagesdatum ableite. In meinem Buch über die Raunächte sind die durch die Zahlen symbolisierten Energien der Tage um Weihnachten und Neujahr beschrieben. Weil ich auch Namen und Begriffe analysiere, möchte ich an dieser Stelle die Wörter *Traum* und *Schlaf* ein wenig näher aus dieser numerologischen Perspektive betrachten. Das Ergebnis gilt natürlich nur für den deutschen Sprachraum, in anderen Sprachen wird »anders« geträumt und geschlafen – das ist durchaus ernst gemeint, ich spreche etliche Sprachen und stelle immer wieder fest, dass ich mich auch anders fühle, wenn ich diese spreche. Daher bin ich überzeugt, dass die Art und Weise, wie Menschen einander begegnen, von ihrer Sprache mitbestimmt wird. Wobei es wechselwirksam ist, die Historie und die Werte eines Volkes hatten vermutlich auch Auswirkung auf die Entwicklung ihrer Sprache und damit der Bedeutung, besonders aber ebenso den Wert, für den Begriffe stehen. Bekannt ist etwa das deutsche Wort *Bildung*, das es in der von uns gemeinten Form angeblich in keiner anderen Sprache gibt. Education (ist im Englischen, Französischen und Italienischen fast identisch) ist einfach nicht dasselbe. Auch das Wort *Rabenmutter* hat keine Entsprechung in anderen Kulturen. Geschlafen aber wird überall, geträumt ebenso. Aber vielleicht ein wenig anders.

Im Deutschen geht es vor allem um Mut. Wir stellen uns willentlich den Gefahren, den hinter dem Nebelschleier des Unbewussten versteckten Risiken des Lebens. Freuds Erkenntnisse wurden also durch seine Sprache mitbestimmt, die englische Sprache aber brachte ihm Erfolg, denn das S des *sleep* steht dafür. Auch im Französischen, Italienischen, Spanischen, sogar im Tschechischen steht an erster Stelle und damit dem Platz des Willens das S, also für den Willen zum Erfolg. Es wäre also interessant zu wissen, ob Schlafstörungen eher ein Phänomen des deutschen Schlafraumes sind. Denn unser SCH wird als ein Buchstabe gewertet und besitzt einen anderen Zahlenwert, Krankheiten und Unklarheiten sind damit ein Teil unserer Absicht beim Schlafen. Das L zeigt, dass wir im Schlaf sogar hingebungsvoll lernen können, das haben wir mit englischsprachigen Menschen gemein. Im someil verarbeiten Franzosen ihre Erfahrungen des Tages besonders intensiv, um daraus zu lernen, während Griechen im ὕπνος sich neues Wissen von den Engeln einflüstern lassen. Im Deutschen lassen wir diese für uns arbeiten. In Ungarn scheint schlafen – *alvás* – starker Willensanstrengung zu bedürfen, während wir die unsere in Richtung Gemeinschaft und Kommunikation lenken. Daraus könnte man schließen, dass uns besonders im

Schlaf das Wohl unserer Mitmenschen, unserer Familie am Herzen liegt. Gut schlafen, um gesund zu bleiben, damit wir uns auch weiterhin sinnvoll in der Gesellschaft einbringen können. Hingegen vertrauen wir im Wachsein in Sachen Gemeinschaft eher dem lieben Gott. Auch Serbische Schläfer *(san)* verbinden den Willen zum Erfolg – s – mit dem Lernwillen – a an 2. Stelle –, der in gemeinschaftlicher Disziplin – n – umgesetzt wird. Dass wir in eigenen Betten und Räumen schlafen, ist eine Errungenschaft der letzten Jahrzehnte, früher war es durchaus üblich, in Gruppen zu nächtigen, schon wegen der einzigen Wärmequelle. Selbst Betten waren mehrfach belegt und gegen Entgelt an Bettgeher vermietet. Ein weiterer Eintrag im Dankes-Tagebuch: ein eigenes Bett im eigenen Schlafzimmer. (Ehe-)Paaren, die sich gegenseitig durch Schnarchen oder heftige Bewegungen am Schlafen hindern, wird geraten, die Konventionen zu überdenken. Wer ausgeruht erwacht, ist entspannt, die Gefahr von ausartenden Zwistigkeiten wird drastisch gemindert. Vielleicht wäre diese Aussicht getrennte Schlafzimmer wert?

Deutschsprechende Schläfer und Schläferinnen streben im *Traum* nach Weisheit und greifen zurück auf bereits angesammeltes Wissen. Die zahlenkabbalistische Analyse des Wortes beschreibt also genau den Vorgang, der abläuft während das Gehirn für Außenreize unempfindlich und ganz mit sich selbst beschäftigt ist. Wie schon erwähnt, verbindet es neue Erfahrungen mit bereits vorhandenen, wodurch die persönliche Kompetenz gesteigert wird. Das höhere Selbst darf ungestört sortieren, ausmisten und einordnen, damit das Ich nach dem Erwachen ein wenig weiser ist. Die Doppelbedeutung des Wortes *Erwachen* findet sich in allen Sprachen, die mir geläufig sind, über andere kann ich hier nichts aussagen. Das A als Symbol der Willensstärke findet sich im Deutschen an der dritten Stelle, und könnte dahingehend interpretiert werden, dass wir uns im Traum an die Gesamtheit des Seins anbinden, also verbunden sind mit allen Wesen und Weisheiten, auch mit denen, die wir im Wachbewusstsein leugnen. Das U an vierter Stelle deutet an, dass wir all das vorab Genannte noch mal gründlich analysieren, um es anschließend der heilenden Transformation (M) zuzuführen. Englisch träumende können das Arbeiten schwerer loslassen, bzw. sehen sie Träumen als Arbeitsauftrag, gleichzeitig als Entscheidungshilfe, dabei nützen sie ebenfalls ihr bereits vorhandenes Grundwissen, scheinen aber den Weg des Glaubens direkt zu beschreiten um mit willensstarkem Handeln durch Loslassen genauso wie wir die heilsame Wandlung zu erreichen. Im Italienischen unterscheiden sich Sonno – der Schlaf – und Sogno – der Traum – nur durch einen einzigen Buchstaben. Das N der Disziplin wird zur harmonischen Einbettung in die All-Einheit, denn das G ist an »seinem Platz« mit dem Zahlenwert 3 an der dritten Stelle im Wort. Und Französisch Träumende sinken voller Vertrauen in die heilsamen Kräfte dieses Zustandes in Schlaf.

Zu Beginn des Märchens von Golddaumen wird erwähnt, dass wir Menschen die Wahrheit oft gar nicht so gerne erkennen wollen. Während ich es schrieb, erreichte mich das Mail eines Priesters, *Richard Baus,* heute geistlicher Rektor eines Franziskanerinnen-Klosters. Wir hatten uns während meiner Schulzeit kennengelernt und nun, dank transnationaler Internetverbindung, haben wir wieder Kontakt. Seine anregenden Predigten sind im weltweiten Netz nachzulesen, ich kann sie sehr empfehlen. Auch oder gerade, wenn man nicht seiner Meinung ist, denn sich Gedanken darüber zu machen, welchen Auslegungen man zustimmt und welchen und warum nicht, regt das selbstständige Denken und die persönliche Meinungsbildung wunderbar an. Das von ihm zitierte Gebet *eines älteren Menschen*, der Hl. Theresa von Avila zugeschrieben, schien mir perfekt passend. Als Kind lernte ich, mit einem Gebet mich vom Tag zu verabschieden, gleichzeitig um göttlichen Schutz bittend. Mein bis heute unerschüttertes Vertrauen in diese himmlische Begleitung ist vermutlich diesem über Jahre hindurch gesprochenen Mantra zu danken und wirkte bestimmt mit als wichtiger Baustein meiner lebensbejahenden und optimistischen Lebenseinstellung. Die Überzeugung, dass alles Sinn macht, was mir widerfährt, und ein gutes Ende schließlich immer zu erwarten ist, lässt mich sogar an die Kraft von Märchen glauben. Ich weiß nicht, wie viele Menschen sich heute noch betend in den Schlummer begeben, einen Versuch wäre es doch wert. Der Heiligen Humor ist es allemal, hier nur ausschnittweise wiedergegeben.

Bewahre mich vor der Einbildung, bei jeder Gelegenheit und zu jedem Thema etwas sagen zu müssen.

Erlöse mich von der großen Leidenschaft, die Angelegenheiten anderer ordnen zu wollen.

Bei meiner ungeheuren Ansammlung von Weisheit erscheint es mir ja schade, sie nicht weiterzugeben. Aber Du verstehst – oh Herr – dass ich mir ein paar Freunde erhalten möchte.

Ich möchte keine Heilige sein, mit ihnen lebt es sich so schwer, aber ein alter Griesgram ist das Krönungswerk des Teufels.

Das folgende und damit abschließende Märchen dieses Buches schrieb ich als Geschenk für eine liebe junge Freundin, gerne nenne ich sie auch meine Wahlnichte. Zuvor hatte sie mir begeistert von ihrer Indienreise berichtet, gleichzeitig erinnerte ich mich der Schilderungen meines Vaters, der Mitte der 1960er Jahre dieses riesen Land bereiste und aus seinen Eindrücken auf Acht-Millimeterfilm eine faszinierende Dokumentation schnitt. Diese in meiner Kindheit aufgenommenen Bilder flossen wohl beim Schreiben zu Beginn mit ein. Die märchenhaft Beschenkte hat bereits ein umfangreiches Wissen über Ernährung,

TCM, und manch andere hilfreichen Methoden, vor allem aber großes Einfühlungsvermögen.

Mit Helenas Erlaubnis wird ihr Märchen hier veröffentlicht, möge es auch Sie auf Ihren Traumreisen heilsam begleiten.

Von Hella, die schließlich auszog, die neue Welt zu erkunden

Es war einmal ein kleines Mädchen, das hatte sich im Wald verlaufen. Dunkel war es um sie herum und die Bäume knarrten im Wind. Ansonsten herrschte gespenstische Stille, kein Tier, das quiekte oder brummte oder zwitscherte, keine Fliege, die sich auf sie hätte setzen können. Nur der Wind und das Knarren des Holzes waren zu hören. Immer finsterer und kälter wurde es um sie herum und das kleine Mädchen begann sich zu fürchten, doch ihre lauten Hilferufe verhallten ungehört.

Plötzlich umschlangen sie zwei kräftige Arme – ach nein, es waren Zweige, die sie hochhoben in eine Baumkrone und eine Kuhle, in die sie genau hineinpasste. Das Knarren wurde zu tiefem Summen, erschöpft schlief sie ein.

Während des Traumes erschien ihr eine silberne Fee, die ein Lied sang, so schön, wie das Mädchen es noch nie gehört hatte, begleitet von Schalmeien und Saiteninstrumenten, die in dem Land, aus dem das Mädchen gekommen war, gänzlich unbekannt waren. Helenchen wurde warm ums Herz, als schienen die starken Strahlen der Sonne des Landes, aus dem diese Musik herüberwehte. Sie fühlte mit ihrem Herzen den Worten der fremden Sprache nach und erfuhr Geschichten von grausamen Kämpfen um verborgene Schätze, von Dschinns und Flaschengeistern, ebenso von armseligen Menschen, die ohne Beine und Hände lebend am Straßenrand auf Almosen der Reichen hofften. Sie hörte von Kindern, die ihre Eltern nie gekannt hatten, und von Tieren, die wie Gottheiten verehrt wurden. In jenem Land wurde mehr auf das Leben der Tiere auf den Straßen geachtet denn auf das der Menschen, die ohnedies wohl eher wie diese lebten. Sie spürte die Schläge, die viele von ihnen ertragen mussten, die Tritte von hochmütigen Jugendlichen und wie diese dann lachten, wenn eine der Bettlerinnen sich schützend über ein Baby beugte. Sie musste erleben, wie eines der Mutter entrissen wurde und wie ein Ball durch die Luft flog, ein menschliches Spielzeug. Sie spürte den unendlichen Schmerz dieses kleinen Wesens und endlich vernahm sie auch den Ruf, der aus all den Seelen der Armseligen zu ihr drang. Sie hörte das Weinen, das Flehen um Rettung, gleichzeitig spürte sie die Liebe, die mit diesen Rufen zu ihr drang. Merkwürdigerweise hielt sie all diesen Schmerz aus, sie schlief entspannt weiter, aber die Bilder dieser fernen Welt, in der Menschen im unfasslichen Elend lebten, gruben sich tief in ihre Erinnerungsspeicher ein.

Als sie am nächsten Morgen erwachte, war sie ein ganzes Stück älter geworden, die Szenen des Traumes flackerten nur mehr unbestimmt vor ihrem inneren Auge, sie wusste nur noch: Da war eine Aufgabe, die auf sie wartete. Sie blickte um sich und sah die Sonne durch die Baumkronen blinzeln, endlich hörte sie wieder Vögel zwitschern, ihr Herz wurde weit und voller Vertrauen, ihren Weg nach Hause zu finden. Sie bedankte sich artig bei dem Baum und bat ihn, sie wieder auf den Weg in ihr Heimatdorf zu setzen. Der Baum versuchte ein Lächeln – so spürte sie es jedenfalls in ihrem Inneren – und setzte sie auf den Ast des Nachbarn, der sie weiterreichte. Durch die Baumkronen ging es dahin, so lange, bis eine Wiese und ein Weg in Sicht waren. Dort wurde sie behutsam hinuntergelassen. Ein Zwerg stand schon da voller Erwartung und reichte ihr ein Körbchen, gefüllt mit den herrlichsten Blaubeeren. Der Kleine begleitete sie ein Stück, bis sie den Weg nicht mehr verfehlen konnte und schärfte ihr zum Abschied ein: »In ein paar Jahren, wenn du erwachsen bist, werden wir dich an deinen Traum erinnern. Mache dich dann auf den Weg, in das Land, von dem er dir berichtete. Dort warten Menschen, denen du Licht und Hoffnung sein wirst. Wir werden immer über dich wachen, damit dir kein Leid geschieht.«

Verwirrt beschloss das Mädchen, sein Erlebnis erst mal für sich zu behalten, denn es wusste niemanden in seinem Dorf, der ihm Rat geben konnte.

Die Eltern warteten schon voller Sorge und schlossen sie überglücklich in die Arme. Da spürte Helene das Glück, so wohl geborgen aufwachsen zu können, es fehlte ihr weder an Liebe noch an Nahrung, sie kannte keine Schläge und freute sich über das unbeschwerte Spiel mit ihren Freundinnen.

Die Jahre gingen vorüber, sie war klug und lernte gut, weshalb der Lehrer meinte, sie solle in die Stadt, um mehr lernen zu können. Schweren Herzens machten die Eltern ihre nun beinahe erwachsene Tochter reisefertig, gaben ihr einen Begleitbrief für eine Verwandte in der Stadt mit, ein wenig Reisegeld und Wegzehrung. Alle aus dem Dorf waren zu ihrer Verabschiedung versammelt, die Blasmusik spielte einen Marsch und der Pfarrer sprach den Segen. Viele Tränen wurden gewischt, aber die Eltern wussten, dass Helene ihr Glück machen sollte und dafür mehr brauchte, als ihr die dörfliche Gemeinschaft bieten konnte.

In der Stadt angekommen staunte sie sehr, denn bisher hatte sie nur selten die Mutter in die nächstgelegene Marktgemeinde begleitet, nie zuvor war sie in einer so großen Ansammlung von Häusern und Menschen gewesen. Hier aber umgaben sie riesige Gebäude, geschäftiges Treiben, prächtige Fuhrwerke und Menschen in eleganter Kleidung. Eine Droschke wartete vor dem Bahnhof und sie nannte dem Kutscher die Adresse der Muhme.

Hurtig ging es durch die Gassen und Straßen der Stadt, Menschen, Tiere, Wäsche flogen an ihr vorbei. Sie merkte schnell, dass all das bunte Treiben nicht nur reich und elegant und schön war, sie spürte viele verschiedene Gefühle, die von den Bewohnerinnen und Bewohnern der Stadt ausgesendet wurden. Bunt gemischt erreichten sie Schmerz und Freude, Angst und Erstaunen, Hunger und Sattgefressen sein. Sie hörte Kinderlachen und -weinen, Frauen wehklagen und Männer schreien. Sie sah Trinkkumpane, die sich ihren Rausch ausschliefen und Wäschermädel, die fröhlich sangen, während sie beim Brunnen die Wäsche ihrer reichen Herrschaft sauber schwemmten. Sie erkannte Marktstände mit prächtigem Gemüse und Obst in Hülle und Fülle und sah hungrige Kinderaugen, die darauf lauerten, dass eine dieser Köstlichkeiten auf den Boden geworfen wurde, weil sie bereits zu faulen begonnen hatte.

So war es also, das Leben in seiner Fülle, schön und hässlich, leicht und schwer nah beieinander. Sie beschloss, alles zu lernen, was sie brauchen könnte, um dem Elend ein Schnippchen schlagen zu können.

Endlich waren sie bei der Muhme angekommen. Sie lebte am Rande der Stadt, hatte ein kleines Häuschen mit einem blumengeschmückten Garten, ein allerliebstes Hündchen bellte erwartungsvoll. Hella, wie sie nun, da sie groß geworden, genannt wurde, bezahlte den Kutscher, bedankte sich für die sichere Fahrt und öffnete das Tor. Rund um sie erhob sich ein seltsames Klingen und die Luft ringsum schien wie von Goldstaub durchdrungen. Sie fühlte sich kühler an als vor dem Tor, aber nicht unangenehm. Eher wie eine sanfte Brise, die im Sommer Erfrischung verschafft. Vorsichtig klopfte sie an die kleine Holztüre. Nach einigem Warten öffnete ein altes Weiblein und musterte Helene streng von Kopf bis Fuß. Die Maid hatte ihren Brief schon vorbereitet und übergab ihn der Frau mit den Worten: »Ich bin die Tochter eurer Schwester Anna, eure Nichte, meine Mutter bittet euch, mich als Lehrling aufzunehmen und für meine weitere Ausbildung zu sorgen.«

Die Alte sprach noch immer kein Wort, schüttelte ein wenig den Kopf, nahm den Brief, ließ das Mädchen vor der Türe stehen und schloss die Türe wieder. Hella stand verwirrt da, aber das Hündchen umschmeichelte sie bereits schwanzwedelnd und bettelte um ein paar Liebkosungen. Die junge Frau liebte alle Tiere und freute sich über den freundlichen Gesellen – wenigstens einer, der mich willkommen heißt', dachte sie und streichelte den struppigen Menschenfreund, lachte ihm in die klugen Knopfäuglein und warf das Hölzchen, das er ihr vor die Füße legte. Beide ahnten nicht, dass die Muhme hinter den Gardinen ihr Spiel aufmerksam beobachtete. Als beide müde geworden waren, setzte sich das Mädchen auf die Bank vor dem Haus, der Hund neben sie und beide fielen alsbald in einen tiefen Schlummer.

Als Hella ihre Augen wieder öffnete, stand neben ihr eine dampfende Suppe und auch ihr neuer Freund hatte ein Schälchen bekommen. Erst jetzt merkte sie, wie hungrig sie war und freute sich über die wärmende und köstliche Mahlzeit. Und wieder beobachtete die Muhme hinter dem Fenster das Mädchen, nickte gemächlich mit dem Kopf, las wiederum den Brief und dachte nach, wie sie das Mädchen am besten für ihren weiteren Lebensweg vorbereiten konnte. Als Hella fertig gegessen hatte, schaute sie sich neugierig im Garten um. Alsbald entdeckte sie ein Kräutergärtlein, in dem sie viele ihr bereits bekannte Würz- und Heilkräuter entdeckte, aber auch etliche, die sie noch nie gesehen hatte. Interessiert betrachtete sie deren Blätter, roch an ihnen und stimmte sich ein auf ihre Seelenwesen, um mit ihnen ins Gespräch zu kommen. Besonders eine der Pflanzen, eine grazile, hochaufwachsende, mit zarten Blättern schloss sie in ihr Herz und erfuhr allerlei über deren wundersame Heilkraft für Körper und Seele. Nun endlich hatte die Muhme genug beobachtet und trat vor das Haus. »Komm herein, es wird Abend und der Herd muss geheizt werden« – allzu viele Worte verlor die Alte selten, denn das Lange-allein-Leben hatte sie nicht gerade gesprächig gemacht.

Aber Hella war eine gelehrige Schülerin, die sich nicht sträubte, wenn eine Ältere ihre Eigenheiten hatte, denn sie wusste, dass sie noch viel zu lernen hatte und wollte keine Gelegenheit dazu auslassen.

Sie blieb drei Jahre, lernte die Kräuterkunde, wie man Tinkturen und Salben daraus bereiten konnte, und wofür welches Kräutlein anzuwenden sei. Auch über die Heilkraft der Nahrung lernte sie einiges, sie wusste, was einen Kranken auf seinem Genesungsweg wieder zu Kräften kommen ließ, welche Speisen eine Wöchnerin benötigte, aber auch, womit man einem Sterbenden noch einige Freude bereiten konnte, um seinen Weg leichter zu machen.

Endlich eines Tages trat die Alte zu ihr und sprach: »Ich habe dich nun alles gelehrt, was ich weiß, es ist Zeit, dass du in die Welt hinausgehst, dein Wissen anwendest und noch manches dazu lernst, von dem hierzulande niemand Ahnung hat. Nimm dieses Büchlein, darin stehen Rezepte und Zaubersprüche, wende sie weise an, immer nur zum Wohle der Menschen, Tiere, Pflanzen und überhaupt der Gegend, in der sie gedeihen. Hier dieser Beutel, darin findest du ein Pfeiflein, wenn du darauf bläst, tönt sein Ton dorthin, woher dir Hilfe kommen kann, solltest du einmal in Not geraten. Missbrauche es nicht, sonst verliert es seine Zauberkraft. Das Kraut, mit dem du an deinem ersten Tag Freundschaft geschlossen hast, nähe es ein nahe deinem Herzen, es wird dich beschützen und dein Herz empfindsam halten, sowohl für die echten als auch die scheinbaren Bedürfnisse der Menschen. Denn so sehr viele Menschen Hilfe benötigen, so oft werden wir, die helfen wollen, auch zum Eingreifen verführt, davor soll es dich bewahren – vergiss also nie, dass ein ›Nein‹ oft mehr Heilkraft besitzt als die wirksamste Tinktur. Sorge dafür, dass du selbst wohlauf und fröhlich bleibst, denn krank und traurig bist du niemandem eine Hilfe. Und zuletzt soll dich *Rufus* (das heißt *der Rote*), das Hündchen, begleiten. Schon bei deiner Ankunft hast du seine Zuneigung gewonnen, er wird dir Gesellschaft sein und notfalls den Weg zurück in die Heimat finden.« Dann schwieg die Alte, so viel hatte sie in all den Jahren nicht gesprochen und sie war müde. Hella – sie war eine schöne, starke und kluge junge Frau geworden – dankte ihr, umarmte sie und machte sich auf den Weg, den fröhlichen Rufus mal vor und mal hinter ihr laufend, schnüffelnd, als wolle er den Weg erkunden, damit sie kein Unheil überrasche.

Sie wanderte von Ort zu Ort, kam in kleine Dörfer, zu Einschichten und auch in viel größere Städte. Überall gab es Kranke, die froh waren über Linderung, über ein Ohr, das ihnen lauschte oder eine sanfte Stimme, die ihre Seele beruhigte. Viele brauchten gerade das, denn sie waren oft traurig und konnten sich zu nichts aufraffen, andere waren innerlich von Zorn oder Hass zerfressen, da war es kein Wunder, wenn auch ein Geschwür mithalf, den Körper zu zerstören. Nicht alle konnten ihre Hilfe annehmen, sie blieben missmutig, machten allen anderen Vorwürfe und gaben ihnen die Schuld für ihr Elend, daran konnten auch Hellas Heilkünste nichts ändern. Andere aber freuten sich, denn sie begriffen endlich Ursache und Sinn ihres Leidens und erfuhren, welchen Ausweg sie nutzen konnten.

Die Kunde von dieser sanften, klugen und schönen jungen Frau eilte ihr alsbald voraus. Jedes Mal wartete eine große Menge auf sie, wenn sie in einen Ort kam. Immer wurde sie mit offenen Armen empfangen, erhielt Schlafstatt und Nahrung, ihr Hündchen bekam einen vollen Napf und alle waren's zufrieden.

Eines Tages war sie am Meer angekommen, sie kannte es aus Erzählungen, aber es wirklich zu sehen und seinem

Rauschen zu lauschen, war doch etwas anderes. Sie sah kleine Fischerboote, sammelte Muscheln und Schneckenhäuser und beobachtete die Möwen. So lief sie voller Freude den Strand entlang, der Wind umschmeichelte ihr blondes Haar und sie sang mit den Wellen um die Wette.

Und dann erblickte sie am Horizont ein Gebäude, das auf den Wellen dahinglitt, es kam näher und Hella erkannte ein Wesen, das das schwimmende Gebilde anführte, untrennbar damit verbunden und doch einsam immer voran. Es war eine Frauengestalt, ihr Kopf und ihre Brust der um sie wehenden Luft entgegeneilend, doch dort, wo Menschen Beine haben, setzte sich ihr Körper fort und weitete sich zu einem dicken Bauch, der teils im Wasser versank, teils weiter nach hinten sich fortsetzte und einen breiten Abschluss fand, in dem sich der Hauptteil des Hauses mit schön verzierten Fenstern befand. Noch näher kam das Gefährt und in Öffnungen der Breitseite erblickte Hella Kanonenrohre, und ein tiefer Schmerz schnürte ihr die Brust zusammen. Sie wusste um das Leid, das diese Kriegsmaschinen verursachten, sie hatte schreckliche Wunden zu heilen sich bemüht und viel zu oft waren all ihre Künste umsonst gewesen.

Nun war diese Wohnstatt des Ozeans ganz nahe gekommen, ein Seil mit einem Eisen wurde ausgeworfen, woraufhin das schwimmende Haus auf der Stelle schwankend auf den Wellen verblieb. Kleine Boote glitten von oben, an Seilen geführt, herab, in ihnen saßen einige Männer, die kurz darauf, als sie zu Wasser gelassen waren, Richtung Küste ruderten. Da Hella nicht wusste, ob sie den sich nähernden Menschen trauen konnte – sie hatte ja die Kanonen gesehen und war in angespannter Erwartung – versteckte sie sich erstmal hinter einem dichten Busch, der Teil eines Haines nahe der Küste war. Rufus blieb dicht bei ihr, er musste ja seine Herrin beschützen.

So konnte sie in Ruhe die Männer beobachten, die ihre Boote vertäuten und an Land gingen. Sie sahen etwas merkwürdig aus, trugen sehr unterschiedlich gepflegtes Gewand und bewegten sich mit schwankendem Schritt, es war ihnen anzusehen, dass sie lange Zeit auf bewegtem Untergrund unterwegs gewesen waren. Die Gruppe war mit Säbeln und teilweise Pistolen ausgestattet, ein weiterer Grund für Helene, sich nicht aus ihrem sicheren Versteck hervorzuwagen. Sie kannte das Leid, das viele Frauen erleiden mussten, wenn ausgehungerte Mannsbilder sich auf sie stürzten.

Sie entdeckte ein großes Fass, das die rauen Gesellen nun aus einem der Boote hievten und am Strand Richtung Landesinnere rollten. Bald waren sie im Wäldchen verschwunden, zurück blieben nur ein Schiffsjunge und ein Hund, beide sollten sie auf die Boote achten, während die Kumpanen wohl das Fass wieder anfüllen ließen. Nach einiger Zeit, die sie noch abwartete, um sicher zu gehen, dass keiner der wilden Kerle zurückkam, wagte sich Helene hervor und ging vorsichtig zum Strand und den Booten, wo der Junge mit dem Hund Hölzer werfen spielte. Sie waren recht vertieft, die Freuden der Weite, die die seltenen Besuche an Land boten, auszukosten, deshalb bemerkten sie Hellas Anwesenheit erst, als sie bereits vor ihnen stand.

Beide waren sie offenen Herzens und voller Neugier, voneinander zu erfahren, also kamen sie rasch ins Gespräch. Der Junge erzählte ihr, dass sie von weit entfernten Inseln zurückkehrten, um neuen Proviant für die Rückfahrt zu sammeln. Es waren keine Piraten, nur wind-, wetter- und See-erfahrene Soldaten des Königs von England. Sie waren deshalb nicht viel freundlicher oder anständiger als die niemandem außer ihrem Käpt'n verpflichteten Piraten, aber sie mussten sich an die Gesetze des Königs halten, denn jedes Vergehen wurde strengstens bestraft, nicht selten auch mit dem Tode. Die See war ihrer aller Grabstätte, aber sie wollten doch erst möglichst spät in diese hineingleiten müssen. Nun wusste die junge Frau, dass sie nicht wirklich was zu fürchten hatte.

Die jungen Leute warteten auf die Gruppe, die nach etlichen Stunden nicht nur mit dem neu gefüllten Fass, sondern auch mit allerlei anderen Gütern zurückkehrte. Aber was war da los? Einer von ihnen blutete aus der Nase, der andere hatte notdürftig sein Hemd als Verband um seinen Arm geschlungen und auch die anderen wiesen Kratzer und sogar schlimmere Verletzungen auf. Sie mussten wohl in eine Schlägerei geraten sein, aber Hella fragte nicht lange, sondern packte ihre Tasche aus mit allerlei Kräutlein, Verbänden und Tupfern, die man für das ordentliche Versorgen von Wunden brauchte.

Das salzige Meerwasser brannte zwar auf den Wunden, war aber gleichzeitig heilsam, das wussten die schmerzgewohnten Männer, und so ließen sie sich freudig von der schönen Jungfrau versorgen, es war eine willkommene Abwechslung in ihrem sonst doch eher rüden Alltag. Sie erzählten Hella, dass sie erneut unterwegs waren im Auftrag des Königs, um ferne Länder zu entdecken und ungeahnte Schätze zu bergen, die den Reichtum des Landes mehren sollten.

Hella witterte ihre Chance und bat, dass man sie mitnehmen möge, sie wäre doch eine wertvolle Hilfe mit ihrem umfangreichen Wissen über heilende und gesundheitsförderliche Ernährung und Lebensformen. Angst hatte sie keine, sie hatte ja ihr Schutzkräutlein im Mieder eingenäht und ihr Hündchen an ihrer Seite.

Die beiden Vierbeiner hatten inzwischen auch Freundschaft geschlossen und liefen fröhlich am Strand um die Wette. Die Männer wollten wohl gerne so eine junge freundliche und hilfreiche Maid mit auf ihr Schiff nehmen, doch mussten sie erst ihren Käpt'n um Erlaubnis fragen. So versprachen sie, eine Flagge zu schwenken, ließen eines der Boote, den Jungen und zwei kräftige Ruderer zurück, damit sie nachkommen könne und fuhren erstmal mit den Vorräten Richtung Schiff.

Es dauerte eine lange Weile – später erfuhr Hella, dass der Kapitän, der sie ja noch nicht gesehen hatte, sich entschieden dagegen aussprach, denn Weiber würden immer nur Unheil auf einem Schiff voller Männern auslösen. Doch letztendlich war es dem ersten Maat gelungen, ihn zumindest zu einer Probe zu überreden, sie könnten sie ja im nächsten Hafen wieder absetzen und mit einem anderen Schiff nach Hause zurückschicken. Endlich also schwenkten die Seeleute eine weiße Fahne, das vereinbarte Zeichen, und das kleine Boot mit vier Menschen und zwei Hunden stach in See. Die ungewohnte, schwankende Bewegungsart brachte das Mädchen zunächst einigermaßen durcheinander, auch ihre Magensäfte wehrten sich, weil ihre Bewegungen nicht im Einklang waren mit denen des Ozeans, doch dann erinnerte sich Hella an ihr Kräutlein, roch ein wenig daran und schon fühlte sie sich wieder wohl und war voller Anspannung auf die neue Welt, die sie erwartete. Wäre jemand am Strand gestanden, er hätte beim Ruder des Bootes ein kleines Männchen entdecken können, mit einer Zipfelmütze. Doch die im Boot schauten alle nach vorne und wussten noch nichts von dem winzigen Begleiter.

Es sollte eine lange Reise werden, mit vielen Abenteuern, die die Traumbilder der Kindheit wiedererweckten, die sie wohl auch mit der Hilfe ihres Wunderpfeifleins gut überstand. Die heilkundige Frau brachte unbekannte Kräuter und blütenreiche Pflanzen zurück und auch sonst ist da noch allerlei zu erzählen. Zunächst aber wollen wir ihr gute Reise wünschen und warten geduldig, bis die Sängerin wiederkehrt um uns die Lieder aus der neuen Welt zu singen.

Epilog oder ein Plädoyer für Märchen

»*Märchenstunden sind die höchste Form des Unterrichtens.*« Gerald Hüther, der bekannte Gehirnforscher, schwärmt regelrecht, wenn er beschreibt, wie komplex das Lesen und Erzählen von Märchen wirkt. Denn Lernen gelingt am besten, wenn es »*ein bisschen unter die Haut*« geht. Weil Emotionen dafür sorgen, dass neu Erfahrenes mit bereits im Langzeitgedächtnis Gespeichertem verknüpft wird. Der Soziologe *Gerhard Schwarz* formulierte es so: Wir merken uns nur, was uns betrifft, was uns berührt. Bedeutet so viel wie: Womit wir emotional in Resonanz gehen, prägt sich ein. Das lehrte er bereits 1975, als ich seine Vorlesung an der Uni Wien besuchte. Für mich gleichzeitig Aha-Erlebnis und Schock. Denn so einleuchtend seine Ausführungen waren, so wenig fand deren Inhalt Beachtung im Schulunterricht, den ich eben hinter mir gelassen hatte. Noch trauriger ist, dass diese Botschaft – und auch Hüther wird nicht müde, zu betonen, dass damit verbundene Freude am ehesten geeignet ist, Lerninhalte zu verankern – nach wie vor zu selten im klassischen Schulunterricht berücksichtigt wird.

Aber warum gerade Märchen? Hüther bezieht sich auf die tradierten, weil diese auch bei Erwachsenen bewirken, dass Kindheitserfahrungen und damit verbundene Gefühle erinnert werden, dass die Bilder der Märchen eine gemeinsame Plattform von Vertrautem und Bekanntem schaffen, daher auch Zugehörigkeitsgefühl erzeugen und damit den Zusammenhalt einer Kulturgemeinschaft fördern. Er vergleicht es mit dem Gesang der Vögel, der abgesehen von Reviersicherung auch dazu dient, den Jungtieren ihre Zugehörigkeit einzuprägen. Der Vater singt ihnen beständig die Lieder seiner Art vor, dadurch wird das zu Beginn dichte Gestrüpp an Vernetzungen nach einem bestimmten Aktivierungsmuster strukturiert verschaltet, im Gesangszentrum stabilisiert sich die jeder Art eigene »Sprache«. Auch bei Menschenkindern stabilisieren sich nur jene Verschaltungsmuster, die kontinuierlich aktiviert werden, das heißt, nur über die Sinneswahrnehmungen Angeregtes kann sich als Erfahrungswert verankern und prägt damit das persönliche Bild der Wirklichkeit.

Wenn ich Märchen schreibe, spielt all das mit. Meine Erinnerungen, die Bilder der frühen Kindheit, der Klang der Stimmen, mit denen mir die Menschen, die ich lieb hatte, denen ich vertraute, diese vorlasen. Die Körperwahrnehmung beim kuschelnden Zuhören. Aber auch später, als ich die Märchenbücher von Anfang bis Ende selbst durchlas. Ich fühle mich angebunden an den universellen Pool der Archetypen, an den Grundstock von geschätzten 3000 bis 4000 Märchenmotiven weltweit, die sich in unendlichen Erzählvariationen immer wieder neu verflechten. Die wunderbare Mischung aus ein wenig Aufregung und dem Bangen um das Wohl der Heldin oder des Helden, mit der Freude, wenn der Bösewicht überlistet ist und der Sicherheit, dass es gut enden wird, setzt im Gehirn die ideale Kombination aller Botenstoffe frei, die das Knüpfen neuer Verbindungen zwischen den Nervenzellen fördert. Das funktioniert beim Schreiben genauso wie beim Lesen oder Erzählen. Eine entsprechend heimelige Atmosphäre, das Vertrauensverhältnis zur vortragenden Person und der gegenseitige Gefühlsaustausch sind ergänzende und wesentliche Bestandteile, damit ein Rundum-Wohlfühlpaket entsteht und entsprechende Wirkung zeigt. Kinder, so sagt Hüther, sollten idealerweise Märchen erzählt bekommen, denn auch der lebendige Vortrag und adäquate Reaktionen sind Bausteine der Erfahrungsreise, die beim Zuhören und eben auch Zuschauen stattfindet.

Auch wenn meine Märchen »für Erwachsene« sind, sie eigenen sich auch gut, Kindern erzählt zu werden. Ebenso freut sich das *Innere Kind* über Beachtung, oft erfährt es dadurch Heilung, Märchen tragen dazu bei. Ihr Inneres Kind darf sich ein wenig empören, fürchten, neugierig sein und dann überrascht über den Lösungsweg, letztendlich glücklich über das Happy End. So kitschig wir manches Ende von Hollywood-Filmen empfinden, so »normal« ist es im Märchen. »Und wenn sie nicht gestorben sind, so leben sie noch heute« ist, trotz aller Unwahrscheinlichkeit, eine faszinierend logische Beruhigung für Gehirne, die viel zu oft Mord und Totschlag ohne Happy End über sämtliche Medien serviert bekommen.

»In Märchen ist die Welt überschaubar, es gibt feste Mechanismen und Gesetze.« So bringt es Literaturwissenschaftler und Märchenforscher *Heinz Rölleke* auf den Punkt. Mit ein Grund, dass unser Denken beim Lesen und Zuhören zur Ruhe kommen kann.

Gehirnforscher konnten mithilfe bildgebender Verfahren aufzeigen, dass eigene Erfahrungen die Verschaltungen im Gehirn und damit Denk-, Gefühls- und Handlungsmuster formen. Märchen stellen eine gemeinsame Bildersprache zur Verfügung, mit der Werte und Handlungsentscheidungen einer Gemeinschaft, eines Kulturkreises vermittelt werden. *»Märchen sind ein wichtiges Instrument zur transgenerationalen Überlieferung wichtiger Botschaften zur eigenen Lebensbewältigung und zur Gestaltung von Beziehungen«*, betont Hüther.

Leider kann sich diese heilsame Wirkung nur dann entfalten, wenn die Erfahrung des Kindes im Zusammenhang mit Märchen in einer entsprechend vertrauenswürdigen Umgebung gemacht wurde. Als ich das Erscheinen meines ersten Buches voll Begeisterung allen Freunden und Freundinnen verkündete, offenbarte mir eine von ihnen, dass sie Märchen nicht mag. Warum, konnte sie mir nicht erklären, es könnte aber sein, dass ihre Erinnerung an die Märchenstunde mit unangenehmen Erfahrungen verknüpft ist. Doch auch für ähnlich Geprägte gibt es Hoffnung. *Heinrich Dickerhoff* schreibt in seinem Vorwort zu *Märchen für die Seele*: »Märchen sind Mittel gegen die Trostlosigkeit eines Daseins ohne Wunder. Und das Wunder ist nichts anderes als die erstaunliche Erfahrung, dass sich etwas ändern kann. Dass sogar ich mich ändern kann. Märchen erschließen in uns schlummernde Potenziale. Ihre unterstützende Wirkung können wir noch als Erwachsene einsetzen: *Es ist nie zu spät, eine glückliche Kindheit zu haben«*, zitiert er *Ben Furmans* Bestseller, Teil der Liste der 100 Meisterwerke der Psychotherapie.

Mein Ziel beim Schreiben der Märchen war, Gefühle bei den Lesenden zu wecken, die dazu beitragen, dass sie voller Vertrauen an glückliche Fügungen in einen erholsamen Schlaf sinken, voller Neugier und Freude auf die eigene Traumwelt.

Die Grenzen zwischen Traum und Wirklichkeit, zwischen Märchenwelt und Realität sind unscharf, wenn wir lesen sind dieselben Gehirnzentren aktiv, die wir nutzen, wenn wir aktiv eine Aktion ausführen. Sie zu erlesen, bewirkt im Gehirn dasselbe. Dementsprechend wechsle ich die märchenhaften Erzählungen mit denen über schlafbezogene. Mein im Kapitel zu den Störzonen beschriebenes Wissen über gesunden Schlaf und was dafür benötigt wird ergänzte ich mit einer sehr subjektiven Auswahl an Bausteinen, die mir interessant und eher wenig bekannt erschienen. Zu Recht gibt es zum Thema Schlaf umfangreiche Literatur, mir tat sich ein schier endloses Feld an wissenschaftlichen Erkenntnissen auf, erst in den letzten Jahrzehnten und besonders erst in jüngster Zeit wurden durch die Entwicklung von Geräten und Verfahren neue Betrachtungsweisen möglich, die so manche überraschende Ergänzung ergaben oder sogar eine völlig neue Sicht darauf, was während des Schlafens abläuft und in welchen Schlafstadien. Vieles konnte ich daher nur anreißen, noch viel mehr musste unerwähnt bleiben. Deshalb ist mir die Quellenliste diesmal, besonders für von Schlafstörungen gequälte Menschen, eine Herzensangelegenheit, auch wenn sie eine ebenso individuell und selektiv zusammengestellte Sammlung an weiterführenden Informationswegen ist.

Weil ich ihn unterhaltsam finde, aber in kein Kapitel mehr sinnvoll einfügen konnte, ergänze ich hier einen letzten Tipp zur Schlafunterstützung: Weil unsere Körpertemperatur sinkt, wenn wir müde werden und damit dem Körper den Schlafmodus signalisiert, strecken wir oft die Füße unter der Bettdecke hervor und an die Luft. Denn die Adern unserer Fußsohlen sind für die komplette körperliche Temperaturregulierung zuständig. Die kühle Luft kühlt das Blut unter der unbehaarten Fläche und sorgt für ein Absinken der Körpertemperatur. Unser Gehirn erhält somit die Information »schlafen«. Vermutlich wegen dieses Zusammenhangs von Körpertemperatur und Schlafsignal werden für Schlafzimmer eher niedere Temperaturwerte empfohlen. Wenn Sie demnächst mal Einschlafprobleme haben, probieren Sie es doch aus: Fuß hinaus, Augen zu, Schlaf herein.

In diesem Sinne wünsche ich Ihnen eine *Gute Nacht*!

ANHANG

Danksagung

In einem Buch, in dem mehrfach darauf hingewiesen wird, dass Danke sagen glücklich macht, darf die Liste derer, die mich unterstützt haben, natürlich nicht fehlen.

Diesmal gehört mein Dank vor allem meiner Verlegerin, *Verena Minoggio-Weixlbaumer*, die mir Anfang April den Titel als Anregung schickte. Eigentlich arbeitete ich an einem ganz anderen Buch, das wurde erst mal schlafen gelegt, damit ich mich dem Thema Schlaf ausgiebig widmen konnte. Schlafen gehört ohnedies zu meinen Lieblingsbeschäftigungen, darüber märchenhaft träumen zu dürfen, beflügelte mich und meine Phantasiewelten. Ganz so leicht, wie ich zunächst dachte, wurde es dann doch nicht, denn je mehr ich mich in die Materie vertiefte, desto üppiger wurde die Auswahl. Deshalb war der Sommer erneut von Rückzug begleitet, für das Verständnis, anregenden Austausch und Literaturtipps bzw. Buchgaben und erstes Probelesen danke ich daher insbesondere *P. Michael Schultes, Claudia Kloihofer, Brigitte Marketz, Constanze* sowie *Helena Merenda, Ingeborg Schwab, Barbara Frankl, Norbert Brunner* und natürlich meiner Familie, *Claudio und Valentin Farkasch* sowie *Josef Weiser*.

Monika Krampl postete in facebook gerade noch rechtzeitig, dass sie Luisa Francias Buch herschenken wolle,

Rosemarie Kapplmüller wartete geduldig darauf, dass ich es ihr weiterschicke, sobald ich es nicht mehr benötigte.

Claudia Hannemann ließ sich überreden, sich zum Thema Lärm und Ruhestörung schreibend zu äußern und einen Blick in ihre Schatztruhe der ätherischen Öle zu erlauben, *Lisa Gibon*, deren Kräuterwanderungen erlesene Ergänzungen für köstliche Speisen anregen, machte sich sogar während ihres Sommerurlaubs an die Arbeit, um schlaffördernde Kräutertipps zusammen zu fassen.

Margarete Maurer sorgte für die Erläuterung, warum wissenschaftliche Erfassung von Mondeinflüssen kaum möglich ist.

Ich danke auch den facebook- und anderen Netzwerkkontakten, für kurze Erfahrungsberichte zum Einfluss des Mondes und Irritationen wie Schlafparalyse oder Pavor Nocturnus.

Nachträglich danken möchte ich *Reinhard Jesionek*, durch dessen Vermittlung Ende 2016 ein wunderschöner Beitrag zu den Raunächten in der Sendung *Heute Leben* des ORF gezeigt wurde.

Last but not Least danke ich all denen, die meine Bücher gelesen, rezensiert, weitergeschenkt und empfohlen haben. Und all jenen, die sich auch an diesem erfreuen! Über Anfragen und Rückmeldungen freue ich mich:

Zu den Büchern: *creativestories.eu*, zu meinen ergänzenden Angeboten für Herz und Hirn: *www.creativelife.at*.

Ganz besonders danke ich dem Leben, für die großartigen Chancen, die es mir täglich bietet!

Quellen

Personen und Unternehmen
Cardinal, Claudia http://www.claudia-cardinal.de/; Sterbeamme Video-Interview: https://www.youtube.com/watch?v=Y6giwlATPvo
Dämonenfüttern-Seminare: Gudrun Binder www.dämonenfüttern.at
Elky – das Kärntner Unternehmen stellt auf meine Bestellung die von Dkfm. Erich Strasky konzipierten störungsfeldfreien Matratzen mit entsprechendem Liegekomfort her. Sie erreichen mich unter office@creativelife.at bzw. der Telnr. 0676 6007179. Gerne unterstütze ich Sie, die für Sie optimale Schlaflösung zu finden.
Gibon, Lisa; www.lisagibon.com/, info@lisagibon.com Kräuterwanderungen und mehr
Hannemann, Claudia; transparent.chan@gmail.com, http.//hannemann.wixsite.com; profil Psychoaromatherapie, steht aber auch für professionelles Lektorat zur Verfügung
Haus der Stille, Heiligenkreuz, Stmk. www.haus-der-stille.at, Kontakt: Maria Grentner: maria.grentner@haus-der-stille.at oder Colette Brun: colette@haus-der-stille.at
Millwisch, Claudia: www.rutengehen.co.at, claudia_millwisch@chello.at Mutung eines störungsfreien Schlafplatzes und mehr Schlafcoaching: Institut für Bewusstseins- und Traumforschung, Brigitte Holzinger, http://www.schlafcoaching.org/
Solum Öl, Fa. Wala: https://www.walaarzneimittel.de/de/arzneimittel/wala-solum-oel.html
Sterbebegleitung, Ausbildung: http://www.seelfrau.de; Artikel dazu: https://www.freitag.de/autoren/der-freitag/die-toedin
Shortynale-Kurzanimationsfilm: Ein Krötenlied. von Kariem Saleh | Deutschland | 7 min. betr. individuelle störzonenfreie Matratzen sowie Produkte der Firma Pen Yang kontaktieren Sie mich bitte persönlich, ich berate Sie und bestelle ihre Wunschausführung: office@creativelife.at auf meiner Homepage www.creativelife.at finden Sie weitere Tipps und Kontakte, gerne können wir auch im persönlichen Gespräch abklären, was für ihre ganz persönliche Situation hilfreich sein könnte.

Schlafmedizinische Gesellschaften
Deutschland: DGSM – Deutsche Gesellschaft für Schlafmedizin www.dgsm.de
Österreich: ÖGSMSF – Österr. Gesellschaft für Schlafmedizin und Schlafforschung www.schlafmedizin.at
Schweiz: Schweizer Gesellschaft für Schlafforschung, Schlafmedizin und Chronobiologie www.swiss-sleep.ch

Webquellen
Baus, Richard; Predigten: http://www.waldbreitbacher-franziskanerinnen.de/informatives/predigten/
Dämonenfüttern – geführte Mediation in Englisch: »Feeding Your Demons« with Lama Tsultrim Allione https://www.youtube.com/watch?v=aEbJ_maF_fo
einschläfernde Videos: http://napflix.tv/
Fraser, Henry – über ihn: http://www.telegraph.co.uk/news/uknews/11782030/Meet-Henry-Fraser-the-inspirational-paralysed-mouth-painter.html
Fraser, Henry – Homepage: http://www.henryfraser.org/
Lernen im Schlaf: http://www.spiegel.de/wissenschaft/mensch/gedaechtnis-geraeusche-helfen-beim-lernen-im-schlaf-a-662427.html; http://www.sueddeutsche.de/wissen/schlaf-und-erinnerung-lernhilfe-rosenduft-1.837765
Lesen und Gehirn: http://www.zeit.de/zeit-wissen/2012/06/Sprache-Worte-Wahrnehmung
Knoblauch unter dem Kissen: http://www.dadubuzz.de/knoblauch-unter-ihr-kopfkissen/2/
Märchen lesen und erzählen: Hüther, Gerald; http://www.lernwelt.at/downloads/weshalb_kinder_maerchen_brauchen.pdf ; weiterführende Informationen: http://www.gerald-huether.de/ und http://www.akademiefuerpotentialentfaltung.org/
»Märchen-Potpourri« – Märchen als Metapher unserer Zeit; empfehlenswerte Radio-Sendereihe von Sigrid Beckenbauer, https://sigridfrancesca.wordpress.com/category/medien/
Posttraumatische Belastungsstörung, Abhilfe: https://www.nature.com/nature/journal/v497/n7450_supp/full/497S14a.html
Progressive Muskelrelaxation, ein Link von vielen: https://www.elisabethinen.or.at/fileadmin/user_upload/Downloads/Psychologie/entspannung.pdf

Schlafkissen und viel Info für Schlafsuchende: https://www.samina.com/
Studienergebnisse betr. Lärm und seine Auswirkungen: http://www.apa.org/monitor/2011/07–08/silence.aspx American Psychological Ass.
Studie betr. Tiefschlaf und Merkfähigkeit: http://www.spiegel.de/wissenschaft/mensch/gedaechtnis-geraeusche-helfen-beim-lernen-im-schlaf-a-662427.html
Studie zur Erhöhung des Wasserkonsums (mit Rosbacher Mineralwasser) und dessen Wirkung: http://www.rosbacher.de/media/trinkstudie/ergebnisse-trinkstudie.pdf Sehr detailliert und umfassend
Ad Schlafspindeln: http://www.spektrum.de/news/spontanaktivitaet-des-gehirns-sorgt-fuer-ungestoerten-schlaf/1041983
Schwarz, Gerhard, Blog: https://gerhardschwarzblog.wordpress.com/
Träumen: http://www.psychosoziale-gesundheit.net/pdf/faust1_traeume.pdf
Vitamin B12-Versorgung: https://www.zentrum-der-gesundheit.de/vitamin-b12-quellen-fuer-veganer-ia.html
Vogelgesänge gestaffelt nach Uhrzeit: https://www.nabu.de/tiere-und-pflanzen/voegel/vogelkunde/voegel-bestimmen/20663.html
Wohnung Elvis Presley: Kontakt: uptownsquareapts.@alcomgt.com
Weitere Unterkünfte in ehemaligen Wohnstätten diverser Berühmtheiten: www.airbnb.at
Übersicht geeigneter Zimmerpflanzen: http://www.everyday-feng-shui.de/feng-shui-zimmerpflanzen.html
Zirbeldrüse; Gerald Hüthers Forschungsergebnisse + Literaturliste: http://www.gerald-huether.de/content/mediathek/wissenschaftliche-beitraege/inhaltliche-uebersicht/melatonin/
Zitate ad Schlaf: http://www.schlaf-portal.de/slweis.htm

Bücher
Allione, Tsültrim; Den Dämonen Nahrung geben: Buddhistische Techniken zur Konfliktlösung; Arkana

Dickerhoff, Heinrich (Hrsg.); Märchen für die Seele: Märchen zum Erzählen und Vorlesen. Mit einem aufschlussreichen Vorwort zur Bedeutung des Märchenlesens- und erzählens von Dr. Gerald Hüther; Königsfurt-Urania Verlag

Ebbers, Johannes; Das Erbe Hahnemanns. Energetische Naturheilverfahren im 21. Jahrhundert; BoD S. 30 ff betr. Lecherantenne

Ende, Michael; Jim Knopf und Lukas der Lokomotivführer; Thienemann

Fischer-Rizzi, Susanne; Medizin der Erde. Legenden, Mythen, Heilanwendung und Betrachtung unserer Heilpflanzen; Heyne. Standardwerk zur Heilpflanzenkunde

Francia, Luisa; einschlafen träumen ausschlafen: Die Gabe der Schmetterlingsfrau; Frauenoffensive

Fraser, Henry; The Little Big Things. A young man's belief that every day can be a good day; Seven Dials

Gebeshuber, Ille C.; Wo die Maschinen wachsen: Wie Lösungen aus dem Dschungel unser Leben verändern werden; Ecowin

Hoefler, Angelika; Die Psychologie des Namens. Wie Sie buchstäblich Menschen in ihrem Namen erkennen. Der Schlüssel zur Persönlichkeit; Windpferd

Holzinger, Brigitte; Der luzide Traum: Forschung und Praxis;

Holzinger, Brigitte, Klösch, Gerhard; Schlafcoaching. Wer wach sein will, muss schlafen; Goldegg Verlag

Hürter, Tobias; Du bist, was du schläfst: Was zwischen Wachen und Träumen alles geschieht; Piper

Kutter, Erni; Schwester Tod: Weibliche Trauerkultur – Abschiedsrituale, Gedenkbräuche, Erinnerungsfeste; Kösel-Verlag

Rossbach, Gabriele; Endlich wieder gut schlafen; O.W. Barth

Saletu, Univ. Prof. Dr. Bernd und Saletu-Zyhlarz, Dr. Gerda M.; Was Sie schon immer über Schlaf wissen wollten; Ueberreuter

Sator, Günter; Feng Shui – Kraftquelle Zimmerpflanzen; Gräfe und Unzer Verlag

Schneider, Reinhard; Leitfaden und Lehrkurs der Ruten- und Pendelkunst – Einführung in die Radiaesthesie Teil I und Teil II; Oktogon Verlag. Der Physiker R. Schneider konstruierte die Lecher Antenne für präzise zuordbare Mutungsergebnisse

Silva, José; Silva Mind Control: Die universelle Methode zur Steigerung der Kreativität und Leistungsfähigkeit des menschlichen Geistes; Allegria Taschenbuch

Storl, Wolf-Dieter; Wandernde Pflanzen; AT Verlag; betr. Johanniskraut S. 74

Tucillo, Dylan, Zeizel, Jared und Peisel, Thomas; Klarträumen; Goldmann

Kursiv gesetzte Begriffe sind in der Glossarauflistung auf meiner Webseite erklärt:

www.creativelife.at/glossar-gesamt.8345.html